南有嘉木露未晞

凡尘风起 著

长江出版传媒 长江文艺出版社

图书在版编目（ＣＩＰ）数据

南有嘉木露未晞 / 凡尘风起著.-- 武汉：长江文
艺出版社， 2021.8
　　（湖北草根作家培养计划丛书）
　　ISBN 978-7-5702-2031-1

　　Ⅰ.①南… Ⅱ.①凡… Ⅲ.①长篇小说－中国－当代
Ⅳ.①I247.5

　　中国版本图书馆 CIP 数据核字(2021)第 043420 号

南有嘉木露未晞

NAN YOU JIAMU LU WEIXI

责任编辑：王天然　　　　　　　　　责任校对：毛　娟
封面设计：周　佳　　　　　　　　　责任印制：邱　莉　　胡丽平

出版　长江出版传媒｜长江文艺出版社
地址：武汉市雄楚大街 268 号　　　　邮编：430070
发行：长江文艺出版社
http://www.cjlap.com
印刷：武汉市首壹印务有限公司

开本：700 毫米×1020 毫米　　　1/16　　印张：21.75　　插页：1 页
版次：2021 年 8 月第 1 版　　　　2021 年 8 月第 1 次印刷
字数：287 千字

定价：56.00 元

目录 录 contents

第1章　重逢

南嘉木和儿子南书影在瓦尔登湖旅行，早上出门的时候天气很好，风和日丽，天空一碧如洗。正当两人在湖边玩得不亦乐乎时，天空突然下起了倾盆大雨，南嘉木带着儿子赶紧往酒店跑。

真是天有不测风云啊！

"妈妈，我衣服湿了。"哪怕跑得再快，等他们到酒店时已经淋成落汤鸡了。

"宝贝儿赶紧去卫生间把湿衣服换下来，妈妈去给你……等等，妈妈有封邮件进来了。"南嘉木打算要给南书影找换洗衣服的，这时手机提醒有未读邮件。

"妈妈，你先忙吧，我自己可以的。"小家伙很乖巧地去行李箱找衣服。

"嗯，宝贝儿真乖。"南嘉木一边夸赞儿子，一边看邮件。

随着她看邮件的进度，南嘉木脸上的表情慢慢凝固了。

邮件是公司副总宋沐雪发过来的，因为新款游戏公测不过，投资方纷纷撤资，公司出现资金链断裂，下一步可能要被天耀科技集团收购。

公测不过，怎么会这样？临走时内测已经完成了，这前后不过三天时间。

"妈妈，你怎么了？"南书影洗完澡出来时就看见南嘉木坐在沙发上，手里捏着手机发愣，脸色发青，也不管身上正在滴水的衣服。

"宝贝儿不用担心，妈妈没事。"回过神后的南嘉木怕吓着儿子，赶紧挤出一丝看起来还算正常的笑容，"儿子，你进房间休息会儿吧，咱们有可能明天就要回国了。"

等南书影进了房间，南嘉木再次望着邮件，缄默不言。直到身体受不了打了个喷嚏，她才后知后觉地发现自己还穿着湿漉漉的衣服。

胡乱洗了个澡后她鬼使神差地打开了许久未登录的网游《侠侣》，这款游戏是她在大学时玩的第一款网游，后来因为与前夫陆未晞相恋，再结婚，离婚，生子，就再也未登录过，距离上次登录已经差不多好几年。

南嘉木登上《侠侣》，心里微微叹息！

她记得这款游戏当时在市面上很火的，不仅制作精良，服饰优美，武器多样，关键是适合情侣玩家玩，考验情侣之间的默契度。听说当时玩这款游戏的好多情侣玩家因为游戏奔现了，那个时候把她激动得不行。

而她那时和陆未晞刚好在谈恋爱，想着他们要是能在游戏里做一对快意恩仇、自由自在的侠侣多幸福呀，可惜她满满的热情被陆未晞浇了一盆凉水，他觉得她很无聊。

她刚刚上线，就接收到亲传师父召请的通知，南嘉木看着电脑屏幕，隐约间感到心跳如鼓。

这份召请通知是在三个月前发的。

已经过了这么多年，难道他一直在游戏里面，而且还从未改过亲传师徒的关系？

南嘉木点击接受邀请，游戏里的"慕容绝色"一瞬间飞到师父身边，地点是昆仑山，四季冰峰落雪，是他们第一次见面的地方。

慕容绝色：师父，你一直都在？

南宫倾城：嗯。

他还是和以前一样，言语简单。

南嘉木望着电脑屏幕上的师父，他几分飘逸，几分洒脱，她不自觉地笑了，然后七年前她与他相识的场景在脑海里像放电影似的上演一遍。

她的亲传师父南宫倾城，身份是昆仑山掌门，善使长剑，他的青锋剑经过北极寒冰和地狱之火二者一起淬炼七七四十九天才炼成，此剑遇佛杀佛，遇魔斩魔，属于武器里级别最高的。

而他级别已经是满级了，是大神中的大神！

南嘉木在游戏里的身份"慕容绝色"只是一个自力更生型升级玩家，武器是一支通透的碧箫。

《侠侣》很人性化，虽然它针对的玩家主要是情侣，哪怕现实中不是情侣身份，也可以在游戏里组成情侣，但如果玩家实在是没有找到"情投意合"的伴侣，可以选择拜师或者收徒弟的方式来组队。

南嘉木才注册还没有拜师父，其他玩家嫌弃她是新手，都不带她玩。但当她被大神拣着当亲传弟子时，不知道羡慕死了多少少男少女。

那时，南嘉木来昆仑山采药，但是她没看过游戏攻略，不知道玩家进入这个地图是会自动触启阵营，一瞬间就有四五个地魔宫的玩家将她残忍杀死。

身为药师的南嘉木躺在雪地上，望着天，很是无语：自己还没开始行走江湖就已经死了。

正当她绝望之际，突然，一道白影从天而降，手持长剑一挥，挟势而下的光影纷繁落下，衬着满地白雪无端令人望而生畏，而那些地魔宫的玩家也瞬间倒地。

南嘉木见那人转身俯视自己，她也顺势打量起他来。一身素衣云袖，道骨仙风潇洒出尘，他就是传说中绝七情六欲、武功出神入化的昆仑山掌门——南宫倾城。

那些被他杀倒在地的玩家说："出门不利，竟然遇见南宫掌门使用追魂剑！"一瞬间全部消失在地图上。

南嘉木忍不住眼中冒着红心，要知道这个游戏中，能指挥修元大陆全部玩家的只有一个人！

传说中的大神！

南嘉木赶紧打出崇拜的文字："掌门威武。"

南宫倾城"嗯"了一声，然后系统提示：南宫倾城邀请你加入他的队伍。

南嘉木赶紧点同意，顺便原地复活。

南宫倾城发消息："跟我来。"

昆仑山掌门很快骑着白马走了，南嘉木努力跟上，谁说骑着白马的一定是唐僧？也有不食人间烟火的掌门。

游戏结束后，他发来消息："做我徒弟。"

南嘉木呆了。

《侠侣》这款游戏中，新手玩家是可以拜亲传师父，一个亲传师父只可能有两个徒弟，而南宫倾城从未收过徒弟也是众所周知的事情！所以，她南嘉木是走什么狗屎运了，去采了一次药，居然被威名响彻修元大陆的昆仑山掌门给收做徒弟了？

啊啊啊！这是真的吗？

她回忆回到现实。

"这次玩多久？"南宫倾城问。她回："不知道。"

"是要去采药还是要去打排位？"他再问。

南嘉木现在没心情玩，只想找个人说说话，于是她打了一串字："师父，我能和你说说话吗？"

等把称呼发过去后，南嘉木愣了愣神。

这么多年过去了，她还是习惯叫他师父，她贪恋他对她无微不至的照顾和宠溺。

"想说什么？"游戏里南宫倾城看着身旁一身淡蓝色纱衣的慕容绝色，声音柔和得能感受到他此时内心里的柔软。

师父似乎变了，没以前清冷了。

南嘉木打字发出："师父，这么多年，你都没想过将我这个徒弟逐出师门吗?"毕竟她是为了爱情背叛师门，好多年不上游戏了。

"一日为徒，终身为徒，你是我南宫倾城的小徒弟，无论什么时候都可以回来，师父永远在这里等你。"南宫倾城不急不缓地打出一串字。

等她回来? 南嘉木有种想哭的冲动，原来，她是有归处的，而不是无家可归的流浪儿。

"谢谢师父。"不知不觉，她眼眶红红的。

"你我师徒不必言谢，去吧，无论遇到什么困难，你只要知道师父永远在你身边就好了。"

"好。"两人又聊了一些各自的情况，之后南嘉木轻轻地点击了退出按钮下线了。

明天回国后有一场硬仗要打，而她有了他的鼓励，无论面对什么都不怕了。

第2章 前夫

"乘客您好，欢迎登机，请往里走，谢谢！"

空姐甜美的微笑稍微减轻了点南嘉木的疲惫，不过她还是觉得头昏昏沉沉，脚步虚浮地往机舱最后一排座位走去。

昨天湿衣服在她身上穿得太久了，所以，她很不幸地感冒了，嗓子有点哑。

至于儿子，不好意思，因为这趟飞机只有一张票了，公司事又不能耽误，只能让儿子坐下一趟回国。

"先生，不好意思，打扰了，请让一下。"跌跌撞撞地，她好不容易来到最后一排，外面座位上的男人正在埋头处理文件，好看的手指在键盘上跳跃着。

南嘉木怀疑是不是自己眼花了，她觉得眼前的这个男人很像陆未晞，还有刚才在她开口说话时，那个男人的手在键盘上狠狠地顿了一下。

"先生，麻烦……"就在南嘉木以为男人没有听见，打算耐着性子再重复一遍的时候，男人突然抬起了头，然后她不太灵光的脑袋当即"死机"了。她愣了半分钟后才打招呼，"是你呀，好久不见了……前夫先生。"

"好久不见。"陆未晞习惯性地扯出一个礼貌性的微笑，说话的同时稍微倾斜了一下身体，让南嘉木进去。

"谢谢前夫先生。"南嘉木忍着头痛努力保持优雅。

"客气。"陆未晞不知道说些什么，他知道旁边的这个女人是个睚眦必报的人。

当年因为游戏忽略她，导致她伤心欲绝之下毅然决然提出离婚，她必然是极度恨他的，一句不阴不阳的"好久不见……前夫先生"足以说明一切。

小小的插曲似乎并没有给认真处理事情的男人带来多大的影响。

南嘉木头痛得要死，落座之后就闭着眼睛休息了，而陆未晞微微偏头，看她一脸疲惫的样子，怕打字的声音吵到她，想了想后索性关了页面，在文件设置权限时输入用户名"绝色倾城"。

"前夫先生。"飞机在云层中飞了一个小时后，南嘉木坐立难安。

陆未晞瞥了她一眼，不急不缓地说道，"不要这么叫，别扭，省去两个字。"

"前夫。"南嘉木肚子实在难受，没有心情和他玩文字游戏，从善如流，"前夫，我要出去。"

陆未晞满脸黑线无奈，他在她这里，永远讨不到好。

这次南嘉木没有和他玩笑，急匆匆地从座位上站起来，往卫生间跑去了，怀里的书掉在座位下，她也顾不得去捡。

感冒还没好，她的大姨妈倒是提前来光顾她了。

陆未晞弯腰帮她捡起地上的书，顺便看了一眼封面，书名是《瓦尔登湖》，书里有一张被当作书签的照片。

照片里的人是她。

碧海蓝天，阳光透过云层，将金色洒满了海平面，海浪冲上了沙滩，细沙在她的脚下堆积。海风将她一袭亚麻色的长裙吹起，衣袂与风嬉戏，她面对大海，栗子色的长发在风中飘扬，有几分随性的美。

这几年，她发生了天翻地覆的变化，再也不是那个随心所欲、大大咧咧、不懂得打扮自己的假小子了！

南嘉木还没等出机舱，就开了机，给宋沐雪打电话，"喂，雪儿，我一会儿去哪里找你们？嗯，对，正在下飞机了。"

慌乱中包掉到地上，她一边蹲下身捡包，一边继续和宋沐雪说事，所以她没注意到一直站在身后的男人。

"你为什么不走？"南嘉木挂了电话一起身，就发现身后站着令她讨厌的人。

陆未晞也不管她对他冷冰冰的态度，依然不紧不慢地跟在她的身后，身体没有贴着她，但两人之间的距离不可能再容下另一个人。

都快要出机场大厅了，身后的人还是像狗皮膏药一样，甩都甩不掉。

女生每个月都有烦躁的几天，更何况今天她还有一大堆的糟心事！所以在前夫面前努力保持优雅的南嘉木破功了，突然转身朝他大吼，"陆未晞，你个神经病，大变态，你一直跟着我干吗？我告诉你，我现在是有家室的人，再跟着我，小心我告你性骚扰。"

"你裤子脏了。"他轻轻地在她耳边说。

南嘉木的脸顿时像煮熟的大虾一样红。她今天穿了白裤子，而且还是被这个人面兽心的家伙看见，关键这个禽兽还忍受她恶劣的态度一路"保护"她。

她迅速从行李箱中拿出一个黑色的塑料袋，恶声恶气地说了句，"在这儿等着，我一会儿就出来。"说完她进了不远处的洗手间。

做了好事还平白无故地被当成了变态、色狼，现在又被充当临时看护，陆未晞竟然奇迹般地不恼怒，乖乖站在原地等她。

南嘉木再次出现在陆未晞的面前时，变了个样。

一身黑色的风衣，黑色七分裤，休闲白衬衫，白色的休闲鞋，苍白的脸庞上戴着个大大的墨镜，整个人看上去青春中多点稳重和霸气。不知不觉，陆未晞居然看痴了，他从来没见过如此穿着打扮的南嘉木，她似乎和以前真的不一样了。

"多谢。"不管陆未晞的反应，南嘉木拉着自己的行李箱出了大厅，一头栗子色的长发在阳光下熠熠生辉，坐进计程车的动作也是行云流水，潇洒极了。

南嘉木到了碧阳国际时，好巧不巧，陆未晞也刚到。

南嘉木这次彻底忍不住了，匆匆下了车，二话不说，举着包就往才刚下车的陆未晞身上招呼，"陆未晞，你个神经病，你要跟踪我到什么时候？我告诉你，老娘已经结婚了，你别想着和老娘复婚，那是不可能的，做你的春秋大梦去吧！"他还有完没完了，现在居然跟着她到这儿，接下来是不是要跟着她回家啊！

"南嘉木，你发什么疯？"陆未晞还没弄清情况，就被人当成无赖一顿暴打，他冤不冤啊！轻松制止了疯女人的动作后，他赶紧问了一下匆忙从驾驶室下来的助理，"小刘，这是怎么回事？"

他是来这儿谈生意的，跟踪她？他才没这么变态也没这个时间。

"陆总，天禾传媒总裁把地点约在这儿，他在五楼会议室等着我们。"小刘赶紧解释，他看出来了，老板心里裹着一大团能毁灭地球的烈火。

天禾传媒是天耀科技集团旗下的一个公司，这次有个收购合同需要他来把关。本来一个小小的游戏公司被收购是不需要他亲自出面的，但对方有个新项目很有市场价值，只是在公测时遇到点问题，需要双方对新项目重新进行风险评估。

"听清楚了没？我是来这儿处理事的，自以为是的女人。"陆未晞丢下这话后就上楼了。

昨晚游戏里白安慰、鼓励了，做事还是这么毛毛躁躁的。

"哼。"南嘉木自知理亏，但她拒绝承认错误，一扭头，大步踏进大厅。

"姑奶奶，你总算到了，时间来不及了，快点吧！"电梯刚到达五楼，宋沐雪已经在门口等着她了，还没等南嘉木喘口气，已经被她拖着进会议室了。

"李总，不好意思，让您久等了，我们总裁到了，可以开始了。"宋沐雪向对方致歉。

"嗯。"天禾老总仗着占上风，见对方又是涉世未深的小姑娘，拿鼻孔对着她们说话，但转身恭敬地对陆未晞说，"陆总，我们可以开始了吗?"

"我没问题。"陆未晞将手中的文件随意地放在茶几上，一抬头，对面女人眼里在喷火。

难怪这丫头会怀疑他，这确实也太巧了。

第 3 章　不称职

半个小时后。

"宋沐雪，你怎么没告诉我收购方是陆未晞！"一进电梯，南嘉木就大吼。

她这点子到底有多背，一定是上辈子欠了陆未晞今天才这么倒霉的，害她一直在他面前出丑。

他肯定以为她对他余情未了，都怪这帮没良心、没义气的家伙们不提前通知她。

"你的意思是说，如果早知道对方是陆未晞，你就不来了，丢下我和云溪她们跑路了？南嘉木，你还有没有一点出息了，他陆未晞就这么让你害怕？"宋沐雪有种恨铁不成钢的感觉，此时她真想撬开这个女人的脑袋，看看里面是不是豆腐渣。

"雪儿，对不起，我不应该拿你撒气，对不起。"被宋沐雪一吼，南嘉木声音就软了下来。

她知道是自己无理取闹了，公事私事不能混为一谈。雪儿她们比自己还希望这份合同能签成，如果能签成那公司就有救了，虽然是被收购，但总好过关门大吉，只是对方一再压价，她气愤而已。

"算了，我知道你累了，我送你回家休息吧！"宋沐雪叹息了一声，接过南嘉木手里的行李箱出了大厅。

她南嘉木终究还是不够强大，至少在面对陆未晞的时候还不够平静，不够无情。

又是坐飞机又是和陆未晞斗智斗勇的，南嘉木觉得今天是前所未有的累，回来倒头就睡，睡了三个小时，才感觉精神好点。

饿得不行准备找点吃的，看着空空如也的冰箱，她才意识到今天才刚回国。想要出去买点吃的又懒得动。

南嘉木一边擦拭着头发，一边拨通了电话，"爸爸，我们回来了。"

"嘉木，你是说你们回中国了吗？"南胜国夫妇正准备睡觉女儿的电话就来了。

"嗯，回来了，本来打算过几天就回去看你们的，只是公司这边有些小问题需要处理，得再等段时间了……"

"嘉木，是嘉木吗？"南嘉木那边话还没说完，这边南胜国的手机就被突然从卧室跑出来的郑云给抢了去。

"嗯，妈，是我。"南嘉木在沙发上找了个舒适的位置，淡然地笑着说。

"嘉木，你怎么还不回家啊，你是不是还怪妈妈，所以才不回家的，女儿，妈妈错了，你原谅妈妈好不好？"郑云想起过往她对南嘉木的言行，悔得肠子都青了，这事也一直折磨着她，让她寝食难安。

"好了，电话给我，说这些干什么？嘉木是我们的女儿，她怎么会怪你？公司那边出了点小事，她过一段时间就回来了，别胡思乱想。"老伴的病还没有好彻底，不能多想。南胜国接过郑云手里紧捏的手机，有几分小心地开口，"嘉木，你在听吗？"

"爸爸，我在的，你说，我听着。"

"嘉木，你妈妈她……你别怪她。"这事终究是对不起女儿，这些年她受了不少罪，郑云以前疯疯癫癫的，对南嘉木下狠手，女儿有好几次都差点醒不过来了。

"爸爸，我没多想，你好好照顾妈妈，让她别胡思乱想，我尽快把这边的事情处理好，争取早点回去。年底我把这边收拾好，我就接你们二老过来，以后我们一家人都不分开了。"爸妈年纪大了，是该把他们接在身边尽孝道的时候了。

"嗯嗯，这样好，不过这事也不着急，你安心处理事情，等过段时间我和你妈妈来看你。"好久不见女儿和孙子，着实想得紧，既然她不能回家，他们就去看她，只要一家人在一起哪里都是家。

"好，"嘟嘟的声音提示有电话进来，南嘉木赶紧说道，"我有电话进来，就先不和你说了，你们来的时候告诉我，我订机票。"

"好，你去忙。"南胜国知道她忙，主动挂了。

"亲爱的，我在你家楼下，给我开门。"姚芷蕾锁好了车门就给南嘉木打电话，另一只手里提着消夜。却忘了身后还跟着一个人。

后面跟着的南书影使出吃奶的力气，拉着比他个头还大的行李箱，满头大汗。

"亲爱的，好久不见了。"南嘉木给姚芷蕾一个大大的拥抱。

"好了，都多大的人了，肉不肉麻。"她最受不了南嘉木的矫情，赶紧将手里的消夜举到她眼前，"你一定懒得吃晚餐，给你带救命粮来了。"

"嘻嘻，还是亲爱的了解我，爱你一万年。"

"对了，我儿子呢？"吃到一半的时候，南嘉木才后知后觉地问起南书影。

"妈妈，我在这里。"小家伙终于将行李箱拖到门口，一边优雅地擦着额头上的汗，一边不紧不慢地回答。

电梯在维修，他只好拜托一位物业大叔将行李箱从一楼拖到五楼，自己也跟着爬上来，还好只有一些衣服。

"姚芷蕾，我要告你虐待我儿子，"向物业工作人员道了谢，看着满头大汗的儿子，南嘉木心疼不已，却纹丝不动地朝门边说道，"宝贝儿，赶紧将行李箱拖到妈妈房间，然后洗手后过来吃饭。"

"好的，谢谢妈妈。"南书影看着妈妈的笑，顿时疲惫一扫而光，浑身充满了力量。

"抱歉啊书影，阿姨一打电话忘了你跟着了。南嘉木，你好意思说我虐待你儿子，你也不想想你是怎么让他自己一个人回国的。"姚芷蕾瞥了南嘉木一眼，嫌弃说着。

她从来没见到过如此狠心的母亲，更可恶的是南嘉木忘了提前给她打电话，所以小小的南书影只能待在飞机场等自己下班后去接他了。

不顾儿子安危，到现在才问起，她这心到底有多大啊！哎，跟着这样的母亲，真是可怜啊！

"嘻嘻，我这不是没办法嘛。"南嘉木也知道自己不是个称职的母亲，面对姚芷蕾的数落，她只能悻悻说道，不敢反驳。

小家伙折腾一天也累了，消食得差不多了就自觉去卫生间洗漱完回自己房间睡了。

"说吧，今天怎么回事？心情不好？"等她吃完像个没骨头的人一样躺在沙发上时，姚芷蕾开口问。

南嘉木虽然大大咧咧的，平时和亲近的人也没个正行，有什么说什么，但她不会失了分寸，无缘无故地朝宋沐雪发脾气。

"宋沐雪和你说什么了？"南嘉木正一边揉肚子一边抱怨姚芷蕾给她带的东西不够辣，这会儿听她秋后算账的话，立马从沙发上坐起来。

宋沐雪不会把遇上陆未晞这事和她说了吧，要是让姚芷蕾知道陆未晞是公司的敌人，她还不拿把刀把他给砍了？他死了倒无所谓，关键这是法治社会，她姚芷蕾也逃不过法律的制裁啊！啊啊啊！为了那人，太不值当了。

"她什么也没说，就让我带点东西过来，说是明天她们几个忙，没时间来看你还活着没。"和宋沐雪她们待久了，姚芷蕾也学到了她们的毒舌。

"没事，就是今天飞机上遇到一个渣男，他非礼我，被我一顿暴打。"南嘉木讪讪地笑着，企图蒙混过关。

"算了，你不想说就算了。"知道事情没这么简单，姚芷蕾也不想追根究底。

第4章 危机

"这事是我不对，明天买红玫瑰给雪美人道歉吧！"既然姚芷蕾有意放过她，她也不必旧事重提，破坏她们之间的友谊。至于这场危机，她会尽快处理好的，她不会让这群和她掏心掏肺的姐妹们无家可归的。

"别，你还是算了，你别玷污沐雪的审美了，她才瞧不上你挑的红玫瑰。"姚芷蕾毫不留情地打击她。

"呜呜，你们都不爱我了。"南嘉木顿时像个被抛弃的小兔子，用红红的眼眶表示她的委屈和可怜。

"说正事。"玩笑过后言归正传，姚芷蕾有几分凝重地问道，"公司这次问题大吗？"

"没事，小事。"南嘉木摆手，漫不经心地说道。

"说实话，要不然别怪我明天就去辞职，然后入职嘉木游戏公司。"她在公司有百分之十二的股份，怎么也能混个部门经理当当。

"好吧！"知道她是担心公司，再说了姚芷蕾也有权利知道公司的情况，南嘉木只能实话实说了，"说实话很不好，这个项目要是失败了的话，公司就会面临着倒闭，我们都得玩完了。"

"这么严重？"姚芷蕾以为只是公测不过，推广渠道有困难而已，她相信宋沐雪她们能处理好。没想到却是关乎公司生死存亡的大事，怪不得前几天遇到宋沐雪她们时，看见她们个个无精打采，脸色蜡黄，她当时还纳闷，原来是着急上火。

"我也不太清楚，我只是把任务设置、美工这些做好，觉得没啥事了就出国旅游了！这事我也有责任，新项目上线，我应该全程在才行。再说了，沐雪她们不眠不休地加班，好几个星期没睡好觉，我还吼她，我真是该死。"

"行了，不是自责的时候，我想她也知道你不是故意的。"姚芷蕾端起茶几上的茶喝了一口后问道，"现在要怎么办？要不要我从公司里预支我三年的薪水，过了眼前这一关？"资金问题历来是企业的命脉。

"你别，公司对你肯定不满的。"南嘉木赶紧阻止她疯狂的举动，姚芷蕾当上销售部门经理才两年，这会儿要一次性地预支这么多钱，公司会对她有看法，再说了三百万也解决不了问题啊！

"现在都什么时候了，还要考虑这个，先过了眼前这关再说吧！"先不说公司她有股份，就算没有，朋友有难她岂能坐视不管？

"放心吧，这事交给我，我一定会处理好的，你可别想着预支薪水。"

"行，这事就交给你了。"姚芷蕾被她一说也觉得自己刚才冲动了，公司要真不行了，她的资金还能坚持到让几个失业的女人找到新工作。

或许因为刚睡醒的原因，快十二点了，姚芷蕾已经进入梦乡成功和周公下了好几盘棋了，南嘉木还是没什么睡意。

下床去书房，登录了游戏，然后随意发了个笑脸过去，算是打招呼了。

这么晚，师父肯定睡觉了。

"这么晚还不睡觉？"很快，那边就弹出了消息。

"睡不着。"南嘉木没想到他还没睡觉，手指在键盘上飞扬。

"有心事？"顿了几秒后，南宫倾城又发来消息。

夜深人静，南嘉木盯着屏幕上不停闪烁的头像，不自觉地和他聊起了心事，"师父，我们公司要被收购了，我今天遇到我前夫了，收购方就是他公司。"

时隔七年，重新上了游戏，知道他一直都在后，南嘉木习惯性地将心事和他说，就好像她真的是他捧在手心里的小徒弟。

"师父怎么了，干吗不说话，是睡着了吗?"十多分钟没消息，南嘉木等得有些不耐烦了。

"没有，刚刚去上了趟厕所。"回过神后南宫倾城赶紧问道，"那你打算怎么做，需不需要我帮忙?"

如果她向他寻求帮助，他愿意给她们公司注资，以南宫倾城的身份。

"放心吧师父，我能处理好这事的。"恢复联系后才知道他开了一间大公司，要给她公司注资肯定可以做到的，可她不愿意因为金钱利益去破坏他们之间这段美好的师徒情分。

"好，有需要就说一声，师父都在。"南嘉木拒绝，南宫倾城也不好再说什么。

后来两人又闲聊了几句，共同去打了一次排位后就下线休息了。

第一天上班，南嘉木以为自己是来得最早的那个了，哪知道公司里已经聚集了几个大美人，在副总裁办公室争得面红耳赤。

"哈喽，美女们。"南嘉木提着一大袋的早餐出现在门口，很不雅地吹起了口哨，然后没脸没皮地往宋沐雪身上蹭，"雪美人，来，给爷笑一个，爷满意了赐你荷包蛋，还有红玫瑰哦!"

"嘉木，都什么时候了，你还没个正行!"李嘉佳实在着急啊，昨晚又失眠了，脑子里想事翻来覆去地也没睡着，她倒好，还有心情在这儿说笑。

"嘉美人，这你就不懂了，就算有什么天大的事也总要吃饭吧!俗话说人是铁饭是钢一顿不吃饿得慌，来来来，过来吃早餐。"把早餐都摆好了不见人动，南嘉木再次催促道，"赶紧啊，愣着干什么?别一个个愁云惨淡的，天还没塌下来呢，赶紧的，过来吃饭。"

"你们吃，我没心情。"林溪云知道这事她要负主要责任，她是测试负责人，新项目却出了这么大纰漏，她们不怪她已经不错了，她哪里还有心情吃饭？

为了这款游戏，她们把所有的身家都搭进去了，大家每天加班加点地忙活了两年，做宣传，找投资，找推广渠道，眼看就要上线了，却出现大问题了。

人力不说，单是资金就是个致命问题，前期的宣传做得很好，光请当红明星打广告已经花了差不多千万。买服务器，找其他公司技术部门做内测，还有各种杂七杂八的加起来少说也有两千万了。公司成立三年，也就是今年赚了点钱，这次要真的败了她就是死也难辞其咎。

"小云，别说了，现在说这些有用吗？"李嘉佳继续忙活手里的东西，本来就着急，所以没有注意到她的语气有些不好。

"我知道这事是我不对，我会想办法弥补的。"林溪云低头说着。

"怎么弥补，这么大的事，你告诉我，你准备怎么办？"宋沐雪昨晚想着几天后就要签合同了，总共没睡两小时，心情本来就烦躁。这会儿又听她们在这儿说这些有的没的，脾气上来了，语气也不太好了。

"我……"

"够了，都给我闭嘴。"南嘉木突然举起桌子上的文件重重放下，出言阻止了她们的争吵。

她突然发怒，办公室里几个人愣了一下，都乖乖闭嘴，停下手中的动作朝她看来，连外面的小职员们也被吓了一跳，纷纷朝办公室围过来，好奇刚刚还很高兴的总裁为何突然发这么大的火。

"看什么看，还不去工作，不怕我炒你们鱿鱼？"南嘉木大步去关办公室门的时候顺便教训了一下外面的小"虾米"们，谁叫他们好奇心重。

"过来吃饭，立刻，马上。"南嘉木下令。

"是。"这一次几个人都不敢再多言，一个两个自觉地拿起桌子上的包子嚼着，食不知味。

"嗯，这才乖嘛!"南嘉木看着她们一个个低眉顺眼的，大气也不敢出，估摸着吓到她们了，她扯开笑脸，"嘻嘻，赶紧吃饭，吃完我们再讨论接下来怎么做。别担心，天塌不下来，就算塌下来了，还有我这个矮个子顶着。"

知道她们着急，但也不能自乱阵脚啊，她们这些公司元老级的都手忙脚乱，搞得人心惶惶的，那外面那群人还不跑了? 到时候公司没倒闭，员工却没了，工作谁做啊!

"你个子没我高，你怎么顶?"宋沐雪是这群人中最稳重的，这会儿被南嘉木一顿开导，也意识到她们此时最不能乱，对方就是要打她们措手不及，让她们自乱阵脚。

"简单呀，高个子的蹲下来，你这副总可以暂且回家蒙头盖被睡两天。"南嘉木很"谄媚"地拿起桌子上的红玫瑰捧在宋沐雪面前，请求原谅。

"这个时候我怎么睡得着?"

"睡不着也先回去，先养好精神，再和我美美地去迎敌，这次是该我施展美人计的时候了。"商场如战场，瞬息万变，不到最后一刻她不想认输，"你先回去，这里有我，你是公司的副总，如果你都乱了，让大家怎么办? 听我的，先回去。"

"好，那我就先回去，有什么事你问她们。"宋沐雪明白她的意思。

"OK。"

第 5 章　谈生意

等宋沐雪在一片异样的眼光中离开公司，见几人都吃得差不多了后，南嘉木准备开始今天的工作，"小云，你一会儿把具体问题和我说说，我要知道事情的所有细节。"

"好。"

"嘉佳，你还得继续和投资商多沟通沟通，争取找一两个以前和我们合作过的公司请他们注资我们。"不到万不得已，她是不会将公司卖了的。

"行，我昨天约了鑫源投资公司的财务总监，十点在楼下咖啡厅见面，"李嘉佳整理了一下桌子上的文件，继续说道，"还有一个兴海投资的老总，他听说你昨天回来了，想和你亲自谈谈。"

"地点。"

"魅色酒吧。"

"这是谈生意吗？是想吃我豆腐吧，那个老秃驴，看来上次我对他还不够狠啊！"南嘉木一听兴海公司就想起去年冬天发生的事，过去这么久了，现在想想都恶心到不行。

"那还去吗？"林溪云试探性地问。

"去，怎么不去，想吃我豆腐，也要看他能不能拿下我这盘麻辣豆腐啊！"南嘉木眼珠子不停地转溜，熟悉的人都知道她在打鬼主意。

"那我把时间安排在今晚七点，我和你一起去。"

"没问题。"

士气太过低落，这不是好兆头，示意她们两个跟上，南嘉木走出办公室，立在十几号人中间，拍了拍手掌，大声说着，"分工合作都动起来，这次难关过了，我给大家放两个月的年假，外加丰厚的年终奖，大家有没有信心？"

"有。"响应声稀稀拉拉的，涣散得很。

"大点声，没听见。"南嘉木提高了分贝。

"有，有，有。"看着新总裁斗志昂扬的，他们也受了不少鼓舞，顿时大家都雄心勃勃的，叫出来的声音铿锵有力。

"好，行动。"

在外头好不容易把老总气势做足了，回到自己办公室，放松下来后，她瘫软在座椅上，像一摊软泥。光喊口号可不行啊，还得想办法解决问题啊，她这老总其实心里也没底，浑身发冷呢！

七点不到南嘉木已经站在魅色酒吧的门口了，隔着厚厚的玻璃门，她都能够听到里面的喧嚣。不用进去，她也知道里面是怎么样的纸醉金迷。抬头看了看酒吧大门上闪着五颜六色的霓虹灯，这是个放纵的地方，来这里的人，只为寻找乐子，尽情沉沦，这里是个谈情说爱的好地方，但绝不是谈工作的地方。

沉思了片刻后，她坚定地推门进去。

"未晞，刚刚进去的那个女人是不是南嘉木？"南嘉木前脚刚进去，一辆黑色的奥迪却在她身后驶过。陆未晞专心地开着车，没注意到路边的情形，王阳接电话的当口看见一个有点熟悉的身影往里走。

"谁？"陆未晞随意地问了下，等意识到王阳说什么后，他突然停了下来，王阳也不多问，继续玩着手机，半分钟后，陆未晞重新开口，"有没有兴趣进去喝一杯？"

"好啊！"其实王阳想说他现在很想回家，家里老婆刚刚来电话了，问他什么时候到家，儿子说想他了。但好兄弟要进去"喝两杯"，他怎么也得舍命配合一下吧！要不然陆未晞孤家寡人一个，回到家到处冷冰冰的，而他却老婆孩子热炕头，这男人还不把自己恨死了啊！

南嘉木好不容易在一个角落找到大腹便便、已经谢顶了的兴海公司的老总，那家伙倒好，正在和一个妹子玩耍呢！他那肥腻腻的大手正在往那有几分醉意的小姑娘的身上摸，眼睛里散发浑浊的光，要多恶心就有多恶心。

"张总，您好，我是南嘉木，嘉木游戏公司……"

"不用介绍了，我们都这么熟悉了，快坐吧，别客气。"还没等南嘉木自报家门，那个叫张总的就连忙站起来笑意连连地要拉她的手，却被她巧妙地避过了。

"张总客气了。"南嘉木也不和他废话，在离他最远的地方坐下后，马不停蹄地拿出合同，"张总，这是我们公司新拟的融资合同，您可以先看看，有什么不满意的地方我们再详谈。"

"这事不急，我们都有一年不见了，应该先叙叙旧，喝两杯。"张总怀里抱着妹子，看着南嘉木的眼光暧昧到不行，他打了个响指，叫来了酒保，"服务员，来两箱啤酒。"

"好的，客人请稍等。"

"服务员请等一下。"酒保正要离去，却被南嘉木叫住了，她补充，"再加一箱二锅头，记在张总账上。"说完她看着老男人，微笑着说，"张总你不介意吧？你是知道的，我们公司正在面临被收购，没钱。下次我做东一定请张总喝个痛快，到时候不醉不归。"

"当然，当然，你随意。"张总搂着妹子的肥手顿了一下，脸色也像吃了苍蝇一样难看，可为了面子，他不得不扯着脸皮笑。

真是没见过如此厚脸皮的女人，没钱也能这么理所当然地说出来，不怕人家笑她堂堂一个公司总裁，千把块钱的酒钱也付不起。虽然他不缺这点钱，而且也打算最后结账的，可被逼着付钱，他膈应。

还有，一箱二锅头，她是不是疯了？

二锅头上来后，南嘉木反而不着急谈合同了。她起身将白酒一瓶一瓶拿出来，不管能不能喝完，她全部给开了。她接过酒保手里的开瓶器把两箱啤酒也给开了，最后又问道，"请问你们这里有大碗吗？给我来两个吧，谢谢。"

张总不知道她葫芦里卖的什么药，却也不阻止她，随她去。他一个大老爷们儿，风里来雨里去的，一个黄毛小丫头，左右不就是喝酒嘛，他还怕她不成？再说了，他约她来的目的不就是喝酒？难道还真打算叙旧！

"兄弟，那女人是不是疯了？"在他们不远处的一个卡间里，王阳惊讶地听着那个丫头豪气干云地要了一箱二锅头。这姑娘，酒量什么时候变得这么好了，白酒她也敢喝？他可还记得上大学那会儿陆未晞把她宝贝得不行，滴酒也不让她沾，说她不能喝酒，啤酒也不行。

对面的陆未晞倒没有像王阳一样大惊小怪的，他转动酒杯的动作没有丝毫受影响，晦暗不明的眸子里看不出什么。

"你不去看看？"没得到他的回应，王阳不死心，继续问道。

"不用。"来酒吧谈生意，她倒是胆大得很，既然她丈夫都放心她来这个地方，他又何必多管闲事，他们之间充其量也就是前夫与前妻的关系。

"好吧，喝酒。"王阳知道再问下去就自讨没趣了，乖乖低头喝酒。

第 6 章 多管闲事

这边南嘉木将白酒和啤酒倒在大碗里，轻轻荡了一下，让它们混合均匀，她端起其中的一碗，递到张总的面前，笑盈盈地说道："张总，不是要喝酒吗?来一碗。"

"用这个?"盯着面前的混合酒，张总七八分醉的脸庞惨白了几分。

"对呀，这样大碗喝酒，大口吃肉才过瘾嘛，是不是呀小妹妹?"南嘉木端着碗的手没有动分毫。

"是的，张总，你不会不敢喝吧? 这小姐姐一看就是酒量特别好的人。张总要是不行的话，还是算了吧!"接收到信息的妹子附和着南嘉木的话，纤细的手指有意无意地抚摸着张总的胸膛。

"谁说的，区区一碗酒怎么能喝倒我? 不就是酒嘛，喝。"张总可不想被两人小女人看扁，他们这圈子也就这么大点，这事要传出去，说他一个沉浮商场多年的男人还没两个女人有胆量，他以后还要怎么混?

"张总真棒。"一碗酒下肚，妹子很捧场，兴奋地叫起来，崇拜不已。

"张总果然好酒量，小女子佩服。"然后南嘉木又往张总的碗里继续倒了两种酒，只是这次白酒的量足足有三分之二。递给他之后，自己也端起面前的一碗，说道，"张总，这碗我敬你，你是个爽快的人，今天这生意谈得成谈不成都是小事，张总这个朋友我交定了，是个爽快人。"

"哪里，南小姐客气了。"张总被夸得飘飘欲仙，不等南嘉木先喝，递过来的酒自然而然地喝了个底朝天。

被两个女人轮番夸奖，张总心里乐得不行。要知道他家里的那个母老虎可瞧不起他了，在这儿他的尊严得到极大的满足。

"坏了。"南嘉木正要喝酒时突然大叫了一声，之后把手里的酒放下。

"怎么了？"张总见她一惊一乍的，连忙问。

"我中午逛商场时偶遇尊夫人，我们闲聊了几句。她问我有没有时间，想向我咨询一个小说家的信息，她特别喜欢她的书，问我怎么才能拿到她的亲笔签名。你是知道的，我是做游戏软件的嘛，自己又是开公司的，这方面的信息是要多一点的。"

"那这事还得劳烦南小姐留意了，我老婆就是这样，都几十岁的人了，还是喜欢那些爱得死去活来、天崩地裂的爱情小说。"他还以为是多大的事，值得如此大惊小怪的。

"可不巧的是，我中午说漏了嘴，我和她说你约了我在酒吧谈生意，可能要过几天才能回复她。"南嘉木一脸悲戚，出言解释。

"那个，南小姐，明天你准备好合同来我公司，我们签约。"裤兜里的手机响个不停，张总慌忙放开怀里的美女，忙不迭地走。没走出几步，他又折了回来，不放心道，"对了，南小姐，你我今天没见面，我夫人问起，你就说我爽约了，失陪，先走了。"

"哎，张总，张总……"南嘉木看了一眼她放下的酒，似乎很不甘心地叫了两声，当然没得到回应。

"走吧，小妹妹，姐姐和你一起出去。"南嘉木没看到尾随在她后面的陆未晞。

"姐姐，谁打的电话？"两人在洗手间整理衣物的时候，女孩儿好奇地问。

"当然是我姐妹儿打的，她来晚了，没找到张总的位置，所以打电话问他咯。"她早就查清了，张总的夫人九点一定会打电话查岗的，还有，今天中午她可不是偶遇的张夫人。

"张总看都没看手机，怎么就……"

"小姑娘家的别问这么多，钱我一会儿支付宝转给你，你先回去吧。"这个女孩太单纯，不适合在这鱼龙混杂的地方工作，想到什么后，她补充道，"有没有兴趣来我公司，虽然工资不是很高，也许不久的将来它会倒闭，但现在我欢迎你来。"

"真的吗？姐姐不会瞧不起我？"小丫头本来准备要走了，想着出去再卖两个小时的酒她就回去了，这会儿听说她能进公司，高兴得不行。

"不会，明天希望你准时到公司报到，迟到一分钟我扣你五十块钱的工资。"看着旁边还一脸不相信天降好事的小丫头，南嘉木恶狠狠地问道，"听到没有？"

"听到了，听到了，谢谢姐姐，不，谢谢老板。"小丫头欣喜若狂。

姨妈还没走，南嘉木肚子疼得厉害，小丫头走了后她又上了个大号。出了卫生间她就看到倚在门口帅气十足、温润如玉的男人，她防备性地看着他，"陆未晞，我说你是变态你还不相信，你站在女卫生间门口要干吗？"

"想不到你忽悠人的本事不错，就连这收买人心的事也信手拈来。"陆未晞看着她一脸防备的表情，控制不住语气，说出来的话有几分阴阳怪气。

原来这一切都是她设计好的，亏得他还担心她一个人来酒吧不安全，拖着王阳来喝酒，却原来，是他想多了。

那个女人是她提前买通好的，先让她把姓张的灌得差不多了，她再出场。然后又利用张总上门女婿的身份（他在家不怎么受老婆待见，极度渴望寻求女性的崇拜），喝下那两碗混合液体，之后南嘉木再安排人打电话来，冒充他老婆九点准时查岗。张总喝得晕乎乎的，本来就分不清东南西北了，哪还管电话是谁打来的，保命要紧。这时间掌控得非常好，张总贪婪好色又惧内，张夫人骄纵霸道的性格她都了如指掌，不得不说，她这功课做得很足。

"关你何事，你个大变态。"现在南嘉木对陆未晞可谓是避如瘟疫，能躲开她绝对不靠近。

"站住。"南嘉木还没走出两米，就被后面的男人拉住了胳膊，陆未晞大步向前，训斥道，"你知不知道，如果你提前找来的人没把他灌醉，你以为你能这么轻易地逃过那碗明晃晃的酒？先暂且不说这酒一下肚会要了你的小命，就那姓张的，他是什么德行你不知道？他摆明了是要占你便宜。"

真是，他怎么会遇到这么个愚蠢的女人，哪个正经的男人和异性谈生意会在这种鱼龙混杂、纸醉金迷的地方？

被他一顿劈头盖脸地训斥，南嘉木反而淡定很多了，她扬起头，很是可爱地看着他，傻乎乎地问："那又怎样？"

"你……"陆未晞发现多年过去了，她气死他的本事不见退反而增进了不少，他努力控制火气，"怎样？意味着明天你就会被别人当成破坏人家家庭的坏女人。"他其实不想把话说得那么难听，可是这个女人她不知好歹，非得逼着他说出来。

"哥们儿，你家是住在大海边吗？"南嘉木扬起笑脸问。

"你什么意思？"他正在和她谈论关乎安全、道德这么严肃的事，她却突然冒出这么一句风马牛不相及的问题，他一时愣住，回答不上来。

"我的意思就是你管得太宽了，走开，姐姐没时间陪你玩。"她的脸色来个一百八十度大转弯，南嘉木发现自己耐性已经所剩无几了，不想影响生意谈成的好心情，她绕开他走了。

惹不起她还躲不起啊！

"南嘉木，你给我站住。"陆未晞大喊，威慑力十足，他这话还没说完呢，她扭头就走，什么态度！

"你还有完没完了？"南嘉木霸气地转身，将高跟鞋脱下来，二话不说，朝着他的身上一阵招呼，"要你多管闲事，我和你什么关系，我丈夫都没管我要你管，你个大王八。我真是和你冤家路窄。"

"南嘉木，你发什么疯，快停下来。"陆未晞身上没两下就被打青了，疼得不行，"我这不是为你好，你一个女孩子家还有没有一点安全意识了？"

"我他妈要你管！"继续打了两下后南嘉木停下来，警告道，"记住，我的事以后你少管，再让我看到你一次我打你一次，听到没有？"

"你以为就你那点小伎俩能忽悠住精明的张总？等他明天酒醒后还和你签合同才怪。你人傻，到时候事黄了可别哭鼻子，真不知道这几年顾昔承是如何当丈夫的，这脑子还是如此简单，没一点长进。"

"滚开。"婚姻，丈夫，这些字眼是南嘉木不愿提及的伤，她顿时眼眶红红的，"当年我死皮赖脸地求你多陪陪我，你是怎么对我的？宁愿净身出户也不愿关心我，现在你又凭什么管我？我告诉你，我明天的生意要是黄了，我和你势不两立。"

"我……"陆未晞还没来得及说什么，她一边哭泣，一边骄傲地走了，留给他一个绝望又孤傲的背影。

第 7 章　谁的相思

"姐妹们，来组队玩一把。"洗完澡后，南嘉木上线号召 603 的姐妹们上《王者荣耀》。

"没心思，不想玩。"宋沐雪最近因为公司的事心情很低落，对于最热衷的游戏她也没兴趣了。

林溪云："不玩，我妈给我介绍了个相亲对象，这会儿在微信上缠得紧，我得想法子把人赶走。"

"嚯嚯嚯，小云子要出嫁了，大家快来围观。"南嘉木无论什么时候都是爱凑热闹的人，唯恐天下不乱，这会儿有这么劲爆的消息，她怎么能错过？

很尴尬的是十几分钟过去了，没人回应她。

"嘉木，我和你组队打 BOSS 吧！"最终还是李嘉佳实在不忍心她被晾着了，主动请缨。

"不要，你技术很差，每次和你组队打 BOSS 我们都要全军覆没，你还是洗洗赶紧睡吧。"

"哼。"李嘉佳懒得理这么个没心没肺的家伙，直接退出游戏了。

大家都不玩了，南嘉木望着天花板发呆。九点半时去了一趟儿子的房间，轻轻给小家伙把被子捂严实后，她在儿子光洁的额头上落下一吻，温柔地说着："宝贝儿，妈妈爱你。"

再怎么困难，为了儿子，为了那帮姐妹，她一定要撑下去。

只是躺在床上的她还是无法入睡，今晚在酒吧遇到陆未晞是她始料未及的，这么多年过去了，他还是习惯对她说教，虽然她很不情愿承认他说得在理，也真的为她考虑，可就是因为这样，她心里的怒火才难以平复。

她明明已经和他没关系了，也一直告诉自己不再被他左右情绪的，可是……

"啊啊啊，烦死了，你这个王八蛋，快从我脑海中滚出去。"过往的一幕幕侵入脑海，有他温柔的、冷静的，还有对她无情的画面，但无论是什么都是她现在讨厌的。

南嘉木一边开机一边陷入沉思，一心烦就上游戏，她似乎有些明白当初为什么陆未晞会沉迷于游戏了。

每个人心中都有片净土，是别人无法进入的地方，例如，游戏里她的师父南宫倾城就是她心灵安放的对象。

今天一天都没上《侠侣》了，等她登录上去时电脑屏幕上就弹跳出一条消息，是师父发过来的，问她心情怎样，要不要去天山采药，他陪她去。

南嘉木再看时间，是晚上八点半，这个时间距离她和陆未晞在酒吧大吵一架之后没多久。

"师父。"南嘉木眼眶微热，冰冷的手指触到键盘，打过去这简单的两个字时有些颤抖。

这么多年了师父还没忘记她每当心情不好了就会去天山采药，而他一直都陪她去，好像他对于她来说永远有时间。

"嗯。"那边的人好像是刻意坐在电脑旁等她上线，她这边消息才发出去，那边就恢复了。

"师父，这次陪徒儿去天山采绝情草吧！"想了想，南嘉木说道。

"绝情草？是要炼绝情丹吗？"这次消息没那么及时，可能有两分钟南宫倾城才回过来。

"嗯。"电脑里一身素衣的慕容绝色背着箩筐，手里拿着碧箫慢慢朝天山走去。

天山的落日余晖扫在静静立在山顶的慕容绝色身上，显得他有几分飘逸，遗世而独立。

"慕容，绝情草只对凡人有用，你我皆是修仙之人，应该知道这浅显的道理才是。"南宫倾城淡淡说着，同时拿过她手里的碧箫吹了起来。

"师父你也说了，我们是修仙之人，那师父这一曲《相思意》是为谁而奏？"

"师父……师父还有个会议要开，先走了。"这是第一次南宫倾城在慕容绝色之前离开天山，不难看出努力保持优雅的他有几分狼狈。

都快十二点了，什么会居然安排在这么晚？南嘉木没有深思，随之也下了线。

昨晚失眠，今天南嘉木起晚了，换衣服，洗漱，穿鞋，提包，一阵兵荒马乱。

"妈咪，早餐。"还没等她跑出门，餐厅里的小人儿优雅地坐在餐桌旁提醒毛毛躁躁的女人。

哎，他跟她说了多少次了，早上不要贪睡，早起十分钟就可以吃早餐了。遇上这么一个咋咋呼呼还爱睡懒觉的母亲，他南书影也只能认栽了。

"呜呜，谢谢宝贝。"南嘉木迅速折回餐厅，急急忙忙抓了片面包就走，然后在关门之际补充了一句，"乖宝宝，一会儿你有空从衣柜里帮妈咪挑一件衣服，我晚上要应酬。"

在楼下包子铺胡乱买了一大包吃的，她就飞奔到公交站台，赶商业区那趟最早的公交车。

正是上班高峰期，紧赶慢赶的南嘉木也没抢到一个座位。她又要提早餐，又要拉扶手的别提多难受。车厢狭窄又晃荡得厉害，她被人挤来挤去，简直要骂娘。

她这总裁做得够可以，手底下的副总、总监们个个都有了"坐骑"，她却还在这苦哈哈地挤公交车，真是太可怜了。她发誓，等这次难关一过，谁也别想阻止她买车。

"哈喽，小美女。"南嘉木刚到公司，昨晚那个小妹妹还真准时地出现在办公区。她朝她吹了个口哨，挑起害羞到不行的小姑娘的下巴，小痞子一样，"美女，吃早饭没，要不要陪爷吃饭？"

"吃了的。"小丫头大方地回应道。

"木木。"宋沐雪也是刚到公司，就看见南嘉木在和人说话，忍不住喊他。

"不是让你在家休息的吗？干吗又跑出来？不信任我，还是怕我携巨款跑路了？"将手里的塑料袋交到小妹妹手里，南嘉木吩咐她，"把这个分给没吃饭的伙计们，以后你就是我的助理了，替我打杂哦！"

"是，姐姐，不，南总。"关琳乖巧地去做事。

"这是谁？"宋沐雪一边朝总裁办公室走去，一边低声问她。

"我新收的徒弟，怎么样，够可爱，够听话吧？"南嘉木手搭在宋沐雪的肩膀上，认真地说道，"这个女孩儿是计算机系毕业的，小地方出来的，家庭条件不好，读的学校又是三流学校，进不了大公司，只能在酒吧兼职。我昨天看上了觉得这样一个专业和我们对口、人又善良的姑娘在那个地方可惜了，就收来了。"

"行吧，你自有你做事的道理。"她不关心这些小事，难道南嘉木一个总裁还没招一个人的权利了？再说她也觉得这女孩儿不错，大事要紧，"昨天的事怎么样了，嘉佳也不肯和我多说，搞定了没？"

"搞定,我来拿新的融资合同,一会儿就去兴海公司找张总签合同。"她觉得这事还是赶紧解决,免得夜长梦多。

　　"行,你开我车去,给,钥匙。"宋沐雪抛给她车钥匙。

第8章 生意黄了

兴海投资公司总裁办公室。

张总心情很好，对待下属们也是和颜悦色的，这可把下面的人给吓坏了，他们总裁以往都是臭着一张脸的，莫不是今天总裁捡到钱了？

"好的，总裁那我们先出去忙了。"借他们一百个胆子也不敢问老总因为何事如此高兴，只得乖乖出去做事了。

办公室只剩下张总一个人，他心情很好地拿起办公桌上他和夫人的相片，慢慢地欣赏起来。

想起昨晚，张总简直是心有余悸啊，他原以为那电话是家里的母老虎打的，急急忙忙地答应签合同就走了。出了酒吧后才敢拿出手机来看，原来不是她，虚惊一场。

喝得烂醉如泥，他以为回到家后又要面临世界大战以及各种严刑拷打，不料回到家后，夫人不但没查问他去哪儿了，还直夸奖他应酬辛苦了。最后还喜滋滋地捧着一本有作者签名的小说在他面前晃荡，给了他不少鼓励，直夸他办事很靠谱。

他当然不知道怎么回事了，不明白这女人又抽什么疯！但极少得到夫人的夸奖，他问她还喜欢吗？夫人当然喜笑颜开了，决定将海外的一个项目交给他去做了。

为了安全起见，他当然得确定南嘉木有没有出卖他，试探性地开口问她咋这么快弄到新书了。夫人就很激动地解释了，她中午才刚和南嘉木说了这事，下午四点她就得到书了。晚上她自然得打电话向南嘉木道谢了，当然最主要的目的就是试探一下他们晚上去哪个酒吧谈生意。知道自家丈夫是什么德行，她肯定是要搞破坏的。

哪知道南嘉木说她丈夫临时有了个大案子，不去了。丈夫爽约她当然得赔不是了，哪知南嘉木很是理解，说同样是做生意的，当然以利益为重了，不怪他。

说到最后，南嘉木不忘夸奖一番夫人好幸福，在家做全职太太，什么都不用操心，就连想要本新书，丈夫都用以往的交情请她帮忙弄到。说她嫁了个拼命工作的丈夫，很是幸运，不像她孤家寡人一个，白天工作，晚上应酬，事事亲力亲为，苦不堪言啊！

"别说这南嘉木平时看起来虚头巴脑，关键时刻还真挺守信，没有出卖我，反而在夫人面前夸赞我一番，助我得到海外那个项目。"张总放下相框，又拿起桌子上天禾传媒打算收购嘉木游戏公司的新闻报纸，眉头却皱起来了。

嘉木游戏都要被收购了，破产是迟早的事儿，他这会儿再往里投钱，这无疑是肉包子打狗，有去无回嘛！

他虽说感谢南嘉木对他的"恩情"，但生意和人情不能混为一谈，他当然得以利益为重了。可是不签合同呢，双方又是说好的，生意人最看重信誉，他不能出尔反尔吧，要不然以后怎么做生意？简直是左右为难嘛！

昨天晕乎乎的，他当然没想那么多，现在清醒了他一想便知，昨天的事南嘉木也算计了他。兵不厌诈，再说了他约人去酒吧谈生意，本来就没安什么好心，这事就算扯平了。

合同到底是签还是不签呢？张总犯难了，在办公室里来回踱步。不小心看到墙上的挂钟，张总浑浊的眼睛顿时明亮了！有了，他十点的飞机去德国，现在八点半，只要南嘉木能赶在他走之前来公司，他就签，要不然他只能爱莫能助了。

堵了一路，等南嘉木好不容易来到兴海投资公司时已经是十点半了，真倒霉，在路上整整堵了两个小时。

"女士，您好，请问有什么需要帮助？"前台礼貌开口。

"我约了你们张总谈生意。"昨天没约定具体时间，她只能祈求张总在公司。

"好的，请稍等，我帮您联系总裁秘书。"两分钟过去，前台放下电话后，很是歉意地说道，"女士不好意思，我们张总今早十点的飞机去德国了，您晚来一步了。"

"那他什么时候能回来？"该死，眼看就要签合同了，却不承想人出国了。

"秘书说德国那边的案子董事会上董事长让张总负责，新项目上手肯定得一两个月吧！"这是秘书说的，她也很奇怪秘书怎么会和她说总裁的行踪，但她一个小小的前台不敢多问，只能如实回答了。

"好，我知道了，谢谢。"南嘉木顿时像泄了气的皮球，无精打采的。

南嘉木没有马上启动车子，她在想到底是哪里出现了错误。张总虽然说人是软弱了些，好色了些，但他平时说话也挺好使的，不是那种出尔反尔的人，要不然他公司业务也不可能发展到国外去，这事有蹊跷。

难道真像陆未晞说的……等等，南嘉木头迅速从方向盘上抬起来，眼里熊熊烈火在燃烧。

陆未晞，好，好个陆未晞。

对，这事一定是他捣鬼。

他知道她公司现在没钱，好几个投资人已经从这个项目撤出资金了，他觉得天禾影视收购她南嘉木的公司稳操胜券，所以才会不把她放在眼里。

难怪昨晚他会出现在酒吧，还美其名曰为她好，见她没有放弃的意思，今天他又暗中搞破坏，好让张总不和她签约。

对，一定是这样，卑鄙小人。

"雪儿，你知道陆未晞的联系方式吗？"南嘉木在努力控制自己的怒火。

"我只知道他的工作号，怎么了？"

"没事，你先给我，我一会儿回去再和你们慢慢说。"

不一会儿宋沐雪就把他的号码发过来了，南嘉木快要将手机屏幕戳坏了才好不容易将电话拨通。

"您好，书影游戏公司，陆未晞。"这边陆未晞正在谈论收购方案，他放在桌子上的手机响了。

"陆未晞，你个乌龟王八蛋，你个卑鄙小人、缩头乌龟，你个只会暗地里使坏的小人。我昨天不是让你离我远点，要不然我见你一次打一次的吗？你竟敢坏我的好事，我和你势不两立，做鬼也不会放过你的。"

"喂……"接通电话对方不说是谁就一阵劈头盖脸的骂，他这边还没弄明白怎么回事，那边就挂了电话。

盯着黑屏的手机，后知后觉，他才明白这怒火中烧的人是谁，那个丫头的生意果然被他说中了——黄了。

如果他没猜错的话，那个女人以为是他在暗地里破坏了她的好事，他无辜，没在现场也"中枪"。

"师兄，是谁呀，这么没礼貌。"盛妍挨他最近，那边女人咆哮的声音，就算隔了一定的距离，也让她震耳欲聋，可想而知陆未晞的耳膜现在是有多疼。

"没事，就是一个疯女人，不用理她，我们继续。"陆未晞不着痕迹地避开盛妍的触碰，恢复以往的淡漠，继续讨论起案子。

接下来的时间里，几个部门经理都能够感受到他们老板心情的变化，他们一致怀疑老板是不是今早出门忘带脑子了，被人狠狠骂了一顿还能时不时偷笑。

　　还有，陆未晞另一旁的小助理可是有看到老板在偷偷存号码哦！不知道是谁，会不会是前几天用包打老板的那个霸道、火辣的女人？

第 9 章　梦想

南嘉木一肚子火地回到公司，立即将几个人召集起来，"张总和我没签成合同，他出国了，我们不能干等下去。雪儿，你回去把我们现在还合作的客户以及我们下半年的项目做一个汇总，明天早上给我。"

"是。"

"嘉佳，你核算一下我们以往的费用及现在还有多少资金可以流动，同样也是明天早上交给我，明白吗？"

"好的，"李嘉佳想了想，问道，"那我们还接受天禾收购吗？"不怪她会这么问，没有投资人，他们过不了这一关。

"不……不要正面回应，尽量地争取把价格往上抬，我们再想想其他办法。"

其实在知道公司最终命运时，南嘉木很想来个鱼死网破，死也不接受天禾的收购的。但一想到最近大家着急上火，没日没夜地辛苦，以及这一路走来，她们几个都是全心全意地相信她，所以，她就算再不甘心被陆未晞公司收购，她也只能接受，她不能让这帮死党血本无归。

而目前的状况，打持久战，这是最好的办法。

南嘉木站起来，脸上是前所未有的认真，"公司到了生死存亡的时候，大家必须团结起来，要不然我们一切努力都白费了。今天大家辛苦一点，各自把手头的任务完成，明天我有重要的事要说，相信我，我们一定会打赢这场仗的。"

仿佛又回到了几年前公司刚起步的时候，她也是这么胸有成竹地带领着大家在创业这条路上尽情地奔跑。几人眼眶红了，站起来，很有默契地伸出手，大声宣扬，"603，必胜，必胜。"

都七点了，南嘉木还在忙，宋沐雪来到她的办公室，"还不下班？"

"之前在国外，还有很多事不明白，得在明天之前理清楚，"南嘉木低头继续手中的工作，"你不问我明天要干什么？"

宋沐雪将一杯热水端到她面前，无所谓地说道："无论你做什么决定我们都会相信你的。再说，你要干什么明天会上不就知道了。"

"雪儿，谢谢你，谢谢你们。"她抓住宋沐雪的手，看着她憔悴的脸，很心疼，"你们丢下好好的工作陪我走这条未知的路，你们害不害怕？如果这次我们真的败了，你们后不后悔？"

"害怕肯定是会害怕的，但我们相信你，因为你比我们所有人都还希望公司发展得好。至于后不后悔，那肯定是不后悔的，失败了大不了从头再来罢了！用小云的话说，有钱了我就满世界跑，没钱了我就在国内，最不济在市内跑。

"一人三餐四季，吃得好坏，穿得体不体面对于我们来说根本没什么。最重要的是我们要有信念，活得要有目标，有梦想。

"体制内的东西固然有它的好，至少安定，不用担心吃了上顿没下顿，但它同样也束缚了我们的双手、我们的思想，让我们什么都不敢想，不敢做。我们其实一直挺感谢你带领我们走这一条未知却充满惊喜与激情的路，要不然我们无法想象大好青春年华在安逸、波澜不惊中度过是有多可怕。

"以前你不是说了，只要心中有梦想，随时都可以开始，随时可以上路。亲爱的，这几年来你不是做得很好嘛！大学时你说要办一个四个人的辅导机构，现在辅导机构换成了公司，这也是梦想成真。

"你一直活成了我们的榜样，活成了我们的骄傲，我们相信你能做好。我们不放弃，你也不放弃，好吗？"南嘉木起步太晚，太低，对于离婚后遍体鳞伤的她来说，她们知道她这一路走来有多不容易。

只要一涉及陆未晞，南嘉木就会不自觉地后退，害怕往前走。这次对方要不是陆未晞，而他又出现得突然，打她一个措手不及，她们相信，南嘉木会很理智，会很冷静的。

南嘉木刚出公司，就看到随意地倚在车子前的陆未晞，知道他肯定是来找她的，她走过去给他车子一脚，恶狠狠地说："有话快说，有屁快放。"

看着她踢车子疼得龇牙咧嘴，却假装没事一样，陆未晞好笑，"车子和你有仇，还是你和自己过不去？"

"废话连篇。"她懒得理他。

"你的生意不是我搅黄的，你冤枉我了。"见她要走，陆未晞赶紧拉住她的胳膊，"这事我必须说清楚，我不背这个黑锅。"他现在极度怕她将他拉入黑名单。

"那你昨晚为什么出现在酒吧？别告诉我你也是去那里谈生意。"南嘉木转身看着他。

"我……我……"

"你什么呀？"南嘉木很认真地听他解释，看他如何狡辩。

"我，我当然是……"他当然不能说他是不放心她了，这话要是被这个小女人听到，她尾巴还不翘上天了？

"我，我半天，你也说不出一个所以然，你这个大变态，跟踪狂。"南嘉木彻底不想理这个臭男人，直接掉头就走。

真是哑巴吃黄连有苦说不出，他大步上前，赶紧拦住她的去路，"我看你刚下班，一定还没吃饭吧，我请你吃饭去。"

"不饿。"

"烧烤。"

南嘉木的脚步顿了一下，这个人，就会专挑她馋的，哼，大丈夫不吃嗟来之食，继续前进。

"我请你看电影。"只剩下这最后一个能诱惑她的东西了，大学时她老是抱怨他太忙，都没陪她去看过一次电影。

南嘉木突然转身，霸道地对陆未晞说："我要看《前任3》，你不准去，我一个人去。"

其实，她现在只是想去看看爱得死去活来，能一起挺过一无所有，却不能共享荣华富贵的林佳和孟云为什么分手。其实她想去找寻答案，找寻几年前为什么陆未晞宁愿和她离婚也不愿意好好爱她的答案，是不是他们真的不合适。

其实，她现在只想好好大哭一场，在电影院看着《前任3》肆意大哭，就没有人会笑话她了。

陆未晞，林佳和孟云会分手因为他们一个以为对方不会走，一个以为对方会挽留，可我已经尽量迁就你，满足你，挽留你了，而且是祈求，你为什么还是坚持要走？

出了电影院的时候路上几乎没有人了，"行了，别哭了，不知道电影里都是骗人的？也只有骗你们这些小女生了，你还哭得稀里哗啦的，傻不傻？"陆未晞递给她纸巾，这丫头，都哭了两个多小时了，他左手的袖子都被她的眼泪染湿了。

"要你管，是谁让你来的，还坐在我旁边？"南嘉木一边擦着眼泪，一边气呼呼地吼。

"我不是怕有些人哭着哭着就不认识回家的路了，所以舍命陪君子了。"他怎么会放心让她一个人大晚上的来看电影？

"电影素材也是来源于生活嘛，你这个无情的人。"南嘉木很是自觉地爬上他的车，系好安全带后，她突然问道："你会放弃收购嘉木游戏吗？"

"那你希望我放弃吗？要是你求我的话，我会考虑放弃。"如果她希望他放弃，他就放弃，不用她求他也会放弃。他能想象得到，他得到合同，一定会丢了人。

"不，你不会放弃的，因为你要功成名就，你要出人头地，你要飞黄腾达，你要新鲜刺激，你要你的游戏王国，你要很多，很多，你是个骄傲又无情的人。"求他？这辈子，她南嘉木已经求过无数次了，不也走到离婚的下场吗？

"对不起。"被她一阵吼，陆未晞为当年他给她的伤害道歉。

她想听想要的不是他一句轻飘飘的道歉，她闭上眼睛拒绝交流。

看了《前任3》，她似乎有些明白林佳和孟云分开的理由不仅仅是一个以为对方不会走，一个以为对方会挽留，应该还有别的什么，只是她一时还想不明白。

第 10 章 妥协

最后南嘉木让陆未晞送她回公司，因为她不想让他知道她住的地方。在下车的时候，南嘉木突然问道："陆未晞，如果林佳真的吃芒果死了，孟云会不会终身不娶？如果哪一天我死了，你会不会怀念我？"

"我不会……"让你死。

"好，我知道了，这样很好。"还没等他说完，南嘉木已经推开车门逃似的离去了。

她怕他说出更残忍的话，毕竟，他们曾经从好友做到情侣也是十分相爱过。

在公司楼下大厅一根柱子后等陆未晞走了后，南嘉木才落寞地走向大街，招手打出租车。

商业区深夜很难打到车，她回到家时已经十二点了。客厅里只开了小灯，橘黄色的灯光洒在沙发、地板上，一切都显得那么柔暖，这是儿子特意为她留的。小小的人儿有颗玲珑心，知道她害怕满身疲惫回来时面对的是满室漆黑、一片冷清。

这些年南书影早已习惯了她的早出晚归，已经很自觉地洗漱睡觉了。南嘉木习惯性地轻轻打开儿子的房间门，看着他熟睡的小脸，她所有的委屈、不甘、疲惫都化为力量，为了这么乖巧早熟的儿子，她必须坚持住。

没有一丝困意，她去书房打开电脑，登录游戏。

自从在游戏里和师父恢复联系以来，她习惯了在夜深人静登录游戏。只有进入了游戏里的角色，成了慕容绝色，她才可暂时忘记现实的疲惫；只有在南宫倾城的身边，感受他的云淡风轻、泰然处之，她才能摆脱因陆未晞而产生的不自觉的慌乱。

"师父。"

"怎么了？"没几秒，南宫倾城回了消息。

这么晚他还不睡觉，似乎是刻意等自己的，南嘉木内心是一片安宁。知道她最近状态不好，所以就算这么晚了他仍然还在。

现实的困顿让她无处逃，虚拟的世界暂且得到片刻的慰藉，可她不知道这浅薄的温暖会在什么时候消失，惴惴不安又或者贪恋更多，"师父，你会一直都在吗？"

"师父会一直都在，哪怕我的小徒弟有天展翅高飞不再需要为师，为师也会在原地等你回来。"

她终究是不安的，所以没有回应这超越师徒关系似有似无的暧昧，此时能做的就是转移话题来缓解此刻的微妙的气氛，"师父，我公司要破产了，收购方是我前夫。师父，我该怎么办？"

漆黑的书房里只有电脑屏幕发散着微弱的光，男子眼中的光芒渐渐暗淡，前夫？短短数日，她在一个陌生人面前多次提到前夫二字，他该悲哀还是庆幸？

半个小时过去，南宫倾城还没有回复，南嘉木猜想师父也不知道怎么办。准备退出游戏睡觉了，就在这时屏幕上弹出消息，"慕容，你恨你前夫吗？"

南嘉木看着短短的几个字，内心有一秒的悸动，她感觉现在的心情很复杂。

想起他们从年少时光一路相伴走来，其中有因为误会而伤心欲绝，也有坦诚相待的缠绵悱恻，有心酸，也有甜蜜。结婚半年，他们有过短暂的快乐，但更多的是他对她的无情，她的愤怒、绝望。再相遇时，他的出现打她一个措手不及，毁灭了她好不容易建立起来的事业，打破了她平静的生活。

所以，她还是恨他的对不对？

"恨。"

"嗡嗡嗡……"南嘉木等南宫倾城给她答案，只是那边一直没回复，所以不知不觉中她就趴在电脑前睡着了。手机来电提醒把她吵醒了，睡眼蒙眬地摸索了半天，才在地板上找到震动不断的手机。

"喂。"这么晚了李嘉佳打电话来是有什么事吗？

"呜呜，呜呜，嘉木，呜呜……"刚接通电话，李嘉佳的哭泣声就传来了。

"怎么了嘉佳，你先别哭，发生了什么事？"听到哭声，南嘉木睡意全无。

李嘉佳努力地使自己镇定，但身体还是控制不住地颤抖，断断续续地说着，"嘉木，我妈打电话来说我爸突然晕倒了，正送往县医院。"

"李伯晕倒了，怎么回事？"南嘉木顾不得退出游戏，直接将电脑关机，开了免提后，胡乱地找了一张白纸在上面写写画画，一边安慰李嘉佳，"嘉佳，你别着急，你先告诉我你在哪儿，我去找你，我们连夜赶去县医院。"

"我还在家，正准备出门。"李嘉佳手足无措，慌乱不堪，爸爸突然晕倒，她能想到的人只有南嘉木。

"好，那你在你家小区门口等我，我尽快赶到。"南嘉木挂断电话后将写了字的纸条放在儿子的床头柜上，又立马给姚芷蕾发了个短信：亲爱的，我有点急事要出门，我儿子就拜托你照看一下，谢谢。

没有打到车，南嘉木一路狂奔，半个小时后在李嘉佳小区门口看到瑟瑟发抖的她。

"嘉木，呜呜，呜呜。"南嘉木的出现就像一根救命稻草，六神无主的李嘉佳慌乱地拉她的手。

"没事没事，有我在呢！"南嘉木给了她一个拥抱，冷静说道，"开你车去，路上再详细地给我说一下情况。"

"嗯。"李嘉佳擦了一下红红的眼眶，被南嘉木拉着手朝地下车库走去。

李嘉佳是她们几个中性子最温和的一个，柔软的性格导致她不能经受突如其来的坏消息。

等南嘉木二人抵达县医院时已经凌晨五点了，二楼手术室灯一直亮着，走廊上李母焦急地走来走去，双手合十在胸，碎碎叨叨地念着。

"妈，我爸怎么样了？"见到年迈的母亲一个人孤零零地在寂静的医院走廊上来回走动，祈祷爸爸没事，李嘉佳好不容易收住的眼泪又流了下来。

"嘉佳你可算来了，你爸爸都进去四个小时了，还没出来。"看到女儿，李母像看到希望，浑浊的眼泪爬满了脸庞。

"伯母，你先别担心，李伯一定会没事的。"南嘉木拉着李母的手，安慰着。

现在人是什么情况都还不知道，她们需要保持镇定。

"嘉木，嘉木，你李伯一定会没事的对吧？"李母需要别人反复地告诉她，老伴一定没事，她才能安心。要是老伴突然走了，她以后还怎么活啊！

"没事，没事，李伯吉人自有天相，一定会没事的。"南嘉木将李母扶坐在椅子上，询问情况，"伯母，你能告诉我李伯是怎么晕倒的吗？送到医院时，医生是怎么说的？"

一路上慌乱不堪的李嘉佳也没说清楚，只是大概说了她父亲有心脏病，这些年一直没发作过，昨晚是看了什么报纸才突然晕倒的。

"老伴有心脏病，昨晚不知道从哪儿翻出了云市嘉木游戏公司要被收购的报纸，看着看着就突然发病，晕倒在沙发上了。我立马就打了120，医生说幸好送来及时，要不然就……"说到最后，李母泣不成声。

受嘉木的影响，李母已经从一开始的慌乱渐渐地变得冷静，只是在一旁小声地哭泣。

"伯母没事了，李伯一定会没事的。"南嘉木轻轻地拍着老太太的背，不断地安慰。

她心里像塞了一团棉花，软软的，闷闷的，难受得要命。

当初成立公司时，家里老人都有支持，那是父辈们一生的积蓄。不知道爸妈知道被收购的消息会是什么样的，一种挫败感随之而来，就算不妥协又怎样，她身上承载着太多人的希望。

"医生，我爸爸怎么样了？"半个小时后手术室的灯熄灭了，李嘉佳连忙上前询问病情。

"老人家年纪大了这次发病又很急，幸好送来及时，我们也暂时控制住了病情，建议尽快转院去云市，那里心脏方面的专家比较权威。"中年男医生摘下口罩，尽管满身疲惫，还是耐心地介绍病人情况。

"麻烦医生了，谢谢。"

下午李嘉佳几人就给李伯办完了转院手续，到云市成功住院后已经是晚上十点了。

咨询了主治医生，建议做心脏搭桥手术，手术费用大概 20 万，加上后期的康复费用，大概需要 30 万。

30 万元要放在以前也不是什么事，可是现在公司面临被收购，负债累累，30 万不是小数目。

安顿好二老后，李嘉佳和南嘉木在医院楼下餐厅吃了一顿简单的晚饭。

"我明天就去把车卖了，房子也挂出去。"凑钱治病，李嘉佳什么都不要，只要爸爸平安无事。

"卖车可以，房子不许卖。"南嘉木冷静说着。

"不卖还能怎么办，治病要紧，别说房子，就算让我卖血，要我命也行。"李嘉佳眼眶红红的，手紧握成拳。30 万只是保守治疗费用，要是遇到什么突发情况花费更大。

"把房子卖了就连一个遮风挡雨的地方都没有了，难道你想让二老陪着你流浪？不要再给我说等你爸病好了就送他们回老家的废话，你爸妈老来得女，已经六十多岁了本来就应该接到身边来好照看，这次突然发病也算给了警告。"

"我知道，可是……"李嘉佳当然知道南嘉木说得在理，但现在治病要紧，以后的事以后再说，她顾不得那么多了。

"好好陪你爸妈，多安慰安慰老人，剩下的我来办。"已经穷途末路了，她南嘉木别无他法，小小的尊严在生死攸关前什么也不是。

李嘉佳留下来照看病人，南嘉木出了医院后给家里打了个电话，确定二老没事后，她朝家的方向走去。

这么晚了没公交车南嘉木索性就走路回去，街上已经没有什么人了，清冷的大街让她感觉全身发凉，早在几年前已经体会的无依无靠，再次体会时竟然是满身满心的悲凉。

屋漏偏逢连夜雨，街上的小混混倒是没放过她手里的包包，连追的力气都没有，她扯出一个比哭还难看的笑容。

小混混看她没追上来，疑惑地打开包，里面就一些化妆品之类的东西，至于手机比他的还烂。小混混折回来将包丢垃圾似的甩在她身上，忍不住啐了她一口，"我呸，没见过如此穷的人。"

南嘉木木然地从地上捡起包包，在起身那刻突然放声大哭，"谁都来欺负我，我南嘉木招谁惹谁了，呜呜……"哭得差不多了，掏出手机，那边一接通，她吼道，"陆未晞，明天签合同。"

第 11 章　小狼狗

李嘉佳一整晚都在医院陪床，第二天也没来得及回家收拾一番，等到公司时，才知道公司要签合同这个爆炸性的消息。

"雪儿，嘉木干吗突然答应签合同了，不是还要再坚持段时间的吗？"林溪云十分疑惑南嘉木怎么突然改变主意了，宋沐雪是公司副总，或许她知道的比较多。

公司早晚都要被收购，客观来说，早点收购好，现在公司是负债经营，拖的时间越长她们损失越大。这要换作别的公司，南嘉木做这个决定她一点儿也不惊讶，可对方是陆未晞，她南嘉木不是那么轻易妥协的人，她一定会和陆未晞死磕到底的。

"我也不知道，我一早就接到她发的短信，让我们准备好合同。"这会儿南嘉木还在路上，宋沐雪拿出短信给林溪云看。

"或许我知道原因。"李嘉佳无精打采的。

都是因为她，所以嘉木才会向陆未晞低头的。

"什么原因？"宋沐雪和林溪云同时看向她，异口同声地问。

"昨晚我爸心脏病犯了，现在人在云市市医院，医生说我爸要做心脏搭桥的手术，是嘉木和我将我爸从县医院转到市医院的。"李嘉佳恨自己无能，没钱给生病的父亲治病，没有尽到孝道，恨自己无能，不能替朋友分忧解难。

"所以，南嘉木急着签合同是因为治疗费用。"宋沐雪冰冷地看着李嘉佳，语气冰冷地说着。

"雪儿，你别这样。嘉佳她也是没办法，嘉木更不可能看着李伯没钱治病。"知道了原因，林溪云反而不关心合同的事了，治病要紧。

"李嘉佳，我在意的是合同的事吗？我是生气你爸出了这么大的事你都不告诉我们，从你接到你母亲的电话到现在你都没给我们说一声，你当我们是你朋友吗？"宋沐雪冷笑了一声，自嘲道，"也对，你的朋友从来都只是南嘉木一个，我们永远也不是你可以交心，危急时刻想到的人。"

"宋沐雪，你在说什么胡话？"南嘉木刚到公司，就听到宋沐雪的混账话，顿时提高音贝。

"呵，南嘉木，你终于来了。"宋沐雪偏过头，冷笑地看着南嘉木，"前不久你说合同不签，咱们大家听你的不签，也一直在努力地让公司起死回生的。现在你又突然说要签了，咱们就不能有任何异议。南嘉木，你有当我们是合伙人吗？连商量二字都没有。"

南嘉木笑眯眯地看着宋沐雪，什么话也没说，任由她发泄。

每当南嘉木露出这种意味不明的笑意时谁也猜不透她的想法，不知道下一刻她会做出什么惊人的举动。宋沐雪这番话她自己听来都有些刺耳，更何况南嘉木这个软硬不吃的家伙。

这个时候帮哪边都不对，一不小心就引发"世界大战"，最聪明的做法就是保持沉默。林溪云担心二人会吵起来，不着痕迹地挪到二人中间，就怕她俩掐架，她也好隔开。

"说完了？"南嘉木见宋沐雪停下来，这才向前走一步，很是霸道地将挡在中间的林溪云拽开，扬起手然后狠狠地将还在愤怒中的宋沐雪抱在怀里，说道，"雪儿，你终于发泄出来了，自从公司出事以来，你不言不语，我还担心你憋坏了，这下好了发泄出来就好。"

宋沐雪是个冷情的人，能走进她的心里的人不多，因为曾经的背叛，她很难做到将后背留给别人。至于"闺蜜"二字，在她的世界里也只是普通的两个汉字，不，是不愿意提及的伤，男朋友和闺蜜勾搭上了，这样的打击，不是所有人都能够挨过来的。

所以，她现在因为李嘉佳没有及时告诉她家里的事，借合同的事大发雷霆都是因为她宋沐雪终于肯面对过去的伤痛并走出来，把她们几个当闺蜜、知心朋友了。

"哼，合同的事呢？"宋沐雪剜了南嘉木一眼，嘴硬地说着，"好歹我也是公司的二把手，你就这样自作主张了，这事我和你没完。"

"美人，马上你就不是二把手了，我都不知道是十八线以外几把手了。"南嘉木最会和稀泥了，同时拉着宋沐雪和李嘉佳的手，解释道，"当时情况紧急，我和嘉佳住的地方挨得近所以就先通知我了。"

"雪儿，溪云，对不起，我不是故意瞒着你们的，我想着大家最近为了公司的事忙得焦头烂额了，等过段时间我再给你们说的，对不起。"李嘉佳眼眶湿润，宋沐雪骂她她很开心，她终于不再是一个人孤军奋战，她有几个同甘共苦的好朋友。

误会解开后几个人抱在一起，破涕为笑。

"嘉木，合同的事你决定好了？"林溪云看宋沐雪和李嘉佳都有不想说话的趋势，只有她开口询问这事了。

"决定好了。"南嘉木一边看着手里刚拟的合同一边说道，"其实我们大家都清楚公司被收购是迟早的事，就算没有这次的事以后也会遇到各种各样的问题，我们这种小公司是没有专门的管理团队，只有依附在别的大公司的名下，才能有更好的出路。"

"可是对方是……陆未晞。"李嘉佳说。

"陆未晞又怎样？只要能带领我们赚钱，管他是谁呢！阎王爷我也干。前不久是我幼稚了，只顾自己的感受，把你们的利益抛之脑后，你们不顾一切跟着我干，家里差不多也是掏空老底的，我不能让你们血本无归。以后跟着天耀科技，努力赚钱。"

她发誓，今后只有一个目标：就是努力赚钱。

"好吧，我们认识的南嘉木回来了。"几人相互看了几眼后，一致认为大学时那个打不死的"小狼狗"回来了。

第12章 小宇宙燃烧

下午南嘉木和宋沐雪两人拿着新拟的收购合同直接来到天耀科技集团，这几年她们陆续从别人口中得知陆未晞的公司做得很大，可真到了天耀科技集团的总部，看到占据了云市商业区最大一栋写字楼五层的天耀科技时，南嘉木还是忍不住惊叹。

陆未晞不得不让她佩服，她只比他晚了一年而已，他的公司却发展到今天这个规模。

"您好女士，请问有什么能为您服务的？"

"你好，我约了你们陆总谈工作。"南嘉木发现公司前台礼貌周到的态度比陆未晞好十条街，那家伙就是一个自大狂，她很疑惑他是如何调教出如此优秀员工的。

"好的，您请稍等。"

"叮。"电梯在20层停下，南嘉木踩着高跟鞋走出电梯，高傲得如同一只孔雀。

听说穿高跟鞋的女人最有气质，她今天特意穿了高跟鞋，输人不输阵。

"咚咚咚。"

"请进。"里面传来陆未晞礼貌却不失温润的声音，这倒让秘书背后做足气势的南嘉木愣了两秒。

这家伙，简直就是个"戏精"，就只会在她面前充大爷。

秘书走到埋头处理工作的陆未晞桌前，开口道："陆总，嘉木游戏公司的南总、宋总到了。"

陆未晞抬起头，"我知道了，去端两杯咖啡过来，一杯是蓝山不加糖。"

"南小姐、宋小姐怎么到这儿来了？"陆未晞也是刚从秘书那儿知道她们来总部和他谈合同。

前台说嘉木游戏的老总说和他约好来总部谈工作，这丫头就会假传圣旨，他什么时候和她约的？

南嘉木也没等陆未晞请她们坐下，一边在真皮沙发上坐下后拿出包里的合同，一边说道："谈工作不来公司难道去酒吧啊！"她在说这话时被旁边的宋沐雪扯了一下衣袖。

"陆总，我们是来谈收购嘉木游戏的合同，冒昧之处还望见谅。"宋沐雪比南嘉木礼貌多了。

陆未晞看着随时有"喷火"迹象的南嘉木，有几分随意几分好笑地说着："我记得是天禾收购嘉木游戏吧，要谈合同也是去天禾吧，二位怎么跑来天耀科技了？"

这丫头，公司都到这地步了，还灭不了那嚣张的气焰。

"废话……"南嘉木刚吐出两个字，秘书就端着咖啡进来，蓝山不加糖那杯在陆未晞的示意下被送到自己面前，她瞥了一眼咖啡，不客气地端起来润了润喉，继续说道，"就天禾那位欺软怕硬的，我们嘉木游戏跟着他有什么前途？再说了，天禾不是天耀科技旗下的分公司？"

"天禾虽然是天耀科技旗下的分公司，但他们有内部决策的权利，收购一个小公司还不需要我们总部亲自出马。"

"那你那天干吗出现在碧阳国际？"陆未晞那从骨子里散发出来的气势让南嘉木的气焰不自觉地小了一点。

识时务者为俊杰，陆未晞是个狠角色，她还是别招惹他，要不然总没好果子吃，她之所以这么嚣张还不是想做足声势，先发制人？

"南小姐是来找碴的还是来谈合同的？如果是找碴的陆某很忙没时间配合。如果是来谈生意的，这态度最好还是和颜悦色点好，毕竟生意人讲究和气生财嘛！"私下就他们两个她要怎么闹他都可以不计较，但现在是在公司，谈生意，还有外人在场，他不会无条件迁就她。

"陆总见谅，我们南总昨晚没睡好。"宋沐雪皮笑肉不笑地为南嘉木打圆场，"陆总，我们嘉木做到今天不容易，既然被收购了当然希望借着天耀科技这棵大树乘凉，要不然还不如宣布破产。"

"说说你们的想法吧！"嘉木游戏于公于私都只能在他陆未晞的眼皮底下存在着。

"很简单，我们要求嘉木游戏并入天耀科技总部，只要进入集团总部，收购价可以下降一点。"南嘉木将合同递到陆未晞面前，"具体的细节在合同里有详细的介绍，请陆总过目。"

陆未晞随意翻了一下合同，将合同合上之后坚决地说道："收购价下降15个百分点。"

"不可能。"南嘉木怒不可遏地站了起来。

本来天耀科技收购价就是市场最低价了，这会儿还要降15个百分点，这无异于趁火打劫。

"既然南总不满意这次的谈判，那好走不送。"陆未晞随意地靠在沙发上，成竹在胸。

"陆总，这个价格确实太低了点，您看我们要不再商量商量？"宋沐雪脸色煞白，努力让自己镇定点，然而放在膝盖上的手指捏得很紧，关节处泛白。

"宋小姐，这是我能想到的最好的价格了，再谈下去估计你们南总要放火烧了我办公室。"陆未晞很享受那小丫头炸毛的感觉。

"这……"

"奸商。"南嘉木恨恨地从包里拿出钢笔，烦躁地翻开合同最后一页，破罐子破摔地要签名。

"慢着。"陆未晞在关键时刻伸手挡住了她签字，"合同我还要再看看，签约时间暂定在明天，至于具体是什么时候，我的秘书会通知二位的。"

"请问陆总还有什么不明白的？"南嘉木感觉自己快要忍不住了，恨不得把面前这可恶的男人大卸八块。

用她以往的话来形容南嘉木此时的状况，是我的小宇宙要燃烧了，陆未晞在心里发笑，然而面上却波澜不惊，一本正经地扯谎，"我现在头疼，不想看任何文字，所以，抱歉，明天再说吧，秘书，送客。"

出了天耀科技大门，南嘉木终于忍不住了，将陆未晞的八代祖宗全部问候了一遍，拉着宋沐雪的手臂气呼呼地说道："这陆未晞简直是个衣冠禽兽，超级无敌大奸商，落井下石，趁火打劫。"

宋沐雪倒没有南嘉木那么激动，"生意人讲究利益最大化这也无可厚非，但陆未晞狠就狠在他抓住了我们的命脉，清楚天耀科技想收购我们公司但价格谈不拢，那其他游戏公司出的价只会比这个更低的。而且，天耀科技现在已经算是云市游戏这块的龙头老大，其他小公司也不会冒着得罪他们的风险收购咱们公司的。"

"所以，要是我们不答应，真的只有破产这条路了。"南嘉木像泄了气的皮球，软趴趴地挂在宋沐雪的身上，她就是知道是这样，才会任由陆未晞拿捏。

第 13 章　美人制造

南嘉木回到家时才晚上六点，不要问她为什么下班这么早，只因为现在公司什么也做不了，而且收购一直谈不拢，员工都跑完了，只剩下她从酒吧带回来的小妹了。

"宝贝，我回来了，做了什么好吃的？"她才刚开门，厨房就传来阵阵饭菜的香味。

厨房里小家伙赶紧从凳子上跳下来，跑到客厅给南嘉木一个大熊抱，然后骄傲地说着菜，"有红烧狮子头，麻辣豆腐，水煮鱼，鱼香肉丝，宫保鸡丁，红烧排骨。"

"哇哦，好丰盛哦！"南嘉木配合小家伙的演出，情不自禁地在他的脸颊处给了几个香吻，"宝贝，今天是要庆祝什么吗？干吗吃得那么丰盛？"

别怪她如此问，因为这个家是儿子当家。平时他们吃的连猪都嫌弃，经常是全素宴，美其名曰是为了给她减肥，实际上呢是小家伙体谅她赚钱不容易，要养两个家，还要给外婆看病，小家省下的钱都给了外公外婆啦。

"明天某个人过生日，我这算是提前庆祝了。"南书影嫌弃地擦掉南嘉木在他脸上涂的口水，捧着她的脑袋说着，"看你这些年又当爹又当妈的也不容易，所以就特赦你今天和明天不用减肥啦！"

"哈哈，谢谢宝贝，美食万岁。"天底下再也没有比吃更快乐的事了。

以前陆未晞不允许她吃烧烤，把她看得死死的，现在他儿子不让她吃太过油腻的东西，哎，她这辈子栽在陆家两个男人的手里了。

"宝贝，学校过几天就要放暑假了吧？"餐桌上南嘉木往嘴里丢了一大块红烧肉，来不及吞就囫囵着问。

"是呀，怎么了妈妈？"南书影优雅地放下筷子后拿起旁边的勺子给南嘉木盛汤。

"咳咳咳……"吃得太急被噎着了，南嘉木不顾形象地端起汤喝着，舒服多了后她才继续说道，"外公外婆说想你了，宝贝，放暑假了你代替妈妈去陪陪他们怎么样？"

既然公司要被收购了，接下来她和陆未晞接触的时间会很多，那家伙是个聪明人，她很难保证他不会发现南书影的存在。

"好啊！"南书影一脸兴奋，隐藏在笑脸背后的狡黠南嘉木来不及捕捉就已经消失不见。

知道妈妈的公司要被天耀科技收购的时候他就去百度查了，创始人是陆未晞，那个男人是他生物学上的父亲。他们现在离婚了，妈妈这次把他支走是怕陆未晞发现他的存在，继而和妈妈争夺他的抚养权吧！

哎，他有时候真的为他妈妈的智商感到着急，都不知道那个聪明透顶的陆未晞当初是怎么看上她的。他是他们离婚后才出生的，抚养权没有特殊情况是归她的，陆未晞反而要向她支付抚养费呢！打官司她胜算的概率也很大的，更何况他怎么会离开她呢！

"宝贝真乖。"

第二天南嘉木是被电话铃声吵醒的，闭着眼摸索了半天才从床尾找到手机，是一个陌生的号码，"喂，你好，请问哪位？"

"您好南总，我是陆总的秘书丁玲，我打电话给您是通知您陆总将签约定在下午五点希尔顿大酒店。"

"好的，我知道了，谢谢！"丁秘书甜美礼貌的声音并没有让南嘉木立刻清醒，挂了电话后她蒙头大睡。

下午五点，还早着呢！拜陆未晞所赐，终于可以睡个懒觉了。这几年来她吃得很潦草，起得早，睡得晚，还累，总之她的日子已经不能算是人过的了。

南书影中午一般不回家，他将妈妈的早晨和中餐做好后端到她房间床头柜上，吩咐蒙头大睡的南嘉木记得起来吃饭后就去上学了。

下午两点的时候陆未晞打来电话，南嘉木才从被子里爬出来，看着床头柜已经凉透了的早餐，她傻眼了，居然只顾睡觉忘了吃饭了。我的乖乖，还好小家伙没在家，要不然他要开启和陆未晞一样的"碎碎念"，直教人想一死了之。

洗漱好下楼，才出小区门口，陆未晞的车子已经停在了路边。

她顿时一个激灵，十分警惕地左右看看，确定南书影没在附近后才急匆匆走过去，"你怎么找到这里的？"顺便踢了一脚车子。

"要找你的住址还难不倒我。"陆未晞瞥了一眼她的帆布鞋，牛仔裤，T恤衫，十分嫌弃，"你就打算穿这一身和我签约？"明明海边那唯美、优雅的照片中是她南嘉木本人，怎么到他跟前她就这副德行。

南嘉木理也不理他，绕过车头直接拉开车门坐进副驾驶室，系好安全带才慵懒地回答他的问题，"首先，我和你签约和我穿什么没关系，我更糟糕的样子你也看过不是吗？其次，我并没有要求你来我家接我，这会儿离约定时间还早，说不定姐姐心情好就去商场买名牌衣服，到时候亮瞎你的眼睛。最后，你将签约地点定在酒店和定在酒吧没什么区别，我不穿随意点怎么能遂了你意，但我得提醒你，我是有夫之妇，你可别乱来哦！"

"伶牙俐齿。"陆未晞自知说不过她，发动车子朝最近的商场驶去。

对付她做永远比说来得有效，软硬不吃的家伙。

"咕噜噜，咕噜噜。"车子才驶上天桥，南嘉木的肚子抗议着唱起了"空城计"，声音响得捂都捂不住。

该死，丢死人了。

"还没吃饭？"陆未晞瞥了一眼她红红的脸，自顾说着，"不会是为了贪睡，到现在还没吃饭吧！"

大学课业比较少，有时候周五下午就没课了，这丫头硬是能从周五下课睡到周天下午，除了上厕所，她不会离开她的床半步，至于吃饭问题一般都是自己买了托她室友带回宿舍才解决的。

这睡功，天下一绝。

"家住大海啊，多管闲事。"

陆未晞带南嘉木在云市最大商场的二楼餐厅吃了饭后，直接将人拽到五楼的女装专卖店，她的这身打扮，他多看一眼就忍不住想抽她。

"陆未晞，这鞋子太高了，裙子太暴露了，还有，这大热天的，戴什么帽子啊，热死了。"导购员给她搭配好后，南嘉木从试衣间出来，歪歪斜斜地朝坐在沙发上的陆未晞走去。

14 厘米的恨天高，她脚怕是要废了。

陆未晞闻言，抬起头看着朝他走来的人儿，鱼嘴头银白色的高跟凉鞋，低胸火红的露背连衣裙，暗黑色的礼帽，大胆的颜色，简单大气的搭配，瞬间让她从丑小鸭变成一只高贵天鹅，不由得，他竟看痴了。

这丫头，是一颗被尘封的明珠，好好的身材被平时那没品位的打扮给埋没了。

陆未晞努力控制住自己对她的惊艳，故作随意地说道："还不错，就这身吧！"

第 14 章　生日快乐

买好衣服后陆未晞又带南嘉木去做了头发，做完头发后又是看电影，从电影院出来后五点已经过了。

坐在公园长椅上歇脚的南嘉木一边弯腰揉着酸痛的脚脖子，一边怀疑地问："陆未晞，五点都过了咱们还没有签合同，你不会是没想签合同却借此来和我约会吧？又是买衣服又是做头发的，无事献殷勤非奸即盗。"

"咳咳咳，你未免也自我感觉太良好了吧！"陆未晞有些不自然地拉起已经歇得差不多的南嘉木，粗声粗气地说道，"我饿了咱们先吃饭。"

"现在才不到六点，我不饿，咱们还是谈正事，把合同签了后各回各家。"南嘉木像躲避瘟疫一样迅速地躲开他的触碰。

他饿了关她什么事，签合同要紧，她宝贝儿子还在家等着给她过生日呢！

"好啊，你要是愿意以后再谈我无所谓，反正你是知道的，这合同多拖一天情况就会不一样，价格方面我就不好说了。"被她嫌弃陆未晞也不恼，反而笑眯眯地说，"现在你是要陪我去吃饭还是回家，决定权在你。"

"陆未晞，上辈子我一定是欠了你的。"南嘉木恨得牙痒痒的，这人怎么变成今天这个样子，厚颜无耻，就会威胁她。

七点的时候陆未晞带着南嘉木来到云市一家出名的法国餐厅，这会儿吃饭的人比较多。南嘉木想着一会儿化悲愤为食欲，狠狠地宰陆未晞一顿，放放他这万恶的商人的老血。

点好餐后陆未晞叫来服务生，在他耳边轻轻交代几句后拿出公文包里的合同，递给对面的南嘉木，"这是我修改了的合同，你先看看，觉得合适就签了。"这丫头心心念念的就是这个东西，要不然她才不会乖乖任由他摆布。

细细地将合同从头到尾地看了一遍，就怕陆未晞在合同里阴她，合上合同后南嘉木有些惊讶问道："收购价比咱们第一次谈的上提了20个百分点，这是什么意思？"

昨天他还像周扒皮一样，今天这么慷慨。

"很简单，这上面提的20个百分点买了你的自由，以后什么事你都得听我安排。"陆未晞很严肃地继续说道，"不过只是限于工作，你私人时间还是可以自由支配的。"

"不公平。"南嘉木努力控制火气，"就区区两百万买了我的后半生，不干。"

"干不干随你便，你要吃了饭再走还是现在就走我绝不拦你。"陆未晞突然笑得诡异，"李嘉佳父亲正在治病，合同没签成，不晓得去哪里凑钱？看在同学一场的分上，我肯定会帮帮她的。"

"陆未晞，你个无耻的小人，就会趁火打劫，笔拿来，我签。"这合同等于卖身契，他捏住她的命脉，必须签。

签了合同，陆未晞看着气呼呼的她，笑得有几分宠溺，只是南嘉木忙着在心里生气，没心情看他。

"祝你生日快乐，祝你生日快乐。"餐厅突然响起了生日歌，接着服务生把插着蜡烛的三层蛋糕推了过来，"南小姐，祝您生日快乐。陆先生一个星期以前就提前订好了位置，祝您生日快乐，用餐愉快。"

餐厅里其他客人朝他们这桌看过来，有节奏地拍着手唱起了生日歌。

南嘉木看着对面脸庞柔和的陆未晞，惊讶大于惊吓，"陆未晞。"他还记得她的生日。

所以，今天一天他借着合同的缘由，陪她吃饭逛街看电影，就只是为了庆祝她过生日。几年过去了，她以为他早就忘记她的生日是哪天了。而她，自始至终都是不耐烦的，巴不得签了合同走人，多看他一眼，多待一分钟都不愿意。

"生日快乐。"看着她眼眶有些红，陆未晞看着她，真诚夸赞，"今天的寿星很漂亮，快吹蜡烛许愿。"

南嘉木努力控制要掉下来的眼泪，借由吹蜡烛的动作将眼泪逼回眼眶。

"许了什么愿望，能告诉我吗？"

"不告诉你。"

"小气鬼。"陆未晞也不逼她，笑着问道，"吃完饭继续逛还是回去了？"

穿了这么长时间的高跟鞋，她脚受不了，应该早点回去休息。尽管在这个特殊的日子里，他很想陪着她，不想回到宽敞寂静的房子，一个人孤零零地待着。

"回去。"家里还有小家伙等着给她过生日呢。

车子停在南嘉木小区门口，解开安全带后南嘉木要下车的当口说道："陆未晞，从现在开始，我不想在我家方圆百米的地方见到你，听到没有？"

今天没有碰到南书影已经是万幸了，他要是经常在这一带出现，那两人碰上是迟早的事。

"为什么？你为什么不允许我出现在这里，难道你有什么事不能让我知道？"陆未晞万万不能答应她这无理的要求。

"你不答应也行，我明天就把房子卖了另外找一个你不知道的地方，你要是还是阴魂不散我就辞职离开云市。我们已经离婚了，我不想在工作场所以外的地方见到你。"

"你……"陆未晞除了妥协没有别的办法，能再次相遇已经是上天给的恩赐了，这女人太狠了，说到做到，他冷冷地说道，"我不出现就是，你也没必要这么大费周章。"

南嘉木下车后陆未晞启动车子绝尘而去，没有说一句道别的话。

第 15 章　被表白的烦恼

就在刚才以前，他还天真地认为南嘉木不再排斥，慢慢接受他了。她再次提到离婚，原来她一直都没有忘记他给她的伤害。

"小师弟。"

南嘉木转身要进小区，突然听到熟悉的声音叫她，转过身，马路对面站着一个温润如玉的人，左手向她招手，右手提着蛋糕的，居然是她一年多不见的顾师兄。

顾昔承走到她面前，南嘉木在他胸口擂了一拳，确定不是做梦才兴高采烈地说道："顾师兄，真的是你，我还以为我出现幻听呢！"

"小师弟，许久不见，你还是一如既往地虎虎生威啊！"顾昔承习惯性地捏了捏她的脸颊，捂着被她打过的地方，假装虚弱地说道，"你擂我的这一拳，足够让我足不出户地休养半个月。"

"才没有好不好，人家已经弃武从文了，现在是妥妥的一枚小淑女。"南嘉木被他夸张的表情逗笑了，双手缠着他的手臂，仰起头问，"美人师兄，你什么时候回来的，德国那边的事还顺利吧？一年多没见你，我好想你啊！"

顾昔承牵着她的手边走边说，"德国那边的事基本上处理完了，那边有我妈在，没什么问题。近一年，我不打算回德国了。"

到了楼下南嘉木迅速地从包里掏出门禁卡，顾昔承体贴地帮她撑着玻璃门，"这一年我好想小家伙，当然最想的是你。"

南嘉木摁下电梯楼层，回头说道："哈哈，小家伙要是知道你回来了不知道有多高兴呢！"

"妈妈，你再不回来我都要以为你丢下我和别的男人私奔去了。"听到门铃响，南书影软绵绵地去开门。

"哈哈，妈妈这不是回来了嘛！"南嘉木只能打马虎眼，她能告诉儿子自己很不厚道地丢下儿子和他名义上的老爸去玩了一天吗？

"小家伙，有没有想叔叔呀？"看着那小子像被霜打的茄子一样，无精打采的，顾昔承只好出来救场了。

小家伙这会儿已经走到客厅沙发旁了，听到熟悉的声音，立马来了劲。转身预备起跑，所有动作一气呵成，紧接着像一枚炮弹朝顾昔承的怀里发射过去，奶声奶气地撒娇，"叔叔，一年多了你都不回来看人家，你是不是有了新欢忘了旧爱了，人家好伤心。"

"这……"顾昔承无语了，南嘉木是怎么教儿子的，他这么小就给他灌输这些乱七八糟的东西，南书影竟然没长残已经是万幸了，"小家伙，我想你呀，叔叔这不坐了一天飞机回来了嘛！"

听到顾昔承也想他小家伙放心了，在他怀里各种为非作歹，一会儿挖他鼻子，一会儿戳他眼睛什么的，坐在一旁的南嘉木实在是看不下去了，怒吼，"南书影，乖乖给我回房写五百字的检讨。"

"我不要，要写你自己去写。"小家伙继续蹂躏顾昔承，然后讨好地说道，"叔叔你又变漂亮了，我爱死你了。"

"哈哈，小家伙嘴真甜。"顾昔承在南书影小小的脸蛋上亲了一口，大掌抚摸着他柔软的头发，哄道，"小家伙乖，叔叔包里有给你买的变形金刚，自己去书房玩吧，叔叔有话要和你妈妈说。"

"好的。"有礼物南书影乖得不行，立马跳下沙发，朝玩具跑去。

南嘉木看着一向少年老成的儿子如此跳脱，有了玩具欢快到不行，她才知道她这妈妈做得有多失败，跟着她，南书影缺失了童真。

"不用内疚，你已经做得很好了。"看出她眼里的落寞，顾昔承拉着她的手，认真地问道，"嘉木，这么多年了，你就没想过给书影一个完整的家吗？"

南嘉木没有挣脱他的手，看着他，木然地摇头。

她从来没想过要再结婚，婚姻给她的无非是一地鸡毛，满心疲惫，幸好这些年有儿子在，她才不会绝望地死去。

收到意料之中的答案，顾昔承不知道是该庆幸还是悲哀，她的人生里没有别人同样也没有他顾昔承。

就算如此，他还是想为自己争取点什么，"嘉木，这次我回来我就是想来照顾你们的，我妈妈也答应了的。"

今天是她生日，他想在这特殊的日子里，得到允许他出现在她生命里的特权。

南嘉木看着顾昔承决然回答，"师兄，你一辈子都是我的师兄，也只是我的师兄。"挣脱他干燥温暖的大手，南嘉木起身拆开他给她买的生日蛋糕，"谢谢师兄一直记着我的生日，这次还特意赶回来，我很感动。"

知道不能逼她太紧，顾昔承掩饰住内心的失望，"你开心就好，你先忙着，我去叫小家伙出来吃蛋糕。"

过了十二点顾昔承才走，南书影玩累了也去睡觉了。

繁华过后是落寞，偌大的客厅只有她一个人，她又长了一岁，应该更加成熟才对，可是她却发现内心越来越脆弱。

顾昔承的真诚，陆未晞的有意补偿，这些都不是她想要的。

"师父，你在吗？"每当心烦意乱，南嘉木习惯性地去游戏里找南宫倾城。

"在，怎么了？"南宫倾城回消息永远那么迅速。

南嘉木想了想，打下一串字，"师父，昨天是我的生日。"

"迟到的祝福，生日快乐。"那边似乎是网卡了，一分钟后消息才收到，紧接着又是另外一条消息，"是发生了什么不愉快的事吗？感觉你心情很低落。"

南嘉木手指在键盘上飞扬，"白天我前夫陪了我一天，虽然我挺讨厌他的，但这么多年他还能记住我的生日，我又有些感动，总之就是很烦躁。"

这次消息接收得比较及时，"估计他是想和你复婚吧！"

"没有吧，我看他对我挺狠的，各种打击加嫌弃。"

"或许是他不知道如何表达内心的感情，所思所想和实际行动有些不符合吧！"

南嘉木疑惑地挠头，今天的师父有些奇怪，老是帮着陆未晞说话，"师父你认识陆未晞吗？"

"不认识。"

"我还以为你们认识呢，你一直在帮他说好话。"南嘉木继续对南宫倾城吐槽，"还有一件糟心的事。"

"怎么了，被表白了？"南宫倾城开了个小玩笑，之后又附了个奸计得逞的笑脸。

师父真牛，隔着屏幕也知道她被表白了，"师父你真是神算子，我顾师兄回来了，特意赶回来给我过生日，本来我挺开心，感动的，可他突然向我表白，我就有点烦躁了。"

"别多想，睡觉吧，明天起来一切都过去了。"南宫倾城打了个晚安的表情过来。

好吧，估计师父觉得大家都一把年纪了，还说这些情情爱爱的太无聊了，困了想睡觉了，所以她也只能下线了。

数星星数羊，看电视，运动，总之烦躁的南嘉木就是睡不着。

第 16 章　职位变动

第二天起床南嘉木顶着两个熊猫眼出现在餐桌旁，吓坏了正在吃早餐的南书影。

"妈妈，你是失恋了吗，昨晚失眠了吧？"小大人南书影一脸正经地问道，"不会是和我顾叔叔有关吧？"

南嘉木正在喝牛奶，闻言忍不住将牛奶喷在对面南书影的脸上，看着他立马阴沉的脸，她赶紧抽纸巾给他擦脸，一边擦一边道歉，"对不起，宝贝我不是故意的。"

这孩子也太牛了吧，他怎么就知道昨晚失眠是和顾昔承有关，还有——失恋？谁教他的，人小鬼大。陆未晞的基因也太强了点吧，南书影没事在这种问题上干吗那么聪明？

"哼。"南书影很是嫌弃有这么个不靠谱、一惊一乍的老妈，等南嘉木缓和过来后，南书影才慢悠悠地说道，"我想和顾叔叔应该没什么关系，我可能猜错了，毕竟顾叔叔也永远只是我的顾叔叔。"

"宝贝儿，难道你不想要个爸爸吗？这样每天都有人送你去学校了。"南嘉木有些心虚地盯着对面缩小版的陆未晞。

南书影一脸嫌弃，酷酷地说道："我才不要人去送，我已经是大人了。"

南嘉木手动给儿子点赞，这娃太让人省心了。

她顿时热泪盈眶啊，很是激动地问："那你不想要个爸爸？"

小家伙放下手中的餐具，优雅地擦了擦嘴才慢腾腾地问："你不是说我爸坟头上的草已经长了好几波了吗，哪里来的爸爸？不会是这么多年，你一直在骗我，我爸爸其实还活在世界某个角落吧？"

"没骗没骗，哪能骗你呀！"南嘉木连忙摆手，这么个强悍的儿子她招架不住，赶紧否认，这事就翻篇了。

哎，以后再也不提给他找爸爸的事了，避免越说越错。

都怪昨天那两个男人搞得自己心烦意乱，今天才会在这里和南书影胡言乱语的。

"那你给我说说我爸爸是怎么死的？"显然南书影不想让她蒙混过关。

"怎么死的？让我想想。"南嘉木撑着脑袋想了五分钟，想了一个比较靠谱的死法，"对了，你爸是喝水时被呛死的。"

"好吧，那看来他比你还笨。"南书影用眼神告诉南嘉木，信你我才笨死了。

南书影今天是发扬了十万个为什么的精神问东问西的。从古至今，从国外到国内，天南海北地扯，扯就扯吧，关键还不偏离主题，一直是关于他神龙见首不见尾的神秘老爸的。

搞得南嘉木应付不过来，十分崩溃，所以她以上班快迟到为借口溜之大吉了。

"南小姐，人事部通知您去陆总办公室，关于您职位的事。"十分郁闷的南嘉木刚到公司就被前台告知要去陆未晞那儿。

"昨天不是人事部经理打电话给我让我今天来人事部报到，然后办一些入职手续吗？这会儿让我去陆总办公室，是我职位有什么变动吗？"她的职位是项目总监，关陆未晞什么事？

"这个我不太清楚，我也只是传达意思，您还是去一趟陆总办公室吧！"前台小妹十分有礼貌，一直微笑，但看得出来脸有些僵。

这南小姐也太难缠了，让你去你就去，哪来的那么多问题？

"好吧，谢谢啊!"她是故意的，陆未晞的人，她不折磨一番怎么对得起他儿子今早对她的折磨?

"叮。"电梯停在了20层，南嘉木抬腿出了电梯门，朝走廊最右边的总裁办公室走去。

"咚咚咚。"

"请进。"陆未晞干净温润的声音从里面传来，这声音，有些久违了。

南嘉木走到陆未晞的办公桌前，直截了当地问道："陆总，请问您找我是有什么事吗?"

"南总监……"陆未晞抬起头，看了看她，意识到什么后立即改口，"南秘书。"

"秘书?"

"从今天起，你的职位由总监变为秘书，具体职务等待我安排。"陆未晞公式化地说道。

"为什么?"

"没有为什么，你就只管执行命令就行了。"

"中高层管理人员职位变动需要经过董事会，更何况我在公司占股份，我要求参加明天的董事会。"这事不给她一个合理的解释，她是不会照办的。

"好吧，你要解释，那我就给你一个合理的解释。"陆未晞意味不明地笑了笑，"理由很简单，就是项目部的人不服气你来当这个总监，觉得你是空降的，他们怀疑你并没有能力来带领他们。"

项目部的人差不多是这个领域的高端人才，国内名校毕业，随便一个出来都能独当一面，不服气南嘉木一来就任总监一职也是情有可原，可他天耀科技要的是本事不是明晃晃的学历。

"那为什么是秘书?"她有没有能力日后自会见分晓，今天她关心的是为什么变成了他的秘书了。

"很简单呀，由我来考察你，三个月之后我觉得你有资格胜任项目总监一职了，你就去项目部。"笑话，顾昔承回来了还向她表白，他不狠狠地削减她的私人时间，还能由着他俩甜蜜约会啊！

南嘉木知道他这是在为难自己，报复前几次对他大打出手。虎落平阳被陆未晞欺，这口恶气只能先忍着，日后再算账，她咬牙切齿道："行，三个月就三个月，我会努力做好本职工作的。"

陆未晞看着她敢怒不敢言的样子，在心里发笑，表面上却故作一本正经地说："行，出去工作吧！"

"是。"都没告诉她工作是什么，怎么工作？哎，还是先去人事部报到吧！

南嘉木把入职手续办好后又回到秘书办，秘书办五六个秘书个个忙得焦头烂额，就她一个人在自己的位置上闲得发慌，他们选择忽视甚至是无视她的存在。

到了下班时间闲了一天什么事也没有的南嘉木愉快地下班了。

"陆总，南秘书下班了。"南嘉木刚走，秘书办首席秘书就进了陆未晞办公室汇报情况。

"她没闹事吧？"陆未晞靠在椅子上听着下属的汇报，今天晾了她一天，那暴脾气的家伙应该受不了吧！

董剑想了想回答："没有，她就是喝了几杯咖啡，盯着电脑上的空白页发呆。"

想他堂堂一个首席秘书，工作忙得累成狗，居然还要暗中监视下属在干吗，他感觉自己好累啊！

"我知道了，明天继续不给她任务，也不要理她。"居然这么能忍，也不来找他要任务。

看来是他小瞧她了，他倒是要看看南嘉木能忍到几时。

第17章 小计谋

某个小女人五点一到就准时下班，他还要苦哈哈地加班，等陆未晞到家时晚上十点了。

白天和她打嘴仗，工作忙倒不觉得什么，现在外面灯火辉煌，屋里却满室清冷，他突然觉得家不是家。

早上出门屋里是什么样子，回来还是什么样子，所有东西原封不动。没有人和你说早安晚安，没有人和你争卫生间，没有人嫌你将臭脚丫子搭在茶几上，没有人抱怨你不进厨房，没有人……家里是真的没有人。

他是不是做错什么了，从当年起就错了，错得离谱。

"喂，儿子，这么晚了是有什么事吗？"

听到手机传来的声音，陆未晞才反应过来他不知不觉中拨通了母亲的电话，怕她担忧，他赶紧说道："没事，妈，我没事，不用担心，我就是想你了，你最近好吗？腰痛病有没有发作？"

"儿子，妈没事。你好好工作，不用担心我，在乡下左邻右舍都是认识的人，大家有什么事可以相互帮忙，妈妈过得很开心，不用担心。"陆母看了一眼床头柜上放着的儿子儿媳的照片，她问，"儿子，嘉木已经毕业了吧，有没有回国，你们是不是在一起呢？妈都有好久没见到她了，你让她和妈说会儿话吧，妈想她了。"

"妈，她睡了，今天公司有很多事，她忙坏了。改天我让她和你打电话，视频聊天。"陆未晞努力控制自己的情绪，害怕让一向心细如发的母亲发现异样。

"这样啊，让她睡吧，你走路，说话轻点，别吵醒她，知不知道？还有，你们什么时候回来啊，我都把你们两个的房间收拾好了。这次她不走了，你们说什么也得要个孩子了。妈知道你们工作忙，放心，有了孩子妈帮你们带，不用你们操心的。"感觉那边没有声响，陆母提高了点声音，"儿子，你有没有听我说话？"

"妈，我有在听，我知道怎么做的，你不用担心。"孩子？他们都离婚了，哪里来的孩子？孩子的母亲不是她这个事，他似乎从来没有想过，被母亲一提，他突然害怕了。

"妈，我是不是做错了？我是真的错了，我知道错了。"从飞机上重逢她对他凶狠无比到今天成了他下属，她还是没给过他好脸色，恨不得躲他远远的，他就知道他错了。

"什么错了？你这孩子一向有自己的主张，怎么会做错了，你们两个是不是吵架了？好好和嘉木过日子，我过些时日就来看你们，你们都要给我好好的，知不知道？"母子连心，陆母就算隔着千里的距离，她也知道儿子今晚情绪不对，不知两人是不是闹矛盾了，她寻思着过段时间就去看他们。

"妈，嘉木叫我了，你快去睡吧，很晚了，我要进去了。"怕母亲再追问下去，陆未晞不敢多说，赶紧挂了电话。

他们离婚时母亲身体不好，怕她受不了，所以一直瞒着她。前几年说是南嘉木所在的广告公司派她去新加坡公干，后来又说她辞职进入自己的公司，然后公司让南嘉木出国深造三年，今年六月份刚好毕业。

现在母亲身体恢复得差不多，而且她说不久就要来云市，所以，他要尽快和南嘉木复婚，就算不复婚也要同居，不能让母亲看出破绽。

想好应对的办法后陆未晞感觉心里轻松了不少，一边进卧室拿睡衣准备去洗澡，一边思索着如何才能让南嘉木乖乖和他同居，至于复婚，还是过段时间再说，现在南嘉木恨不得提刀天涯海角地追杀他。

南嘉木的工作还是每天盯着电脑发呆，什么都不用做，但就是不允许迟到早退。就这样过了一个星期，还没熬到半个月她就受不了了。

"陆总，您再不给我安排工作的话我还是辞职吧！"某天早上，南嘉木很是努力地抑制住内心熊熊燃烧的烈火，主动找陆未晞要任务。

拿人钱财替人消灾，她这拿了人家钱不给人家干活，她实在是过意不去啊！良心会受到谴责的。

"哦？你还没有投入工作吗？"陆未晞"恍然大悟"，敲了敲脑袋，"最近忙着新项目的开发，我把你这事忘了。"

滚蛋！南嘉木在心里骂，面上还是表现出很友好的样子，"陆总，您真是贵人多忘事啊！那现在是不是可以告诉我，我的具体工作是什么？"杀人不过头点地，陆未晞这是要孤立她。

好汉不吃眼前亏，她忍！

"综合这半个月你的工作表现来看，其实你并不适合任项目总监一职。"

"陆总，您老倒是给我表现的机会啊！"都没安排任务哪能看出工作表现？

"随意顶撞上司这一条，就足以看出来了，我在考虑嘉木游戏并入天耀科技是不是正确的选择……"

"这是个英明神武的决定，陆总威武。"南嘉木感觉危险来临，立马换了一副狗腿的嘴脸，"噔噔噔"跑过去给陆未晞又是捶腿又是捏肩的，脸上堆满的笑比太阳还明晃晃，"我的大陆总，您老需要我怎么做您直接说吧，我怎样都行的。"

光股份每年分红就有三千万，她们几个还指望这笔钱养家糊口呢！大丈夫能屈能伸，好汉不吃眼前亏。

"现在有个将功赎罪的机会，就看某人要不要了。"

陆未晞还没嘚瑟完就被南嘉木打断，"陆总什么机会？你就别叽叽歪歪地卖关子了，我肯定要啊！"

"我打算做一个项目，需要加入你先前公司负责的那部分，我暂时任项目总监，你任副总监，你要是表现好的话，可以提前转正。"想着即将要诱拐小白兔同居，陆未晞暂且放过她说他叽叽歪歪这事。

"条件呢！"她虽然白但不傻。

天下没有免费的午餐！

"就是为了保证项目顺利推进，我们要协调一下工作时间。"陆未晞将内心的小激动掩饰得很好。

"怎么协调，请陆总官方解释清楚。"

"就是要随时随地都能进入工作状态，没有固定的上班下班时间。"

"还是不懂。"这和没解释有什么区别？

这丫头，非要他说得那么赤裸裸吗？"就是除了睡觉都要在一起。"

"陆未晞，你个变态，这不是要和我同居嘛！"嚯，原来是在这里等着她啊，晾了她半个月，现在又是威逼又是利诱的，绕了一大圈原来就是为了和她同居。

"咳咳咳，你想多了。"陆未晞不自然地掩嘴解释，"因为我最近身体出了点问题，办公地点转到我家了，所以你需要来我家配合我的工作。"

"我拒绝。"孤男寡女共处一室，不出事才怪。

"那没办法了，明天召开董事会，我会对前段时间的工作做检讨，并将损失降到最低。"

"算你狠。"南嘉木的怒火在燃烧，她很想硬气地甩头就走，不接受这霸王条约。

可眼前仿佛出现了李嘉佳爸爸在医院没钱治疗被赶出去的惨状；仿佛看到儿子脏兮兮地端着一个破碗在天桥下乞讨，嘴里嚷着各位叔叔阿姨大哥大姐行行好给点钱的可怜样；仿佛看到爸爸一手拖着装满破铜烂铁的垃圾袋一手牵着因为断了治疗病发的母亲的凄惨。

总之，如果因为她的任性失去天耀科技这棵大树，她的生活即将暗无天日。

第18章 无良商人

新项目定在下周一启动，反正她在公司除了盯着电脑发呆也没什么事可做，陆未晞良心发现，今天放她假，允许她回去准备准备。

刚从 B 市出差回来的王阳听说陆未晞手里的新项目要启动了，他猜测陆未晞肯定是搞定了南嘉木。这个项目之所以搁置了大半年就是因为缺乏互动环节，所以最后才不得已收购了嘉木游戏。

就是不知道是用了什么妙计，好奇心作祟的他周五一早就风风火火地直冲陆未晞办公室。

王阳也不管陆未晞在埋头忙什么，一屁股坐在他办公桌上，吊儿郎当地说道："陆总，我可以采访一下你是如何将南小姐搞定的吗？你是不是威胁人家做了什么天大的让步？"

从小穿一条裤子长大，多年的好哥们，他还是了解陆未晞这个人的，没有利的事他绝对不做，而且人还贼精贼精的。所以南嘉木那只看上去张牙舞爪的纸老虎怎么会是这只披着羊皮的狼的对手？

"你真闲，我没空搭理你。"陆未晞头也不抬，只是有些嫌弃地用手推了推他那碍事的大屁股，他压着他的文件了。

"不说也可以。"王阳被他嫌弃了也不生气，无所谓地继续说道，"我老婆好像是南嘉木的学姐，以前她做兼职还是我老婆介绍的呢！"

"所以，你想表达什么？"陆未晞终于赏给王阳一个正面的白眼。

"我听我老婆说前几天她带着我儿子逛超市，刚好遇见南小姐，两人就打了招呼，南小姐对我儿子十分喜欢，所以邀请他们今晚去她家玩。两个好久不见的人聚在一起，尤其是女人，当然会聊一些八卦呀！"王阳看着一脸波澜不惊的陆未晞心里得意扬扬的。

兄弟这么多年来，明里暗里的威胁他还是在陆未晞身上学了点的。

"让你女人说话注意点，什么该说什么不该说她应该知道。"聪明如陆未晞，他岂会不知道王阳的意思。

王阳闻言两手一摊，"我可管不了，再说她们说的无非就是谁又喜欢谁了，谁又暗恋谁，肯定和公司机密无关的，你放心啦！"像是想到什么，王阳一拍脑袋，继续补充，"对了，你的小师妹盛妍说起来也算南嘉木的小师妹，她是财务总监，以后她俩打交道的地方肯定很多，要不就让我老婆约她一起去南嘉木家，人多热闹点。"

"竟敢威胁我。"陆未晞眼里迸发出冰冷。

盛妍喜欢他这事是公司公开的秘密。有一次公司年会盛妍还当众和他表白，被拒绝后，公司同事顾忌她的面子以及两人的工作关系，一直不公开谈论议论，但私下的肯定不少。将来南嘉木肯定也会知道，但现在不行，得先生米煮成熟饭再说。

"其实也没什么，我就只是说收了嘉木游戏对公司造成的影响而已，并打算在董事会上做出深刻检讨。"

"你这只老狐狸，我是公司副总，我怎么不知道收了嘉木游戏会让公司利益受损，难道不应该是一本万利的吗？"王阳不得不佩服这家伙睁眼说瞎话的本事。

嘉木游戏虽然只是一家小公司，没有专业的管理团队，就是运营缺乏经验而已，但他们手里的好多项目市场评估都挺不错的，收购它对公司有百利无一害。

这家伙落井下石，而南嘉木慌不择路，担心陆未晞真的放弃她的公司，所以南嘉木就只有接受这不平等条约了。

"我是商人，当然以利益为重了。"嗯，私人利益也是利益。

"你是无良商人，南嘉木那个小白兔怎么会是你对手哦！"王阳说得毫不客气。

陆未晞懒得和他理论，自己目的达到了就行。

"叮咚叮咚。"

"学姐你们来了，快请进。" 六点门铃响的时候南嘉木还在厨房忙，连忙解掉围裙就去开门。

"妹儿。"李欣弯腰教儿子叫人，"童童，快叫南阿姨。"

"南阿姨好，我叫王童童。"

南嘉木弯腰捏了一下童童的脸，笑眯眯地夸他真乖。

李欣将手里的水果放在客厅茶几上之后问道："做什么吃的，好香啊！"

"火锅。"南嘉木下午五点的时候就去超市买了材料，准备在家做火锅招呼好久不见的学姐。

"哈哈，我喜欢，读书那会儿就爱吃火锅。"一谈到火锅，李欣眼里顿时放光。

吃火锅爽是爽，但就是准备和收拾起来都很麻烦，等他们吃完后就差不多八点了。

小家伙规规矩矩地坐在沙发上看着动画片，李欣和南嘉木闲聊。

"童童真乖，不闹腾。"熊孩子南嘉木也见了不少，实在让人头疼，童童却安安静静地看动画片。

只是让她有些难过的是童童年纪和南书影差不多，小孩子都爱看动画片，只有儿子却喜欢看什么新闻，法制频道，成熟懂事得不像个孩子，单亲家庭给他的创伤很大，至少让他失去了珍贵的童真。

她在考虑要不要结婚，给孩子一个完整的家庭。

"看得出来你很喜欢小孩。"李欣看着南嘉木有些失神，出声把她思想拉回现实。

自己无缘无故失神很不礼貌，南嘉木抱歉地笑了笑，"是呀，有个自己的孩子多好啊！看着他一天天成长，从呱呱坠地到彬彬有礼，这其中的自豪是无法形容的。"

李欣闻言试探性地问："嘉木，你既然这么喜欢孩子，这些年干吗不结婚呢？"

当年他们结婚离婚都只有身边的这几个人知道，说实在的大家都觉得当初他们走进婚姻太仓促了。现在呢，知道南嘉木没有再婚，李欣私心里还是希望陆未晞和南嘉木能够破镜重圆。

"嘻嘻，工作忙，没想过这事。"南嘉木含糊不清地带过这个话题，"学姐，你现在在哪儿上班呢？"

"我在一家广告公司当后勤经理，上班时间相对自由一些，能陪孩子的时间多些。"

"是呀，孩子是最重要的，成长的关键阶段需要父母陪伴。"她当初就是太要强了，选择创业这条路。经常没白天没黑夜的，出差、加班，逼得南书影不得不自己照顾自己，最后发展成了他照顾她。

"有时候生活所逼也没办法。"李欣感觉南嘉木在聊孩子的时候爱出神而且浑身萦绕着伤感、懊悔的气息，作为过来人，她很熟悉这种气息。

可是让她搞不明白的是当初二人离婚时没有孩子，后来南嘉木也没有再婚，那她哪里来的这些感慨？

第 19 章　秘密

王阳回到家时九点不到，看着客厅沙发上坐着陷入沉思的老婆，连他开门进屋都不知道，他有些意外。

王阳在李欣身边坐下，将她有些消瘦的身体抱在怀里，"怎么了？坐着发呆，老公回来了都不知道。"

他突然的举动吓了李欣一跳，看着老公担心的样子，她心里温暖至极，顺势在他怀里找了个舒适位置躺下，"老公，我发现一个很奇怪也不可思议的事。"

"怎么了？难道是我出轨被你发现了？"王阳一边温柔地顺着李欣柔顺的长发，一边开玩笑。

"就你，哼。"李欣才不理他的不正经，继续说道，"今晚和南嘉木聊天，在聊到孩子时她老爱出神。"

"这没什么呀！你大惊小怪了。"

"不对，我是一个母亲，我能体会她的那种时不时的懊悔、感慨的心情，她好像有过孩子。"

"老婆，你可别瞎说，他们离婚时候还没孩子。"王阳顺头发的动作停了下来，"而且听说南嘉木这几年都没有再婚，也没谈过恋爱，不可能会有孩子的。"

"一开始我也只是疑惑，觉得自己想多了。"李欣一下子从王阳怀里翻起来，看着他的眼睛，很是严肃地说，"后来童童想要上厕所，我带童童进卫生间时不小心瞥到洗漱台上有儿童的洗漱用具，而且都不是一次性的。所以我敢断定南嘉木家有小孩，那小孩儿八成是她的孩子。"

"如果真是你猜测的那样，那事情就麻烦了。"王阳眯着眼睛，"陆未晞已经打算重新追求南嘉木，变着法子的要和南嘉木同居，要是知道她有个私生子，那就麻烦了。"

"以我对南嘉木的了解，她绝对不会怀私生子。老公，你说那个孩子会不会是陆未晞的？他们当初离婚时他不知道孩子的存在。"

李欣说的也不是不可能，如果真是这样的话，那孩子应该有七八岁了。

"这事千万不能让南嘉木知道，以后你多和她走动，多了解点情况。"他担心南嘉木要是知道他们已经发现孩子的存在，一定会带着孩子躲起来，"我这边暂且先瞒着陆未晞这件事，然后想办法查查那孩子的上学情况。"

七八岁的孩子一般都在上小学，而云市就那几家质量还说得过去的小学，这事查起来就简单得多。

"行，老公我听你安排。"小事上李欣主导得多，但在大事上，她还是选择听王阳的。

南嘉木洗漱完了后就去书房登录游戏，刚打开页面，师父就发来消息，问她周末有什么打算。

"师父，你是有什么事吗？我周末要大扫除。"没有南书影在，她干的活可多了。

"没有，就随便问问。"还好她周末没要去和顾昔承约会。

"师父，你有小孩子没？"今天和李欣学姐聊到孩子，她一直不在状态，很失礼，同时童童的一言一行触动了她。

完整的家庭才能养育出健康阳光的孩子，她或许该考虑给南书影一个完整的家了。

"我离婚后就没再婚，哪里来的孩子。"

"师父，你和你前妻是因为什么离婚的？"或许同样是有个离婚经历的，南嘉木感觉和南宫倾城很聊得来，也很信任他。

南宫倾城那边似乎是想了很久才回复：因为当初事业正值上升期，整天忙得不落家，对妻子、对家庭疏于关心，长此以往，她的不满越来越深所以就离了。

"师父，那你后悔为了事业离婚吗？"不知不觉，南嘉木就发了这么一条消息，等她反应过来要撤回时已经来不及了。

师父离婚理由和自己差不多，所以这话表面是在问师父后不后悔，实际是在问陆未晞后不后悔。

为了游戏放弃她，陆未晞你后不后悔？

"我不后悔，哪怕再来一次，我也选择这么做。我想要给她更好的生活，更自由的人生，可惜她等不了。又或许，我和她不在同一个方向吧！"南宫倾城的惆怅，隔着屏幕都能感受到。

"师父，我突然想结婚了。"

"……"和谁，顾昔承吗？

"我想要给……"南嘉木还没打完字，放在桌子上的电话就响了，是儿子的电话，她快速敲字，"师父不好意思，我有电话，咱们改天再聊。"

"喂，宝贝。"南嘉木退了游戏后一边走出书房一边接通电话。

"妈妈，我明天就回家了。"南书影委屈的声音通过电波传来，好不可怜。

"怎么了宝贝，在外婆家过得不开心吗？"她下周一就要开始工作了，这会儿儿子回来，那不就麻烦了嘛！

"外婆这几天心情不是太好，正好县里有个老人旅游团，外公想带外婆去三亚散心，所以就报了。本来他想连我也一起带去的，可我不想打扰二位老人难得的机会，所以我就说我要回家。"

"是这样啊！那我想想还有什么办法。"儿子绝对不能在这段时间出现。

妈妈身体本来就不好，抑郁症本来就反反复复的，爸爸也是担心她的病情，所以才想着带她去旅游的，这下难办了。

"妈妈，你不想我回家陪你吗？"南书影很敏感，听到母亲电话里不太兴奋的声音，顿时好委屈。

他成了无家可归的孩子了，好可怜！呜呜，呜呜！

"没有，没有，宝贝别乱想，妈妈怎么会不想你陪我呢！只是妈妈最近工作比较忙，没时间照顾你。"南嘉木怕小孩子多想，捧着手机赶紧解释。

"那我去姚姨那里。"

"你姚姨最近谈恋爱了，你过去会不会不方便啊？"老树开花，也不容易啊！

"妈妈，我听出来了，你就是无论如何也不想我回云市！你是不是做了什么不可告人的坏事，怕我发现？你不会是在和顾叔叔谈恋爱，怕我搞破坏吧？"南书影小脑袋聪明着呢，他妈妈推三阻四地不让他回云市，肯定有情况。

"儿子你想多了。"生了这么个聪明的儿子，日子过得水深火热！

如何把儿子养笨一点，在线等，急！

"既然你和顾叔叔没谈恋爱的话，我就先去顾叔叔那儿住几天，你什么时候有空了再接我回去。"

南书影不给南嘉木反驳的时间，立马挂了电话后就给顾昔承打电话。

第 20 章　吃醋

南嘉木从来没这么希望时间可以定格在周天，这样她就不用面对周一的噩梦。

"南副总，陆总已经在办公室等你了。"刚到公司，首席秘书董剑已经将她的称呼改为副总了。

"嗯，我知道了，谢谢董秘书。"南嘉木无精打采，看来这事陆未晞已经通知下去了，由不得她了。

"陆总。"南嘉木看着眼前埋头干事的可恶男人，恨不得将一杯热咖啡浇在他头上。

"南总监准备好了吗？"陆未晞很是友善地关心着下属，毕竟只有员工状态好了才能好好工作的。

"谢谢陆总关心，我已经准备好了。"哼，猫哭耗子假慈悲，只要完成了任务，她一定离他远远的。

陆未晞在市区有一套高级公寓，在市郊有套带花园的别墅。本来这次他打算在市郊和南嘉木完成工作的，这边清净，没人打扰他们。但南嘉木不同意，所以，他只能妥协去市区了。

在公司把流程走完后，傍晚他们开车回家了。

"陆总，吃完饭就开始工作吗？"将怀里的一大堆文件放在茶几上，南嘉木喘着气问。

陆未晞看她累的样子，有些心疼，自然而然地想要给她顺气，却被南嘉木本能地避开了，他掩下眼里的失落，"不着急，歇会儿，明天再开始工作。"

"那不忙工作的话我今晚还是回家吧！"南嘉木不去看陆未晞有些灼热的眼睛，拎着包要走。

他们以前是夫妻，住在一起天经地义。但现在男未婚女未嫁的，共处一室实在不好，也不自在。

"你就那么不愿意和我单独待一会儿吗？"她的一言一行真的有伤到他，他眼里的讥讽和落寞流了满地。

"陆总，我们是上下级，除了工作，没有必要待在一起。"南嘉木努力控制情绪。

"好，好，好一个上下级。"直到这一刻，陆未晞才知道，原来南嘉木狠起来，于他有过之而无不及。

"陆总，那没什么事我就先回去了，明天我一定准时上班的。"南嘉木错过陆未晞的身体，就要离开。

"吃了饭再走。"南嘉木没走两步，就被陆未晞突然出手拉住了纤细的胳膊。

她瘦得惊人！

大学四年嚷嚷着要减肥的她越减越肥，体检的时候超重了。为此，班上的同学足足笑话了她半年。

这些年，她孤身一人，辛苦创业，风里来雨里去的，不用刻意减肥，生活的奔波已经将她折磨得不成人形。

"谢谢陆总，不过不用了，我回去……"

"吃完饭再走，就当是陪我吃一顿饭。"陆未晞几乎是请求的语气。

以前总是她追着他跑，事事迁就他，如今，换了身份，却是他央求她能够留下来，哪怕是一顿饭的工夫。

一个人的日子真的很孤独，而一个人的饭桌很悲凉！

南嘉木回头看了一眼他期盼的眼神，过往的甜蜜在眼前划过，蠕动了嘴唇，最终她轻轻说了个"好"字。

这是二人自离婚以来第一次在家做饭吃，陆未晞当然是很重视了，想做一顿浪漫而又温馨的晚餐。

南嘉木做的饭只能说能熟，美味谈不上，陆未晞以前从来不下厨房，这会儿他竟然笨拙地下厨。

陆未晞当主厨，南嘉木打下手，把电脑搬到餐桌上，现学现做。理想很丰满，现实很骨感，两人在厨房捣鼓着，折腾了两个小时，两菜一汤出炉了。

"哈哈，终于开饭了。"南嘉木看着卖相还不错就是不知道味道如何的饭菜，开心得像个孩子。

"陆未晞，你快尝尝我做的西红柿炒鸡蛋，特别好吃。"南嘉木太崇拜自己了，她从来不知道自己的手艺这么好。

看着她开心，陆未晞笑得宠溺而温柔，优雅地给她夹了菜后给自己的碗里也夹了点，吃了一口后他真心夸奖，"嗯，味道确实不错，值得表扬。"

"我这水平我觉得已经很不错了，可是，他还是觉得很一般。"南嘉木一边吃一边感慨，差一点就把儿子给说出来了。

"他？他是谁？"陆未晞盯着南嘉木，认真问道。

不会是顾昔承吧！该死，他居然能吃到嘉木亲手做的饭菜。

"她是姚芷蕾呀！"南嘉木眨巴着大眼睛，看着他的脸一阵白一阵红的，好奇地问道，"陆未晞，你不会是以为我说的'他'是男人吧，然后你吃醋了，对不对？"

天，陆未晞居然吃自己儿子的醋，天下还有比这更搞笑的事吗？哈哈！

"别乱猜。"陆未晞被她看得不好意思，脸上的红云在灯光下显得特别好看，他不自然地给南嘉木夹菜，"尝尝，这是我做的红烧肉。"

南嘉木见好就收，尝了一口红烧肉，然后很嫌弃地说道："这手艺和他比，天壤之别，不过他是天，你是烂泥。"

"哼，我第一次做已经很不错了，多练习几次就好了。快吃吧，凉了就不好吃了。"他等哪天有机会了一定要问问姚芷蕾是怎么做红烧肉的，南嘉木居然对她赞不绝口。

"嗯嗯，你已经非常棒了，以后肯定会更棒的。"南嘉木最擅长的就是正面鼓励了，这样接下来的日子饭菜就由他包了，哈哈，费点口舌就可以坐着等吃了。

"我尽量吧！"这小丫头心里的小九九他岂会不知，但他愿意听她的夸奖，愿意做饭给她吃。

不是不报时候未到，以前他君子远庖厨，现在轮到他伺候南嘉木了，还得时刻注意着伺候得她舒不舒服，高不高兴。

果然，出来混迟早是要还的。

俗话说要想抓住一个男人的心首先要抓住他的胃，他相信这句话对于吃货南嘉木来说同样管用。

第 21 章　晒太阳

南嘉木最终没走成，因为陆未晞吃得多又吃得急，胃痛。他以前就有胃病，有次严重到大半夜去医院打吊瓶，现在很晚了，又没人照顾他，所以她只能留下来照顾陆未晞了。

"陆未晞，我不得不相信因果报应，我上一世肯定欠了你，这辈子才会被你折磨。"南嘉木一边给躺在床上疼得大汗淋漓的陆未晞擦汗，一边咬牙切齿地抱怨。

"阿木，我都这样了，你还骂我。"陆未晞痛得虚脱，但不影响他听清楚南嘉木嘀咕什么。

"哼，耳朵倒挺尖的，我骂你怎么了？有本事你现在起来打我呀！明明知道自己胃不行，还不好好珍惜，往死里折腾，痛死你活该。"南嘉木加重了力道，陆未晞的脸几乎被磨破了。

他的死活与她无关，但关键是这人，专挑她在的时候发作，她也不能见死不救啊！

照顾病人最累了，等陆未晞好不容易睡了时间已经是凌晨了，南嘉木累得腰都直不起来了。

南嘉木打着哈欠关上陆未晞卧室门的那刻，原本沉睡的男人突然睁开眸子，眼里一片清明，没有一丝睡意，当然，也没有痛苦。

南嘉木在客房睡下，迷迷糊糊中她感觉有人在她身边躺下。

有只手掌温柔地抚摸她的头发，脸颊、嘴唇被火热的嘴唇温柔地吻着。她累惨了，眼皮极重，看不清是谁，只是手不耐烦地扫开作恶多端的手，嘴里嘟囔着："别闹，宝贝。"

宝贝？黑暗中的男人，原本有些沉寂的眼眸因为这两个字顿时变得亮晶晶，犹如黑夜中绽放的烟火，绚烂极了！

宝贝，她以前就这么叫过他一次的，又甜又腻，还有无限的温柔和依赖。

南嘉木第二天醒来的时候全身酸痛。

"陆未晞，你死了没？没死就吱一声。"南嘉木洗漱完后进陆未晞房间查看病人情况。

"阿木，你好狠心啊，我是病人，你还对我大吼大叫。"陆未晞似乎是被南嘉木吵醒了，睡眼蒙胧的，加上几分病态，竟然让她心里悸动了一下。

他这个样子，顿时让她想到一个词——病美人，弱不禁风，又魅惑无限，好想蹂躏一番啊！

"你是生病了又不是脑子坏掉了，你我什么关系啊，干吗要对你和颜悦色，温柔有加呢！我能留下来照顾你已经是上天给你的恩赐了。"南嘉木迅速把自己脑子里不健康的东西赶走，来到他床边，粗声粗气地问道，"好点了没？想吃什么？我去给你做。"

算了，就当照顾一只流浪狗，行善积德了。

"还是有点疼，我想喝白米粥。"陆未晞十分乖，比小孩子生病了还乖巧。

陆未晞对着南嘉木眨巴着他那勾人魂魄的眼睛，令她的心软糯得一塌糊涂。

这不，南女侠秒变白莲花爱心大姐姐，声音温柔得能滴下水来，"乖乖躺着，姐姐去给你熬粥。"

"好的。"

南嘉木在厨房一边熬粥一边感叹美色误国，美色让她失去了做人的原则！

喝了粥吃了药，到中午时陆未晞还是病恹恹的。

南嘉木不禁有些担忧，胃病还是挺麻烦的，"要不我们还是上医院一趟吧，可别严重了。"

"没事，我再休息一两天就好了。"陆未晞躺在床上虚弱地说道。

"不行，还是去医院，还要一两天才好，这样拖下去可不行。"南嘉木脸上不自觉地露出担忧之色。

"没关系的，你扶我下来走走，精神好了病好得快。"陆未晞一听她要送他去医院，顿时内心有些紧张。

好不容易憋出一场大戏，就这样草草收场了，怎么对得起他炉火纯青的演技啊！再说要是被医院拆穿他的伎俩，以南嘉木的狠劲，保证当场把他打个半残。

"也行，你等着，我去给你找件衣服。"南嘉木照顾南书影有了经验，生病的人抵抗力弱，不能再着凉了。

在陆未晞的衣橱里扒拉了好半天，终于在最底层扒拉出一件比较厚的羽绒服。

南嘉木一边给陆未晞披衣服，一边喋喋不休，"你真是的，冬天衣服就这件比较厚，你都不冷的吗？"

忙着数落的她没看到陆未晞眼里一闪而过惊恐的眼神。三伏天穿隆冬衣服，这要命，他试探性地说道："阿木，这件衣服就算了吧！穿一件薄的。"

"不行，你现在生病抵抗力弱，不能再着凉了。"南嘉木不允许他拒绝，直接上手帮他把拉链也拉上，还恶狠狠地威胁，"你要是敢悄悄脱下来或者拉下拉链，你就死定了。"

"我听女侠的。"陆未晞见她很强势，不敢反抗，乖得像只小兔子。

有个词叫作茧自缚，装什么不好非要装生病，热死他活该。

"生病的人多晒晒太阳，杀菌，这样病才好得快！"下午两三点的太阳正毒辣，南嘉木扶着陆未晞在阳台藤椅上躺下。

天啊，谁来救救他！陆未晞内心是崩溃的。

穿着冬天衣服晒太阳，这会出人命的。要不是南嘉木眼里流露出来的担忧之色不像是装的，陆未晞都怀疑她是不是故意整他的了。

"我听阿木的，就晒一会儿。"大丈夫能屈能伸，不就是晒太阳嘛，就不大一会儿，他能坚持住。

"嗯，真乖。"南嘉木像拍小狗的头一样拍了拍他。

夏日炎炎正好眠，下午两三点正是睡觉好时刻，她忍不住打了个哈欠，"你就在这晒两个小时，我不起床你不能动。要是我发现你私自回房间，你就别想我留下来照顾你了。"

说完后南嘉木没等陆未晞回应就回客房睡觉了。

唔，困死她了。

第 22 章　拉肚子

"哈哈，哈哈哈，笑死我了！"晚饭过后王阳躺在沙发上玩手机，微信提示有消息，他点开后就一阵狂笑。

"老公，你怎么了？"在厨房里收拾的李欣听到客厅里自家老公像疯了一样狂笑，她探头问。

"没事，哈哈，哈哈哈。"王阳控制不住了，好不容易停下来后才说道，"这陆未晞简直就是自作孽不可活啊！"

收拾得差不多了，李欣走到王阳身边坐下，好奇地问道："陆未晞怎么了？"

王阳直接把陆未晞发来的消息给李欣看，"这么损的招也只有他能想得出来了。这下作茧自缚了吧，活该啊！"

大概看了意思后，李欣从自家老公嘴里听出了幸灾乐祸，一点儿见兄弟受苦的同情心都没有。

"他怎么能装病留下南嘉木呢，嘉木好可怜，居然被骗了。"李欣心里眼里满是对南嘉木的同情。

"老婆，现在可怜多一点的是陆未晞，下午被穿着冬衣晒了两个小时的太阳，差点没直接晒晕过去。"王阳愉悦地亲了一口老婆，突然感慨老婆还是自家的好。

李欣平时对他多好啊，惹她生气了也只是被罚跪榴莲而已，南嘉木够狠，直接晒太阳，哈哈哈。

"嘉木这不是为了让陆未晞快点好嘛，她又不知道陆未晞是装的。要是知道的话，可不是晒太阳那么简单的事了。"李欣看着王阳，笑盈盈地说着。

看着李欣笑得阳光灿烂，说话语气也是温温柔柔的，可他却感觉后背一阵发凉。王阳不自觉地摸了一下脖子，确保安然无恙后才说："老婆，不要那么狠吧！"

"真是的，我是说南嘉木和陆未晞，你身体抖什么？"李欣像个小绵羊一样缩在王阳怀里，面上笑嘻嘻，眼里的捉弄很明显。

"是是是。"王阳不敢接茬，就怕引火烧身，突然他激动地拍了拍李欣的头，"老婆，快看，又来消息了。"

"好吧，我承认我怀疑嘉木有故意的成分。"晒了两个小时后，陆未晞身上热得冒汗，嗓子里冒烟，要多惨有多惨。

更可恶是南嘉木还在他面前肆无忌惮地吃冰镇西瓜，享受得不行，让旁边盯着西瓜垂涎欲滴的陆未晞浑身难受。

这不，西瓜吃多了的南嘉木跑了好几趟厕所，陆未晞就在她上厕所的时候狼吞虎咽地吃了半个西瓜。

等南嘉木回来时，发现西瓜被吃完了，瞬间来了个河东狮吼，顺便不让他吃晚饭。他生病还吃冰镇西瓜是小事，关键是她大白天顶着大太阳去楼下买的西瓜被他吃完了。

"我发现我平时对你太温柔了。"李欣看着好友的办法，瞬间觉得自己惩罚王阳的招数太弱了。

"是呀，我老婆就是好。"城门失火殃及池鱼，他不小心被死党连累了。

十一点时，南嘉木睡得正香，被人摇醒了。

好梦被打断，南嘉木小宇宙爆发了，怒吼，"陆未晞，你还有完没完？"

"阿木，我拉肚子了。"陆未晞捧着拉到虚脱的肚子，看着南嘉木可怜兮兮兮地说道。

这女人要是睡觉吃饭被人打扰，她有杀了对方全家的怒气。要不是拉得差点直不起腰了，他才不会作死吵醒她。

"你怎么拉肚子了？"南嘉木恨不得掐死他，但看他可怜兮兮，病恹恹的，她努力控制自己的满腔怒火，没好气地问。

"西瓜吃多了，晚上你又不允许我吃晚饭，我饿。我就悄悄点了烧烤的外卖，吃烧烤哪能不喝酒，我又喝了两瓶冰镇啤酒，所以，就，就……"陆未晞看着她眼里在喷火，声音越来越小，最后干脆不说了。

"你真是不作死就不会死啊！"他胃还要不要了，南嘉木认命地揪开被子，"有没有治拉肚子的药？"

"没有。"

"陆未晞！"南嘉木火冒三丈，跳起来直接给陆未晞一个左勾拳，弱不禁风的他倒在了床上，眼里噙着两泡泪。

"没什么大碍，打完吊瓶就可以回家了，回去再吃点药，休息一两天就好了。"值班的中年女医生看着这么帅气的病人，语气要多温柔有多温柔。

"医生，那他胃没事吧！他昨晚胃病犯了，今天又是西瓜烧烤啤酒的，要不要检查一下胃？"南嘉木想着难得上医院来，就顺便看看胃。

"他胃……"

"陆未晞，你嘴怎么了，怎么一直对着医生直抽？"南嘉木忍不住问。

"没，没，没事。"陆未晞不敢看她，一直低着头。

"病人胃没事啊，他就是单纯地吃的东西又多又杂，又冷又热的，所以才拉肚子的，休息一两天就没事了。"中年医生笑着说完后就走了。

这真是一对有趣的夫妻，女子明明很温柔，老公在老婆面前却像只小兔子，别说说话了就连大气也不敢出。

"陆未晞啊，我真佩服你这勇气啊！"打完吊瓶，南嘉木剜了一眼可怜兮兮的男人，直接甩头走在前面。居然敢装病骗她，简直是老寿星吃砒霜——活得不耐烦了。

"阿木，我错了，你原谅我这次嘛！"陆未晞上前拉着南嘉木的衣角，卖惨，"我都拉肚子了，也算罪有应得。你是全宇宙超级无敌美少女，怎么能和我这个无耻之徒一般见识呢？原谅我吧！"

"放手。"南嘉木头也不回，千万不能再上他当，这个男人最会演戏了。

"我不放，你要是丢下我一个病人走了，我就，我就……"

"你就什么？"南嘉木很好奇他要如何威胁她。

"我就坐在这儿不走了，让明天医院进进出出的人都知道你有多狠心，丢下病人不管了。"陆未晞说完有就地坐下的趋势。

"好了算我怕你，你简直是个无赖。仅此一次，下不为例。"这家伙耍起赖来天下无敌。

第 23 章　随性

第二天王阳打着来看病人的旗号实则是来看陆未晞笑话的。

"兄弟，你这是在拿命演出啊！"王阳顶着被陆未晞揍的压力，用手指捅着他的肚子。

听说昨晚拉了一夜的肚子，给他笑得！

"你也会有倒霉的一天的，别高兴得太早。"陆未晞白了他一眼，王阳算得上最佳损友了。

"王副总，请吃水果。"折腾了一夜，南嘉木无精打采的。

"谢谢南副总监，客气了。"王阳没有忙着吃水果，而是盯着她那一对熊猫眼，假装好奇地问道，"南副总，昨晚没睡好吗？"

"昨晚家里进贼了。"南嘉木一边看着不断缩小，努力降低存在感的陆未晞，一边恨恨地说，"要是再有下次，我一定将那小贼吊起来用皮鞭抽。让他坐老虎凳，给他指甲里灌辣椒水。"

"那小贼确实可恶。"王阳没想到南嘉木还挺讲义气，都这个时候了还没把陆未晞装病最后进医院的事说了。

这么好的媳妇儿哪里找啊！可惜旁边这位几年前和人家离婚了。南嘉木是那种爱恨分明的人，这回陆未晞想要重拾美人心，抱得娇妻归，脱一层皮都是简单的事了，恐怕要做好三魂七魄只剩一魂一魄的准备了。

"B 市那个项目怎么样了？"陆未晞想着赶紧把这个糗事翻篇，干脆讨论起工作来了。

"百盛坐地起价，收购资金我们公司恐怕暂时拿不出来。"王阳据实说。

刚刚收购了嘉木游戏，一时之间资金还没有回笼，拿不出那么多钱。

"陆总，你和王副总谈工作，没什么吩咐的话，我上楼休息会儿。"这算公司高层机密，她一个小副总监，没有听的权利。

"南副总留下来听听，有什么好的建议也可以提。"南嘉木在公司占了股份，听一听也是可以的。

"就是就是，我这里焦头烂额了，你要是有好的建议帮我搞定百盛，我给你放半年的假。"王阳说得倒是轻巧，可大佬要是不同意那就是废话，所以赶紧补充，"是吧，陆总。"

"嗯。"

"既然两位老总都这样说了，那我就留下来听听，长长见识。"一进入工作状态，南嘉木精神好了不少。

接下来就是王阳把 B 市的情况简单介绍了一下，之后几个人对收购资金和谈判细节展开详细讨论。

"南副总监，你对这个案子有什么看法？"王阳介绍完项目后，陆未晞开口。

"百盛之所以能坐地起价是因为 B 市地处东南沿海地带，交通便利，经济发达，人才、资源都不紧缺。向内能够吸引内地许多急需要在沿海城市找到一个突破口从而打开网络游戏市场的中大型企业，而且也只有这些资产比较雄厚的企业能收购百盛。"南嘉木一口气说了那么多口有些干燥。

趁停下来喝水的时机她观察了一下两位老总的反应，他们没叫停也没有露出不悦之色，证明自己说得还是挺对的。

这下有了底气，她清了清嗓子，更加自信地继续说道，"对外的话能够吸引一些急需要在中国打开市场的东南亚国家：他们的大型民营企业和混合企业在网络游戏这块投入比例每年都有加大，发展海外市场是大势所趋，同样这对沿海城市来说是发展机遇，也是挑战。以上两点是我个人认为百盛坐地起价的原因。"

"南总监对市场这块很敏锐，能够在短时间内迅速判断出百盛的优势，很不错。"王阳真心佩服南嘉木，难怪她能在资金和技术都十分紧缺的情况下创业。

短短几年时间把公司做到如今的规模，很不简单。如果资金雄厚一点的话，他相信，假以时日，嘉木游戏能和他们天耀科技一决雌雄。

"谢谢王副总的夸奖，愧不敢当。"被上司赏识，南嘉木不过度兴奋也不过度谦虚，进退有度。

她的表现陆未晞看在眼里，心里对她也是赞赏的。宠辱不惊，她天生有位居高位的眼光和格局。

"百盛既然有这么好的优势，为什么要走被收购这条路？换句话说既然他们占据天时地利，为什么会经营不下去？"

"我也想听听南总监的看法。"王阳附和陆未晞的问题。

"这其中关键的原因有两点：一是百盛是家族企业，二是正是因为他们占据天时地利。"

"愿闻其详!"二人异口同声。

"第一点也是最关键的一点是百盛是家族企业，家族企业的最大特点就是在管理上没有专门管理团队。家族成员担任各部门要职，业务水平上良莠不齐，这不可避免地会带来审核流程烦琐，在执行上级领导的决策上有偏差等问题。再有就是家族利益争夺，谁也不愿意自己的利益被别人划分，不免有阳奉阴违的行为，各自为政，成了一盘散沙。

"再加上百盛这一届的领导班子在年龄上呈两极分化，年长的思想保守，很多决策不符合时代发展。年幼的年轻气盛，纨绔子弟居多，消极对待董事会的决策，还有就是行事作风上草率。长此以往，权力的斗争反而比寻求外部发展还要重要，这就导致百盛走向由盛而衰的局面，被收购在所难免。"

"成也萧何败也萧何，百盛当初靠着地理位置和资源的优势能够迅速崛起，在网络还不算发达的时代占有先机，一跃成为 B 市互联网领域的龙头企业。时代在进步，信息高速发展，一夜之间天下大变，而家族企业还在对已有成绩沾沾自喜。又加上现在中外企业都在寻求发展，无形之中增加了许多竞争对手，他们自认为占地利，毫无忧患意识，等反应过来时，已经为时已晚。"最后一点是陆未晞补充的。

"你俩不愧都是老总啊，分析问题和发展格局都相差不大。"王阳看着南嘉木脸上不自觉地露出来欣赏之色，真诚夸赞。

"谢谢王副总的夸奖，我怎么能和陆总相提并论，我要学的东西很多。"南嘉木谦虚说道。

"好了，问题给你分析清楚了，你自己看着办吧！"陆未晞下逐客令了。

"别呀，咱们接着说说解决的办法啊！"王阳好不容易逮着南嘉木，怎么能轻易放过。

"她一夜没睡，有什么问题明天再讨论。"看着南嘉强打着精神，他很是心疼。

"好吧，那我明天再来。"有他这句话，王阳满意了，工作时间结束，他也很自然地叫南嘉木名字，"嘉木，你今晚好好养足精神，我明天再来。"

"好的阳哥。"南嘉木打着哈欠点头，工作结束了她突然感觉困得不行，"那我就不陪你们了，我去眯会儿。"

人老了，熬不了夜了！

南嘉木走后王阳没急着走，他突然起身然后一屁股坐在陆未晞旁边，很是鄙夷地说道："看不出来你小子还会使这种幼稚的阴招，要不是你威胁嘉木，估计她理都不理你，还一夜未睡地照顾你。"

"你有什么好说的啊！你以为你有多高尚，你当初骗李欣那些小把戏，和我比起来，我简直是班门弄斧了。"陆未晞白了他一眼，患难兄弟不合适形容他和王阳，最佳损友倒是贴切。

"好吧，论无耻，我甘拜下风。"王阳自认毒舌比不过陆未晞。

他好怀念大学的日子，那个时候陆未晞多尊重他啊，一直都是以阳哥尊称。二人曾经合资开了一家广告公司，那个时候他是老总，陆未晞是跟班，可那个时候他也没有陆未晞现在横啊！当老总了不起啊！

不过抱怨归抱怨，他还是比较喜欢大学后的陆未晞，两人的相处也比较随性。

"你还不走，难道要我设宴款待你？"陆未晞现在很想进屋看看南嘉木睡着了没，他也好困啊！

只有她睡着了他才敢躺在她身边，尽管中间隔着的位置还能再加两个人他也是很满意的。

"你不借我南嘉木我就赖这儿不走了。"

"那你就在这儿过年吧，我不陪你了。"陆未晞说完，直接绕过死猪一样瘫在沙发上的王阳往卧室走去。

笑话，他各种威逼利诱好不容易换来的同居，最多就三个月时间，他宝贝得很，怎么能将南嘉木轻易借给王阳。

再说，王阳这个案子不是一天两天能够解决的，在一起讨论决策，各种出差，他才不想浪费和南嘉木在一起的美好时光。

"陆未晞，你这个见色忘友的小人。"陆未晞不接受他的威胁，王阳盯着他的背影，恨得咬牙切齿。

他这是为谁啊，收购成功了陆未晞分红可是最多的一个，他难道和钱有仇啊！

房主都不理他了，他还有什么脸面留下来，他只好打电话回家寻求亲亲老婆的安慰。准备等到太阳落山，凉快些就打道回府了。

第 24 章　职业选择

　　软磨硬泡的，陆未晞最终答应借南嘉木给他三天。三天时间根本解决不了问题，可王阳就已经心满意足了。

　　讨论完项目后，南嘉木突然说："阳哥，咱们现在就去 B 市。"

　　"现在？"王阳有些不敢相信地问南嘉木，这丫头，行动力比他还强。

　　"对。"南嘉木肯定地点头。

　　"妹妹啊，已经十点了，不用这么拼吧！"有点困了，他还想着回家美美睡一觉呢！

　　"怕被人捷足先登，这事早解决了早放心。"被王阳借了三天，他们自己的项目就得往后拖了，她实在是想赶紧把项目完成，不想和陆未晞共处一室了。

　　"好吧！"南嘉木都这么拼了，他也不好偷懒。

　　云市离 B 市有四个小时的车程，夜晚开车副驾驶必须和驾驶者聊天保持清醒，南嘉木和王阳干脆讨论解决方案。

　　"嘉木，你打算怎么下手？"王阳简直把南嘉木当中心了，一切都交给她。

　　"各个击破。"南嘉木调整了一下位置，感觉屁股不那么难受后继续说，"百盛没有上下一条心，那咱们就再加一把火，让他们分歧更大，再从中威逼利诱。"

　　"百盛几百号员工，那这样下去的话，时间会浪费很多。"王阳皱眉。

"高层、中层、底层员工咱们选取有代表性的几人，把这几个人搞定，百盛自然就土崩瓦解了。"

看着南嘉木眼里散着奇异的光，王阳知道她有主意了，这下他就放心了。

"据我所知百盛高层有个副总，是袁远的表弟，这些年董事长袁远身体不好，大事小事都是这个表弟做主。这个表弟优柔寡断，思想保守，关键是都到五十而知天命了，还那么好色……"

"停。"王阳赶紧出声打断她，怒目圆睁，"嘉木，你不会是要色诱老表弟吧？那不行啊！陆未晞会扒了我的皮的，这生意咱们不做了，回云市去。"开玩笑，生意没了可以再找，钱没了可以再赚，要是小命没了可真是玩完了。他不敢太岁头上动土，把南嘉木推出去啊！

"你别一惊一乍的好不？能不能听我把话说完。"南嘉木白了他一眼，她超级宇宙无敌美少女，怎么可能色诱老表弟？

"你说你说。"只要不是，王阳就放心了。

"我打听出来了老表弟有个多年的相好，是他大学同学。听说这个同学最近爱上了炒股，前段时间赚了点小钱，正在热头上。得意扬扬的女同学不知道那个股票公司是个包皮公司，幕后操纵者是个行走江湖多年的骗子。"

"所以同学注定上当受骗，血本无归也就是这几天的事了。"王阳不得不佩服南嘉木，这功课得给一百分。

"同学自从大学毕业后就没有工作，一直跟着老表弟，不见光的感情让女同学憋屈又不甘，机缘巧合下就玩起炒股。这对一直朝别人伸手要钱的同学来说，能自己赚钱带来的瘾，可比什么都大呢！她不可能会收手。赔个精光的同学肯定要去找老表弟要钱的，我们再蛊惑一下同学，让她把事情闹大点。家里老婆闹，单位领导施压，下属轻视，犹如丧家犬的老表弟被赶出公司不就是板上钉钉的事了？"昨晚就睡了两个小时，课前预习已经让南嘉木筋疲力尽了，她能省点力气就省点，说话声音很轻。

"擒贼先擒王，老表弟倒下，那体弱多病的袁表哥自然出山主持大局。如法炮制，咱们再从中层、底层员工下手，这位袁表哥也没办法了，趁他焦头烂额之际，你再出低价收购百盛。"

"这个办法怎么感觉是个阴招呢！"王阳眯着眼睛，摇头晃脑的。

"办法是阴了点，不过我们也只是抓住了他们贪婪的人性弱点，非常时期非常手段嘛！"南嘉木觉得创业这几年，她已经变得阴险狡诈了，已经不是过去那个很单纯的人了。

"南嘉木啊，想不到你的办法和陆未晞的一样损，你们都是坏人。"办法是损了点，但不失为一个好点子。嘿，这南嘉木要是干起坏事来，恐怕也只有陆未晞那个男人是她的对手了。

"是，你是芝兰玉树的谦谦君子，你讲究的是让别人心服口服，那好啊，既然看不上我的点子，咱们现在就掉头回去，哼。"得了便宜还卖乖，说的就是王阳这类人。

她这不是给他出主意嘛，她这是为了谁呀！果然，和陆未晞一起的都不是什么好人，一丘之貉。珍爱生命，远离陆未晞。

"咱们还有什么好的办法没有？"还有两个小时才到 B 市，不找点话与南嘉木说，看她一直在小鸡啄米，没半分钟她铁定睡着了。

"有，就是回到谈判桌上和百盛打口水战，我相信你可以的，加油少年，我看好你！"南嘉木打了个哈欠，"你坚持十分钟，十分钟后叫我，困死我了。"

"不行啊，你不能睡，快和我说说话。"两条人命呢，开不得玩笑。

"你说吧，我听着。"不能睡那闭目养神总可以吧！

"嘉木，我觉得你鬼点子贼多，我的这个副总可以让给你，你一定会带领公司走向更加辉煌的未来。"讲真，陆未晞和南嘉木简直是绝配。

"你这是夸我还是损我？"南嘉木努力地睁开眼睛白了一眼旁边这家伙，

要不是为了躲避和陆未晞独处，她才不要大半夜的陪他出差。

"当然是夸呀！"

"我才不当什么副总，干完这单我就金盆洗手，回家颐养天年了。"她已经决定了，和陆未晞的项目一完成，她就辞职了。

几年了，她没白天没黑夜地忙工作，已经浪费了好多时间，没有好好陪儿子成长。

"哎呀，你这么有才华的人，不来当老总简直浪费了。"王阳扼腕叹息。

"不要，小姐姐要辞职专心致志地相亲，再不嫁出去我就成斗战剩佛了。"副总、总监的她不稀罕了，谁爱当谁去。

她已经想好出路了，辞职后她去投靠宋沐雪，公司被收购后她加盟了一家美容店，听说生意还不错。

公司被收购后，几个人都重新考虑了一下今后的职业走向。

李嘉佳虽然心细，但毕竟不是专业的会计，管理几个人的小作坊还可以，但要想进入天耀科技这样的大公司，只能在财务处当个小员工，没有什么发展前景。思考再三，她还是决定干回老本行，回到中学当一名可爱的人民教师了。

林溪云也干回了老本行，回到移动公司从一名柜员做起。她以前就从基层干到部门经理，重操旧业，相信不久的将来，她一定会更上一层楼。

第 25 章　项目结束

将在外军令有所受有所不受，说好向陆未晞只借南嘉木三天的王阳一到 B 市就像鱼入大海、鸟归山林，完全不受陆老总的控制，硬生生拉着南嘉木在 B 市待了一个星期后才回云市。

而南嘉木呢，一是完全不想和陆未晞待在一起，二是王阳也是她的上级，只要她不肯"乖乖"听话，他一句话也可以让她卷铺盖走人。幸而不辱使命，成功拿下百盛。

回来后南嘉木马不停蹄地进入项目，不知不觉过了两个月。她颇有一种山中才一日，世上已千年的感觉。

而与此同时，百盛收购的事已经完满结束。

"这次能够成功拿下百盛南副总监功不可没，我提议在庆功宴上大大嘉奖南副总监。"周一公司例会上，王阳提出嘉奖南嘉木的事。

"百盛这个项目做成对公司下半年的业绩起到奠定作用，嘉奖有功之臣也是理所当然的。"其他部门经理同意王阳的提议。

"现在南总监和陆总合作的项目已经接近尾声，接下来公司要花大量的人力物力来对新项目进行内测，之后全网公测。我认为现在没有多余的精力来举办庆功宴，何不等游戏上线后，两个项目的庆功宴一起办，不知各位董事觉得如何？"财务部总监盛妍提议。

"我觉得盛总监这个提议很好，毕竟咱们现在的首要任务是完成搁浅多年的项目，至于庆功这些后续的事，虽然重要但不着急，可以缓缓。"技术部总监刘斌说道。

"南总监，你有什么异议？"陆未晞看着坐在他左手边的南嘉木一直低头看文件，自始至终没有看过他一眼，这让他很不爽。

"我没有任何异议，我服从安排。"突然被点到名，南嘉木赶紧抬头。

"行，既然各位都觉得庆功宴一事可以暂缓，那就定在下个月30号就行，没有其他的事例会就到此结束。"陆未晞说完后就走出会议室。

"陆总，项目已经进入收尾工作，我可以搬回公司来办公了吗？"散会后南嘉木迅速追上离她几米的陆未晞。

这家伙忙着去投胎啊，一眨眼的工夫就走了那么远。

她这一举动刚好被走出会议室的盛妍看见，其他同事见状纷纷朝她看来。盛妍将眼里的异样收好，朝他们投去无所谓的笑，然后抱紧怀里的文件，挤出个优雅从容的笑容，快步追上陆未晞。

"师兄，我要向你汇报一下这个季度的财务情况。"盛妍说完后似乎才意识到南嘉木和陆未晞可能有事，礼貌问道，"师姐，我没有耽误你们工作吧？"

"没有。"南嘉木看向陆未晞，淡漠开口，"陆总，没什么吩咐的话我就先回办公室，就不打扰盛总监和您谈工作了。"说完后南嘉木也不管二人做何反应，匆匆离去了。

这陆未晞也太好命了吧，在学校时前女友就是房产大亨的女儿陆潇潇，现在又有一个在麻省理工攻读了金融硕士学位的红颜知己盛妍。关键这二人都知性优雅，身材是国家一级棒，对他又是情根深种，他真是艳福不浅啊！

而自己呢，扔在大街上都没有人管的，平凡就算了还是招渣体质。大学时是瞎眼了认王八蛋陆未晞为男友，毕业后又被中年油腻大叔纠缠，果然人和人是不能比的，哎，这都是命啊！

"财务一直都是王总管的，你直接和他汇报就行。"陆未晞一言不发就是要看看面对强劲的情敌，南嘉木那家伙要如何做，哪知道她竟然放心别的女人假借工作的名头来找他，真是个没良心的。

"师兄，我……"盛妍还想说什么就被陆未晞的话打断了。

"我还有其他事要处理。"陆未晞说完后就朝办公室走去，新游戏就要上市了，他要好好想想怎样继续和南嘉木同居。

他的不理不睬对一向是天之骄女的盛妍来说就是侮辱，南嘉木是什么东西，只不过是陆未晞的前妻而已，凭什么和她竞争？

一个月后。

"宝贝，咱们今天去游乐场玩。"周六终于不用上班，公司晚会要晚上七点才开始，吃完早餐后南嘉木打算陪南书影去游乐场。

她一直忙工作都没时间陪他，幸好有顾师兄帮忙照顾儿子，要不然她都不知道怎么办了。

"不去，只有小孩子才去那种地方。"南书影继续手里的手工活，下周一就要交给老师，他得赶紧做完。

"宝贝啊，虽然你已经过了生日，但也是小孩子啊！"南嘉木很头疼这个小大人似的儿子。

他能不能遗传一点她的智商，笨一点好不好？能不能和她学学如何不自律？他是她儿子，却半点不随她，这让她这个做母亲的很不是滋味。

"我生理年龄虽然小，但我心理年龄已经成年了。所以以后请别把我当小孩子看，我会觉得你不尊重我的身心发展，侮辱我的智商。"

"好吧，那咱们就看电影好不好？"只要能和儿子出门去，干什么都依他。

"可以。"这次南书影终于很给面子没有拒绝。

"《熊出没》和《大头儿子小头爸爸》咱们看哪一部？"南嘉木比较喜欢这两部动画片，没事的时候就在家看，而且能看一整天呢！

南书影对他这位心理年龄还是儿童的母亲无语了，很是嫌弃，都不想和她说话了，半分钟后才酷酷吐出仨字："《唐探2》。"

从电影院出来已经下午五点了，再不去酒店就来不及了，可南嘉木无法不管儿子啊！

南书影看她愁眉苦脸的，主动说道："我和顾叔叔约定好要一起吃晚餐的，你去吧，我打电话给他，让他来接我。"

"你们真约定好了？"南嘉木怀疑儿子是骗她的。

"快去吧，错过了公司给你这个大功臣颁奖的典礼你就后悔去吧！估计你也就扬眉吐气这一回了，这也算给我长脸一次，下周一和王童童炫耀去。"

儿子都这么说了南嘉木一定不会让他失望，以至于怀揣十万个不放心的南嘉木往公司赶的时候没注意到儿子口中说的同学王童童。

颁奖典礼环节过后就没什么意思了，大家最近忙疯了，好不容易能放松一次，三五一群的同事聚在一起闲聊。

南嘉木不爱这些家长里短、娱乐八卦的，直接往卫生间走去。

"儿子，你回家了没？"她还是不放心南书影，这已经是第十个电话了。

"回来了，不相信我和你开视频。"南书影挂掉电话和南嘉木微信视频。

第 26 章　我们复婚吧

确定儿子平安回家后的南嘉木看了看时间，已经八点半了，反正也没什么事她准备开溜了。

"师姐，你怎么在这里，怎么不出去和同事们玩？"没溜成，被盛总监逮住了。

盛装出席的盛妍端着酒杯朝她走来。会场这么个隐蔽的地方她都能看到她，南嘉木有理由怀疑盛妍一直注意她，其目的除了冷嘲热讽、在她面前秀优越感外别无其他。

南嘉木立马换了个热情火辣的笑脸，迎上去，"盛总监，我已经不当师姐好多年。"

"师姐就爱开玩笑，你永远是我师姐。"盛妍也不管南嘉木的皮笑肉不笑，将手里的红酒递给刚好路过的侍者，然后很是热情地挽住她的胳膊，"师姐，听说当年你可是咱们云市大学的风云人物，好羡慕你哦！"

"盛总监，你才是咱们学校的风云人物吧！毕竟以全额奖学金考入麻省理工，在我南嘉木的世界里简直是神一样的存在。"这盛妍和她有仇啊，手勒得那么紧，她这小胳膊快要废了。

这挨千刀的陆未晞，你招惹的桃花干吗受罪的是我。

"我听说陆师兄也是特别厉害，大一就当选学生会主席，大学四年各种奖学金拿到手软。大四被保送到美国一所知名大学读研究生，可惜因为一些小

113

事放弃了，真是可惜。"

可不是嘛，盛妍口中的小事就是陆未晞一毕业就和她结婚，所以放弃了出国深造的机会。

"呵呵。"南嘉木实在是不想再和她磨叽了。

"师姐，我听说你曾经学过武术，我也想学点防身术，学姐你教我好不好？"盛妍见南嘉木情绪不佳，赶紧换个换题。

"好啊！你想学什么？"这下南嘉木来了兴致，眼里顿时放光，"我会的可多了。"

熟悉南嘉木的人都知道只要她那双黝黑的大眼睛不停地转就是有坏主意了，可盛妍不知道，兴奋地拉着南嘉木的胳膊，"师姐，我想学跆拳道。"

"这么优雅有涵养的我不会，我会胸口碎大石，要不要学？"南嘉木一副天真样。

胸口碎大石？古时行走江湖的骗术，上不来台面她也津津乐道，盛妍将眼里的厌恶收好，脸上堆着俏皮的笑，"师姐，这个不太合适我哎！还没有……"

"还有一个。"南嘉木将手里的包包贴在盛妍的身上，握紧拳头打上去，"喏，隔山打牛，其他的我不会了，要不要学？"

"师姐，你……"就算演技再好，这一次盛妍都忍不住了，脸绿了一大片，嘴唇颤抖着，半天说不出话。

"盛总监，你要没什么事我就先走了。"南嘉木脸色突然变了，没有了刚才的风和日丽，顿时冷漠无比。

她严重怀疑盛妍的情商是不是被智商狠狠踩在泥土里了，招惹谁不好非得招惹她南嘉木，想在她面前耀武扬威，也不看看她是谁，睚眦必报的人。"师姐你，我……"

"哦哦！哦哦！陆总太帅了，陆总我爱你。"盛妍的话被主席台下的人给吞没了，大家兴奋地大叫，因为陆总上主席台示意大家安静，他要表白。

大家都猜测女主角是盛妍，盛妍脸上娇羞无比，瞬间也不管身旁因为突发状况有些愣神的南嘉木，努力维持表面的优雅从容，内心很是激动地朝主席台上走去。

南嘉木缓过神后有些自嘲地摇头，盛妍和陆未晞男才女貌又互相欣赏，在一起不是理所当然的吗？命中注定的事有什么好失落的，她努力地保持脸上的云淡风轻，可内心还是有些酸涩。

这么热闹的场面不合适她，回家睡觉吧！

只是还没等她走出大厅，主席台上的陆未晞突然大声喊："南嘉木，咱们复婚吧！"

会场里的人全都哑然了，不知道这是什么情况，女主角难道不是盛妍吗？还有，他们没听错吧！复婚？难道……半分钟后，大家反应过来然后全场沸腾，"复婚，复婚，复婚！"

南嘉木呆愣在大厅门口，过往如电影在脑海里飞速闪现。有过心酸有过甜蜜有过爱有过恨，但她从来没想过要和他复婚，反应过来后，她决然地继续往前走，离开这喧嚣却不属于她的地方。

"南嘉木，我爱你，难道我们的过去你都忘了吗？"她的身影迅速离开会场，陆未晞慌了，来不及追，就只能不顾一切地大喊，企图留下她。

"南嘉木……"

南嘉木没有回头，慌乱按电梯，在电梯门关上的那一刻，陆未晞焦急痛苦的脸被电梯隔绝在外。

过往很遥远她似乎忘了，可眼前却出现他们相识以来的点点滴滴。

大学开学第一天，无论如何都不能迟到的。

"南嘉木，我们宿舍离教室要二十分钟，去食堂要五分钟，现在离上课还有半个小时。"林溪云很淡定，很温馨地提示我们可爱的嘉木同学。

"什么？"南嘉木心里默默盘算，"意思我只有五分钟的时间起床洗漱？啊啊啊！"她像打了鸡血一样，迅速翻身下床。

"对。"

"同志们，如果我没有及时回归队伍，你们一定要帮我打一下掩护。"南嘉木草草地在书桌上随手抓着两本书就匆匆出门了。

幸好她未雨绸缪，昨晚就已经准备好了今天要用的课本。

"同学让一下，让一下，不好意思。"南嘉木在食堂付过钱之后，就急急忙忙从人群中撤离，然后，玩命地往教室冲。

"哎，同学，同学……"你把我的早餐拿错了。

只是，南嘉木忙着赶时间，没有听到后面那个男生喊她。

"同学，你看，这……"卖早餐的中年大叔看着已经打包好的早餐，有些为难。

刚刚那个女孩儿，吃的早餐，不是一般的丰富啊，是眼前这个温润如玉的男孩的早餐的两倍。

那个女孩儿，真的是女中豪杰！

"算了吧，大叔，我就要这份吧！"陆未晞骨节分明的手指在钱包里掏出二十元钱，然后拎着早餐不急不缓地走出食堂。

他看了一眼手里的早餐，摇摇头，无奈地笑了笑，"带去教室给他们吃吧！"

还有两分钟就上课了，南嘉木找了一个最后的位置坐下来以后，拍着胸脯惊魂未定地自言自语："还好，幸亏我跑得快。"

"同学，请问一下这里有人坐吗？"这个位置靠窗，阳光充足，陆未晞第一眼就看上了。

"啊，没有……"南嘉木在吃早餐，听到如此有磁性的声音，以她阅男无数的经验来说，这个男孩一定差不到哪里去。

她急不可耐地抬头，看见眼前长身玉立的人，她的大眼睛闪着奇异的光，"是你?"

他不是一起排队买早餐，被她挤到旁边的那个好看的同学吗?

"是你!"陆未晞也惊讶，他真的没想到，那个女孩居然在这里。

正好，他还寻思着如何去要他的早餐呢!

真是踏破铁鞋无觅处，得来全不费功夫。至于被她挤到旁边的仇，他大人有大量，就不跟她计较了。

"哈哈，好巧!"她连忙把嘴角的包子屑抹去，讪笑着。

在美男子面前，她很注意形象的。

"不巧，我的早餐呢?"陆未晞将手里的早餐放在她面前，很平静地问道。

"早餐，什么早餐?"她不明所以，眼前这个帅哥，怎么胡言乱语呢?

看她 ·脸迷惑的样子，陆未晞咬牙切齿，恨不得掐死她，"你把我的早餐拿错了。"

陆未晞一向都是很温润的，不易动气，可今天，遇到这么个女孩，把他二十年的涵养给破了。

"啊，不会吧!"她还没搞清状况，处于迷糊状态，虽然有些怀疑他话的真实度，只是她的手还是习惯性地抚摸了一下肚子。

哎，难怪感觉今天胃还空空的。再看了一眼桌子上堆得像小山坡的早餐，才恍然大悟。

她心虚地看着他，眼里泪光闪闪，"不好意思，我走得急，拿错了。"

看到她泪眼婆娑，一副可怜兮兮的样子，他一个大男生也不好多怪她，"算了，我的你已经吃得差不多了。"

他将书放在桌上，坐在她旁边，将桌上的早餐拿出三分之一，将剩下的全部推给她，"而且，依我看，你似乎还没吃饱吧!"

他从来没有见过如此"会吃"的女孩。

"哈哈，谢谢，那我就不客气了。"她立马收起她的"柔弱"，风卷残云地吃完早餐，她那样子，似乎怕别人和她抢。

他看着她狼吞虎咽的样子，有些不太明显的嫌弃，只是他一向说话礼貌，"你是我见过的胃口最好的女孩。"

"是吗？我父母也是这么说的。"南嘉木很欢喜地说着。

南嘉木一点儿也没听出第二次见面的陆未晞对她的讥讽。

第 27 章　做我男朋友

今天是周六，宋沐雪她们去逛街晚上八点了还没回来。

"南嘉木，你死哪里去了？你的手机响。"手机响了三声，南嘉木还没听到。"嗯？小云，怎么啦？"南嘉木迷迷糊糊地应了一声。

"手机！"林溪云不想和南嘉木说话，都睡了一天还不醒，比猪还能睡。

"哦。"南嘉木眯着眼，在床上胡乱地摸索，她已经不知道她的手机在哪里。

"喂，南嘉木，你的书是不是在我这里？"陆未晞在寝室收拾书桌时，发现有本无机化学书，翻开一看，绝对不是他的。

因为刚开学，书上已经被乱涂乱画认不请原来的样子。

他掏出手机在班长那里问到南嘉木的电话号码，一只手拨号，一只手嫌弃地提着书的一角。

"喂，你是谁啊？"南嘉木饿醒了又睡，这不刚睡着，不知天杀的谁打来电话。

"……"陆未晞听着那头她不耐烦地问是谁，他真心想抽她两耳光，这快半个月了，她居然还没有他号码。

"喂，再不说话，老娘挂了。"电话那头久久没有回应，她仅剩的一点耐心也用完了。

就在南嘉木准备挂电话的瞬间，陆未晞终于开口了，"是我，陆未晞。"

指望她记得他是谁，那肯定没指望了，还不如告诉她是谁来得实在些。

陆未晞也不知道自己怎么回事，她不记得他是谁，他居然心里有些涩涩的，不是滋味。

"啊！陆兄弟呀，是你呀，不好意思，刚刚不知道是你。"南嘉木一听是陆未晞就态度转变了，尤其刚才她还口气不善地骂人呢！她小心翼翼加心虚地说着。

说来也是奇怪，南嘉木从小学到中学，甚至在大学里都是女霸王，没有一个人敢惹她。可是，她就是无形中害怕陆未晞，害怕他的温润如玉，害怕他的认真与冷漠。用姚芷蕾的话说，南嘉木，你就作吧！终有一天，会有一个人来收拾你的。

难道这就是所谓的现世报，一物降一物？

"少废话，快下来，我把你的书给你。"都半个月了还没他电话，这算哪门子兄弟？陆未晞口气很不善。

"好的，我马上就来，你等我一下。"听着陆未晞语气冰凉，看来来者不善啊，她还是麻溜地下去吧！

南嘉木到楼下时，陆未晞已经在楼下等了二十分钟。

"对不起大兄弟，让您老久等了。"南嘉木自知理亏，很是殷切地接过他手里的书。

陆未晞直接无视她，更不愿和她说一句话。给她书之后转身朝食堂走去，没有管身后疑惑她的书为什么会在他那里的南嘉木。

等南嘉木回过神来时，陆未晞都快要上食堂二楼了，他去食堂？哈哈，晚饭有着落了。

陆兄弟，今天遇上我南嘉木算你倒霉！她贼贼地跟上他，手不自觉地在兜里摸了个遍，出门匆忙，果然没钱。

陆未晞付完钱一回头，发现不知何时已经站在他身后的南嘉木。

"哈哈，陆兄弟，好巧哦！"

看着她讨好的样子，他后背一阵凉风吹过。经验告诉他，南嘉木每每露出这副讨好、无辜的样子，她一定会出幺蛾子，而每一次，倒霉的一定是他。

"不巧。"他冷冷丢下这句话，准备离开。

对付她这种无赖，最好的办法就是不理睬。只是，他还是低估了她的厚脸皮。

她像一只癞皮狗紧紧跟在他的身后，不言语，就是一动不动地死死盯着他手里的红烧牛肉粉。

"你要跟我到何时？"他回头，语气冰冷地问她。

"跟到你发现我为止呀！"她大眼明眸，理所当然地回答。

"你，你……"陆未晞第一次竟无言以对，努力地压着内心的火气，"好，现在你成功被我发现了，什么事？"

"啊？没事啊，我就是想请你陪我吃顿饭啊！"

最后，陆未晞败给她了，在食堂随便找个位置坐下等她。

南嘉木最后回到陆未晞的身边，不言语，默默看着他，他问："怎么了？"

"我想吃粉，不过，你的粉好像要软了，要不，你的先给我吃吧，我的给你。"

看她那样子她肯定是没带钱吧！陆未晞很是认命地将手中的红烧牛肉粉递给她。

"大兄弟，谢谢你咯。"她拿着筷子，狼吞虎咽。

"大兄弟，今天谢谢你的晚餐。"她真心地道谢。

"不用。"遇上南嘉木陆未晞发现他就没有舒畅的时候。

嗯，要是有个男朋友的话，吃饭的问题可就解决了！看着前面高大的好看的身影，一个奇怪的想法突然在她的脑海中闪现，如果……

"陆未晞，要不，你做我的男朋友吧，这样，我的饭就有着落了。"

她把她的想法就这样毫无遮掩地说出来了，只是，在说出来以后，自己也被吓了一跳。

陆未晞像听到一个不是笑话的笑话，做她男朋友就只是为了解决她的吃饭问题，她怎么不上天呢！"无聊！"

"哈哈，我是开玩笑的，你不用在意。"她也知道这是不可能的，所以，在说出口之后，有些后悔自己的冲动莽撞，说话不经过大脑。

听学姐师兄们说上大学一定要培养一两个兴趣爱好，大家都在准备报社团，她一时头脑发热，报了精武社团。精武社团有截拳道、跆拳道、空手道等很多种类，她随意地选了一个跆拳道。

班上的女孩叽叽喳喳地相互询问，看有没有志同道合的，有报了书法协会的，有广播的、音乐的、美术的，等等。

南嘉木听她们快乐地找自己的同伴，可她找了好久，就是没有一个是学武术的，她很失落。

"唉，陆未晞，你报了哪个社团？"她突然扭头问一直都没说话的陆未晞。

"学生会！"

"什么职务？我也是学生会的，可惜我没选上干部，只是个小成员。"她嘟着嘴，有气无力地说着，她的鸿鹄大志没有施展的平台。

看着她无精打采的样子，他无声地笑了笑，抓住机会打击她，"学生会主席。"

南嘉木不想再和他说话了，还是乖乖睡觉吧！学生会主席，她从来都不敢想。

第 28 章　心情低落

不知不觉中又过了一个月，这天下午四点半，精武社团举行了一次考评，目的是为了考查他们这一个月来有没有认真地学习。

"南嘉木，顾昔承。"在南嘉木发了好长的呆后，突然听到教练大声叫她的名字。

"到!"她赶紧从人群外跑进来。

"准备!"

南嘉木赶紧换好护身服，走向擂台，朝对面已经换好衣服的男生躬了躬身，"南嘉木。"

"顾昔承。"

无招胜有招，对方是练家子，她不是人家对手，所以，她采取了乱无章法的打。冲上去狠狠地拳打脚踢，然后再迅速地撤退，满场子地跑，不让对方逮住。

顾昔承从来没有遇到过这样不顾章法的对手，一时无从下手。不经意间，被她一脚狠狠地踹在屁股上，疼得他龇牙咧嘴，暗地惊讶，这丫头，腿很有力度。

毫无疑问，最后，还是顾昔承赢了，尽管南嘉木无耻到了极致，她终究还是没有战胜顾昔承，但成绩还不错，不是最后一名。

转眼到了第二天。

"陆未晞。"第一节课老师突然点名。

"40号陆未晞。"没有人回应，语文老师又重点了一遍。

"老师，陆未晞感冒了，请假。"才刚刚听到念陆未晞的刘伟赶紧说，然后起身走到讲台，递给老师一张纸，"老师，这是请假条。"

"嗯，我知道了。"

陆未晞请假了，他怎么了？

下午陆未晞还是没来，南嘉木有些担心了，后来又听他室友说他病得越来越严重了，要去市医院，她的一颗心悬着。

好不容易挨到下课，她二话不说收书往教室外跑。

"嘉木，急急忙忙的，你去哪里，我们要去图书馆，你去不？"李嘉佳喊住快要跑出教室的南嘉木。

"我不去了，我有急事，先走了。"南嘉木快速说完之后不见了踪影。

好不容易赶到市医院，南嘉木喘着气问前台护士："护士，护士小姐……"她捶着胸，让自己气顺一些。

"别急，慢慢说。"护士温声说着，对她露出微笑。

"请问一下陆未晞在几号病房？"陆未晞要来市医院，感冒肯定加重了，这会应该在病房里休息吧。

"请稍等，我给您查一下。"护士开始翻看病例登记本。

"不好意思，没有您要找的名字。"护士礼貌地对她说。

"啊，不可能，麻烦你帮我再看看。"他明明说要来市医院的，怎么会没有他的名字呢？

"抱歉，真的没有。"再次查看了一番之后，护士确定没有她要找的人。

"哦，谢谢。"

南嘉木出了医院大门，在街上游荡着，他没来医院，难道感冒好了？

快要七点的时候，南嘉木才拖着沉重的双腿回到寝室。

"嘉木，你去哪里了，怎么现在才回来？"宋沐雪一个人在寝室，其他二人还在图书馆。

"我去街上了，没什么事。"南嘉木说了谎，她记得宋沐雪她们提醒她离陆未晞远点。

"吃饭了没？"

"没吃，没胃口。"南嘉木胃里明明空荡荡的，但是就是没胃口，不想吃饭。

第二天，南嘉木心情不怎么好，在去教学楼的路上，一路都是低着头的。过了一晚，也不知道陆未晞的病有没有好一点。

"南嘉木？"突然，背后有人叫她。

她听到喊声，回过头并没有看到认识的人。她皱了皱眉，难道是昨晚她出现幻听？

"南嘉木。"这次是肯定的声音，不一会儿，有一个人在她的肩膀上轻轻拍了一下，"南嘉木，真的是你，我还以为我认错人了。"

"顾昔承？"南嘉木顺着肩膀上好看的手看去，是和她比武的那个帅哥，她对他印象很深刻。

"嗯，是我！"顾昔承朝她温和地笑笑。

他对她这丫头印象深刻，不仅是因为她踹了他一脚，而是这丫头每回去社里都是最积极的，她热情如火，像只快乐的小燕子，在人群中来来去去，好像她有无限的快乐，他很喜欢这个看不出性别的小丫头。

说到这，不得不说说他们两个人第一次在社团认识的趣事，他把她当师弟了。至于原因，除了她大大咧咧、有男子汉气概的性格外，还有她那平板的身材。

"师兄。"她朝他灿烂地笑着。

"师弟！"他上下打量她，很是意味深长地笑，"我刚刚叫你，你也不答应，不怕师兄生气吗?"

"师兄，你怎么能叫人家师弟呢!"她不好意思地朝他抱怨，显然也想起两人初见时闹的大乌龙。

"我不叫你师弟叫什么?"两人边走边聊，"而且，我觉得这样叫挺好玩的。"

她心里抗议:师兄，你倒是好玩，可你也要体谅一下我的感受好不?像想到什么似的，她赶紧问道:"师兄，你的屁股好点了没?"那一脚可是发挥了她十成的功力。

"呃!"顾昔承尴尬，他想不到她这么直接问他的屁股，一点女孩儿的矜持都没有。尽管他的屁股仍然很痛，但他也当没事地笑笑，"师弟放心，已经没事了。"

"没事就好。"虽然比武拳脚无眼，但她也有些过意不去，不一会儿，她问:"师兄，你是什么专业?"她只知道他比她大一届，其他的一无所知。

"化学，你呢?师弟。"

"好巧哦师兄，我也是化学的。"师兄和她同一个专业，她别提有多开心了，这会儿，他们是真的"师兄弟"了。

"嗯，是很巧。"他看着她白皙的侧脸，愉悦地说着。

快要到教学楼了，南嘉木抓紧时间问:"师兄，我以后遇到事能找你吗?"

他看着她大眼睛里闪着期待的光芒，大手拍拍她的头，温和地笑道:"当然可以，师弟有什么事可以随时找我。"

"谢谢师兄，师兄再见。"她朝他开心地挥手道别。

"嗯，再见师弟。"今天能遇到她，他很高兴。

刚刚和顾昔承一路聊着天，让她暂时忘记陆未晞生病的事，可是，两人告别了后，她的情绪又低落了。

"南嘉木,你今天和我坐吧!"南嘉木还没进教室,就在门边被人截住。

"为什么?"南嘉木收回已经跨进教室的一只腿,疑惑地问。

"那个,那个,那个……"郭婷婷小女儿家的心思,难以启口。

"到底是哪个? 你倒是说呀!"听她半天都没那个出来,南嘉木很没耐心,打破了说好不凶女生的原则。

"那个,我有事要和你说,你来就是了。"郭婷婷鼓足勇气,一口气说完后就红着脸跑进教室坐到最后一排去。

南嘉木看郭婷婷一脸娇羞的样子,她一下子紧张了。那,那个,她,她不会是喜欢她吧! 她在心里哀号,我的老天爷呀! 造孽呀,她虽然被人误会为小师弟,可她是货真价实的美娇娘啊!

第 29 章　帮忙收情书

南嘉木被她的话以及样子吓得不轻，半天都没回过神，没有进也没有退，就这样傻傻地站在教室门边，挡着别人的道也不知道。

"你要在这站多久？挡着路了，其他地方请自便。"陆未晞在教室外已经看到她呆呆地站了两分钟，不进也不退，看她那傻傻的样子，他不知怎么的，就是不爽，冷冷地说着。

"哦！"听到声音，她下意识地答应，半分钟后才反应过来是陆未晞和她说话，脑海中闪现一个疑惑"他的病好了？"的同时立马开口，"那个，陆未晞，你的……"

看着陆未晞远去的背影，她才反应过来人家根本没有听她说话，或者是没兴趣听她说什么，已经远去了，她只好悻悻地闭嘴。

原来是她挡着他了！

"南嘉木！"看她半天都还站在门口发呆，郭婷婷恼羞成怒地大叫，顿时引起大家的好奇，众人的眼光在最后一排和门边来回穿梭，猜测她们之间有什么猫腻。

她有气无力地问答："来了。"

既然是有话要说，自然是找一个没人打扰的角落里畅所欲言了，放下书，南嘉木淡淡开口，"有什么话说吧！"她有些心情不好，比遇上顾昔承之前还糟。

郭婷婷这姑娘不知是头脑简单呢还是被她心中怦怦直跳的小鹿给扰乱了判断能力，反正她是没看到南嘉木此时脸上的阴沉，还在考虑着怎样委婉表达自己的心思。

　　"那个，南嘉木，你还要回你原来的座位吗?"看到她疑惑的目光，她立马解释，"我是说陆未晞旁边的那个，如果你回的话……"

　　"捞干的说!"南嘉木的耐心彻底用完了，终于爆发了，绕去绕来的，她的头都被她搞大了。

　　她的那句"捞干的说"成功地被前排的两个男生听到了，那气势，两人都同时跷起大拇指。

　　"好，我说，你先坐下来。"前排探究的眼神让郭婷婷不自在，她赶紧拉着愤怒的南嘉木，在她耳边悄悄地说明了自己的心思，最后，还将一张字条塞在南嘉木的手里。

　　"什么?"南嘉木立马站起来，这回是彻底没控制住分贝，全班都听到她的声音了。

　　"你小声点，你知道就行了。"郭婷婷立马站起来，用手捂住她的嘴。

　　大家都被她们的表情弄蒙了，一个不可思议，一个娇态外露，最后，像想通什么似的，大家都在心里齐齐地认为是郭婷婷喜欢上了外表男性化的南嘉木。

　　"今天是周五，我们兄弟出去喝一杯?"刘伟提议。

　　"好啊!"张磊举手同意。

　　他们寝室的聚会通常都是在周五。

　　"你们去吧，我不舒服，洗个澡就睡了。"陆未晞淡淡地说了句。

　　"怎么了? 未晞，你还没好?"刘伟疑惑。

　　"没事，抱歉，你们去吧!"

　　南嘉木躺在床上，盯着天花板发呆，昨天陆未晞没去医院，那他是不是好了？今天他一整天都是趴在桌子上，难道是更严重了？她很想打电话问一下他好点没，可是，她又以什么身份关心他，朋友？可是，他明明已经说了没有事不要去找他，而且，他有那么多人喜欢，他的身体状况，自有人关心。

哎，好烦，不管了，睡觉。

只是，闭着眼十分钟，她还是没法睡着，而且，还越来越烦闷。如果他越来越严重了，而又没人发现怎么办？他会不会有生命危险？

南嘉木越想越害怕，快速揭开被子下床，在书桌上抓起手机找到陆未晞的号码，毫不停留地拨了出去。

电话是响了五声才被接通的，陆未晞性感而低沉的声音通过电流传来，"南嘉木？"

南嘉木握着手机，整个人莫名其妙有些紧张，扯了扯嘴角，大脑一片空白，一时半会儿也不知道说些什么，下意识地，她很想挂断电话。

"南嘉木。"陆未晞再次叫了一声，这次是肯定的声音。

电话里传来熟悉而又浅淡的声调，"嗯。"

"有什么事吗？"

"那个，没事，我就是想问问你的感冒好点没。"她手心里全是汗，结结巴巴地说。

"没事。"他言简意赅，迟到的关心，他不需要。

"我昨天去市医院了，你没在，是感冒好了吗？"南嘉木从来都不是一个忸忸怩怩的女孩，有什么就说什么，既然已经开口了，那就问完自己想要知道的。

"什么！你去医院了？"陆未晞震惊。

他想起刘伟昨天下午回来回答自己的问题，"没什么有趣的事发生，南嘉木还是一如既往地跑了，只是这次很急！连李嘉佳她们叫她去图书馆也没去。"

她是去医院了？他只是让刘伟将他的病情故意夸大，具体目的是什么他也不知道。

也许只是为了让老师相信他不是故意装病逃课，可是，为什么他此时心里有种软软的，如踩云端的感觉？

"哦，我没去，后来好了。"陆未晞的声音还是淡淡的。

平静水波下是激流！

"嗯，没事就好，那我挂了。"此时的南嘉木就像一个小偷，想尽快结束这通不该她打的电话。

"你一会儿要去哪里？"他问了一个毫不相关的问题。

"嗯？嘉佳她们说一会儿要去吃烧烤。"

"哦，没事，那你去吧，挂了。"陆未晞原本想，如果她没事的话，他请她去吃好吃的，算是答谢她。

第二天去教室的路上，她又被郭婷婷截住了，只是，这次不是娇羞，而是怒气冲冲地问她为什么还不帮她传递情书。

"那个，婷婷呀，时机还不成熟！"她掩饰内心的心虚，假装正经地给她解释。

"怎么不成熟了？南嘉木，你吃了我好多天的早餐，这事不会是想赖账吧？"南嘉木胃口太大，每次买早餐都心疼死她了，可为了让她帮忙传情书，她只好忍着。但南嘉木要是只吃饭不干活，她不会放过她的，她郭婷婷可不是好糊弄的。

"呃！"她一时语塞，她南嘉木是这种贪吃的人吗？她要为自己"平反"，清了清嗓子，一本正经地说，"婷婷，你想，陆未晞是谁，追他的女生多了去了，你看他接受了哪个？"

听她这一提醒，郭婷婷思考了半分钟，之后才恍然大悟，"好像是，那我要怎么做？"

"对吧，我没骗你吧！"看她信以为真的样子，南嘉木很不友好地在心里狂笑，真是个傻姑娘，没人告诉她南嘉木的话不可信吗？

"快说，怎么办？"看她一脸奸诈的笑，郭婷婷烦躁地催促。

"你每天写一封情书给他，表明你的爱意，久而久之，他就会被你的真诚打动的。"她南嘉木也不是只知吃饭不干活的那种人，还是正儿八经地出着主意。

郭婷婷半信半疑，"那要写多久？"

"先写一个星期试试。"她认真说着，心里暗暗盘算，一个星期，她先看看陆未晞的反应。他一向讨厌女生送情书给他，但拿人手短，吃人嘴软，不得不冒死给他收了。

哎，原来做陆未晞的兄弟也是很危险的！

"好，再信你一次！"说完话后，郭婷婷也不和她多做纠缠，她要忙着去教室写今天的情书。

第30章　图书馆约起

郭婷婷的情书一天接一天地写，南嘉木给的时间拖了一个星期后又是好几个星期。她实在是不敢开口，所以，只有辛苦那个傻姑娘了。

事情一拖再拖，都拖到了期末，郭婷婷给她下了最后通牒。

"未晞，我有一件小事要向你坦白，不过，你要答应我听了后不许生气。"一个阳光和煦的早上，南嘉木终于将憋了整整两个月的事给说了。

"嗯，什么事，说说看，我再考虑考虑要不要生气。"这丫头最近心不在焉的，他怎么会看不出来。

"不用考虑了，别生气！"她摇着他的胳膊，撒娇。陆未晞生气了后果很严重，两个月前两人好不容易和好了，她实在是不想再惹他不痛快了。

"不说我要去上厕所了。"这时正好下课铃响了。

"好，好，我说，我说。"她赶紧拉住他手臂。

"嗯，快说。"他实在是，有些憋不住了。

"过来，过来，婷婷。"她赶紧朝郭婷婷招手，示意她赶紧过来，千载难逢的好机会。再不说，这事就黄了，到时候，她也爱莫能助了。

"未晞，婷婷有话给你说，我先出去。"郭婷婷一走近，她就一溜烟地跑了。

婷婷呀，你自求多福吧，我实在是不敢开口呀！

看到她迅速消失的背影，郭婷婷恨得牙痒痒，不过，陆未晞还等着她说事呢，她赶紧娇羞地开口，"那个，陆未晞，你喜欢什么？我可以……"

"不好意思我没有找女朋友的打算。"他迅速打断她的话，就阴沉着脸，大步走出教室。

那个丫头，一会儿他再找她算账，就会给他惹事。

郭婷婷被他无情地拒绝，很是伤心难过，大家眼光都朝她看来，她不顾形象泪流满面，最后，跑到座位上小声哭泣。

等上课铃响了后，南嘉木做贼心虚地回到自己的座位上，看婷婷姑娘伤心欲绝，陆未晞脸黑沉沉的样子，她就知道这事没成。

而且，有一场暴风雨等着她呢！

哎！自作孽不可活，天下果然没有免费的午餐。

"拿来！"她一坐下，陆未晞阴沉着脸。

"什，什，什么？"她继续装着无辜。

"嗯？"她还不老实，他看着她，眼神如寒冰一样冰冷。

"给你。"她怕他，赶紧从书包里拿出那厚厚的一大摞情书，然后讨好地说着，"你说过你不生气的。"

陆未晞要被她气死了，她竟敢给他收情书，招揽桃花，这会儿，她还有理了？"谁要你帮我做这些乱七八糟的事的，我的事不用你操心。"她给他收情书，这让他前所未有地生气。

"好嘛，陆未晞我错了，我也不想这样的，可我吃了她好多的早餐，我又怕你骂我，所以，这事才会一拖再拖的。"她小心翼翼地指着他面前厚厚的纸，小声开口，"所以，它才这么厚的。"

"你，你……"陆未晞愤怒地连说了好几个你字，他是真的败给她了，她把他当成换早餐的工具了。

他看着她冷笑，冰冷地开口，"那我是不是该庆幸，我陆未晞还有一点利用价值？"

"不，不是，陆未晞，我真的知道错了。"她最怕他冷漠，最怕他讥讽她，最怕他不理她。

看着她要大哭的样子，她是真的知道错了，他也不忍心再责备她，"下不为例。"

"好，我对天发誓。"这是最后一次。

"你收了她好多天的早餐？"还没等她平静下来，他突然问。

"两个月。"她不明所以，但还是乖乖地回答。

"好，很好，以后，你也给我买两个月的早餐。"拿他换早餐，这事估计只有她南嘉木敢做了。

南嘉木本来是要拒绝的，可是看他冰冷的眼神，再加上这事她理亏，就乖乖闭嘴了。

这事就这样平安过去了。

"陆未晞，明天你要去图书馆不？"今天是这个学期最后一节课了，得赶紧去图书馆复习期末考试了。

"要去，不过可能会有点晚，你帮我占个位置。"陆未晞眼睛没有离开过书本，淡声回答。

"好嘞，明天图书馆见。"成功约到学霸，高数有救了。

第二天，南嘉木又是预料之中地晚起了，全然将二人的约定给忘记了。

"南嘉木，你在哪里？"七点半的时候，陆未晞打电话给南嘉木。

原本他今天计划先去书店买本书，中午回来以后再去图书馆的，只是昨天和南嘉木约定以后，他改变计划了。

"我在寝室，还没有起床。"她迷迷糊糊地回答。

"不是说要帮我占位置的嘛。"他有些好笑地问她，他就知道，那丫头，才不会起那么早。

现在正是期末考试复习阶段，大家都去图书馆复习，去晚了就没有座位了，而扬言要帮他占位置的人，此时在床上睡得正香。

"反正你要迟些来，现在还早。"她打算挂掉电话以后再补一觉，能够睡回笼觉很幸福。

"还早？南嘉木，你有没有一点时间观念？"

她将手机拿在面前一看，"才七点半，本来就还早嘛。"

她一般去图书馆都是睡到十点才去的。

"懒猪，快起床了，我在你们楼下等你，限你十分钟到。"

"十分钟我还没有洗漱，而且……"她想要和他谈条件，多拖延一段时间多睡会儿，哪怕两分钟也行。

"少废话，你还有九分五十八秒。"说完以后就挂断电话了。

"喂，喂……"南嘉木本来想说什么的，已经没有机会了，只能乖乖地起床了。

独裁者，专制狂，暴君！

"很好，迟到十秒，南嘉木，你死定了。"等南嘉木火急火燎地跑下楼时，陆未晞云淡风轻地说着，完全不管此时累得像条死狗的某人。

他居然用手机计时，他来真的，南嘉木鼻子都气歪了。

"妈的，陆未晞，你还来真的。"她捂着肚子，气喘吁吁地说。

"那当然。"他笑笑，干净的手在她弯着的背上拍拍，给她顺气。

"走吧！"等她好一点之后，他就收回在她背上的手走在前面。只是，没走两步，他突然回头，沉声道，"以后不许说粗话。"

她一个姑娘家的，没有一丝大家闺秀的样子，整天嘴里流里流气的，像什么话。

她站在原地，朝他背影做了个鬼脸，然后才迈开步伐，追了上去，在离他有一步的距离时小声地嘀咕，"要你管！"

"嘀咕什么呢，还不快点。"

他突然回头，南嘉木始料未及，赶紧换了一副讨好的嘴脸，"哈哈，没什么，我说你长得帅。"

陆未晞看她那一脸小人样，有些无奈地笑了笑，"口是心非的丫头。"

第 31 章 体重超标的宝宝

宿舍区离图书馆有些距离，大部分人早去图书馆了，所以这会儿路上的人不多。陆未晞一个人在前面走着，南嘉木在后面跟着。只是他的步子很大，他走两步，南嘉木要走四步，所以，南嘉木是跑着才跟上陆未晞的。

南嘉木好久都没有运动了，才没走多久，她就气喘，跟不上陆未晞的脚步，她只能看着陆未晞离她越来越远。

走了好一会儿，感觉后面的人没有跟上来，陆未晞回头，就看见南嘉木坐在路边喘气。他返回来，在她的面前蹲下，温声询问："怎么了？"

"未晞，你走得太快了，我跟不上。"

"你身体怎么这么差？"他皱眉问。

"那是你腿长。"腿短又不是她的错，她伸手在肚子上抚摸了一下，抱怨道，"再说，我还没吃早餐，很累。"

"活该！"他从书包里拿出早餐递给她，但还是不忘说教，"谁叫你起得这么晚。"他早准备好了她的早餐，迟迟不给她是想给她一个教训。

"嘻嘻，陆大侠，我就知道你最好了。"她朝他讨好地笑笑，连忙抢过他手里的早餐，狼吞虎咽地吃起来。

"咳咳，咳咳……"吃得太急，她被噎着了。

他忙递给她一瓶水，拍了拍她的后背，"小心点，慢点吃，又没有谁跟你抢。"

"南嘉木，如果你明天六点起不来的话，你就自己负责高数。"他威胁她。

这丫头，如果不给她施加点压力，她永远不会主动去做一件事，能拖的事尽量拖，能晚起的，她绝不会早起。

"不要。"她想都没想就拒绝，高数，对于全国奥林匹克数学竞赛冠军陆未晞来说小菜一碟，可对于她这种数学白痴来说，简直比登天还难。

"那明天就不要迟到。"以她的那个数学底子，不多花点时间来复习，她非挂科不可。

"呜呜，这个我好像也做不到。"她想要顺利通过，怎么就这么难呢？

"那你就另请高明吧！"陆未晞突然语气变得冰冷。

她最怕他的这种明明就挨得很近，却像隔着天涯的距离的疏离，"好，好，我明天一定不迟到。"她举着白皙的手，一脸认真地保证。

"嗯！这才乖。"他抚摸了一下她柔软的发丝，夸赞。

"南嘉木！"快要进图书馆大门时，他突然叫住已经刷好学生卡的她。

"嗯，怎么了？"她回头，看着他，询问。

"你身体太弱，下个学期回来，我陪你跑步。"

"什，什么，跑步？"南嘉木不敢置信，他要她跑步，这不等于要了她的命？

要说南嘉木怕什么，她怕喝酒，怕饿，怕黑，要问最怕什么，那就是最怕跑步。

"嗯！"看她那震惊的样子，他心情极好。

"啊啊啊！"她在原地哀号，她现在已经可以想象得到，下个学期和陆未晞一起跑步的日子了，简直……生不如死！

就这样，和陆未晞去图书馆的悲催的一天就这样开始了！

"陆未晞，我饿了！"南嘉木累了，放下笔小声说着。

陆未晞听她说饿了，放下笔，看了看手机，才一个小时不到，她就饿了？

她刚刚吃的早餐比他还多。

"一个小时不到!"他有些鄙夷地看她一眼,她肯定是不想看书了才说饿的吧!

"我是真的饿了。"南嘉木看着他探究的眼神,悄悄地瞥了一眼放在旁边的数学卷子,不怕死地又重复了一遍,"我真的,真的很饿了。"

"好吧,你饿了,那我们回去吧!"他一边收拾书本,一边平静地说着,"我本来打算做了这个题就帮你看看高数的,现在你饿了,那我们下午再说吧!"

什么,他要帮她,她立刻将手按在他收书的手上,抬起头,露出明媚的笑脸,"嘻嘻,我突然间不饿了,我们继续吧!"

"哦,你不饿了,可是我饿了呀!"他就是要让她着急,看她一天就像猪一样,只吃不做,只晓得偷懒。

"陆未晞……"她扯扯他的衣袖,哀怨地看着他,眼睛里起了水雾,别提有多可怜了。

明明知道这家伙是在演戏,明明知道她的可怜是装出来的,可是,他还是无法拒绝她,还是舍不得让她着急。

"你这家伙!"他认命地摇头,拿过她手里的卷子,提起笔,在草稿纸上写写算算。

认真的男人最迷人,尤其是像陆未晞这种平时就帅得一塌糊涂,让人移不开眼睛的男生,最帅,所以,南嘉木就这样看呆了。

"陆未晞,你好美!"南嘉木用手撑着脑袋,看着他开始犯花痴。

陆未晞本来就对她的话不感兴趣,认真地做试题,可听她说他好美,他皱眉,放下笔,看着她。

美?那是形容女子的。

"你傻啊!"不好好看书,在这里胡言乱语。

"没，你是真的好看，是我这辈子看过最好看的男生，我想肯定有许多女孩喜欢你。"

"你还能不能再无聊一点。"有没有许多女生喜欢他，他不知道，他只知道这一生能陪在他身边的只有眼前这个迷糊的家伙。

"不无聊呀！"她不觉得这是无聊，欣赏美男，这是多么幸福的事。

"好吧！你高兴就好。"对于她，他只有无奈的份，提起笔继续演算。

或许是他的威胁起了作用，南嘉木竟然奇迹般不再插科打诨。

"哈哈，终于可以吃饭了，亲爱的食堂，南嘉木要来咯！"南嘉木好不容易挨到中午，这会儿很是雀跃，收书非常快。

"南嘉木，你是饿死鬼投胎的呀！"陆未晞看她那火急火燎的样子，很是滑稽，他宠溺地笑笑。

"陆未晞，快点，快点，饿死宝宝了。"她都走好远了，可陆未晞那厮还在慢吞吞地背书包，南嘉木真为他着急，催促他快点。照他这龟速，到食堂还有饭就奇怪了。

"啧啧。"陆未晞大步走向她，看着她，意味不明地啧了两声，越过她朝前走。

"陆未晞，你什么意思？"他的举动，让她疑惑，她快步跟上他，问个明白。

"我没见过这么重的宝宝。"

开学入学体检，南嘉木超重了，这是全班皆知的，为此，她在班里出了名，大家有事无事就拿她开涮。

"陆未晞，我打死你。"南嘉木听他提到自己伤心的事，愤怒无比，突然向前，一下子跳到他的背上，双手勒着他的脖子。

"南嘉木，快下来。"陆未晞被她突然的举动吓了一跳，不敢乱动，怕南嘉木从他背上摔下来。

"不下，看你以后还敢笑我不。"她在他的背上抡大拳，她一定要陆未晞知道她不好惹。

"好好，快下来，我以后不笑你了。"他一手托着她的腿窝处，举手保证。

他是真怕她掉下来！

"嗯，这还差不多。"南嘉木胜利了，很是自觉地从他背上跳下来。

陆未晞看她这疯癫的样子，摇摇头，无声地笑笑，感叹，这样的女孩儿，以后谁敢要她！

第32章 小狼狗

快要放假了，要下个学期才能再见面，这会儿才刚刚天黑，603 的姐妹们早早关了灯，躺在床上唠嗑。

"雪儿，下个学期你的愿望是什么?"南嘉木盯着天花板，问宋沐雪。

"我下一个学期的愿望是赶紧找个男朋友!"找一个男朋友是宋沐雪这辈子最大的愿望，她不能再浪费时间了，打算下个学期就把这个愿望实现。

"出息了，宋沐雪。"南嘉木很是鄙夷她这小小的、根本谈不上愿望的愿望。

"你厉害，那你说说你的愿望啊!"宋沐雪反问。

"我的愿望是赚很多，很多的钱。"南嘉木贼贼地笑着。

"南嘉木，你这叫什么愿望!"她们三人异口同声地鄙夷她这个是人都会有的愿望。

"去，你们不懂我这鸿鹄大志。"英雄总是寂寞的，没有一个人明白她的大志呀。

"没看出来。"几人异口同声。

"我的鸿鹄大志就是养三千只'小狼狗'。"一想着她即将有"后宫佳丽三千"，她就想开怀大笑。

"啧啧，'小狼狗'，你不怕美死你呀!"宋沐雪笑她。

"'小狼狗'，这名字好!"李嘉佳幸灾乐祸。

"哦，原来嘉木的名字叫小狼狗啊！"林溪云当然要浑水摸鱼，平时她被南嘉木奴役够了，当然要逮着机会打压她。

"不是，我不叫小狼狗，我是说我要养'小狼狗'。"南嘉木赶紧解释，这名字，她可不敢要。

"别解释了，小狼。"宋沐雪眼里裹着浓烈的阴谋。

"别解释了，小狗。"林溪云这次难得一见的聪明，太给力了，黑暗中宋沐雪看了一眼林溪云的床。

"不，不，我不叫小狗。"南嘉木奋力反抗。

"那叫小狼狗。"李嘉佳是最温柔的了，可这次，她不打算放过南嘉木。

我们可怜的南嘉木同学，平时是有多可恶，以至于这个时候大家都落井下石，狠狠地打压她。

"呜呜，我还是叫小狼吧！"她认命了，再解释下去，说不定她们会想出更让她吃亏的名字。

"不，不，她不叫小狼，太难听了。"宋沐雪开口。

"呜呜，雪儿，我太爱你了。"南嘉木热泪盈眶，十分感谢宋沐雪能够给她申冤。

"狼有高贵的血统，她不叫小狼，她应该叫小狼狗！"她不紧不慢地解释，一本正经的样子让南嘉木恨不得下床打死她。

"好，这个好！"

就这样，南嘉木无法反抗地拥有了一个新艺名——小狼狗！

第二天，六点，南嘉木准时在楼下等陆未晞。

陆未晞还没来，南嘉木等得无聊了，站得太久了，她索性蹲在地上，白皙的手拿着一根不知在哪里捡来的木枝在地上无聊地画着圈圈。

天不知何时下起了小雨，等陆未晞站在她的面前时，她也没发现。

陆未晞并不着急叫她，将手里的伞遮在她的头上，认真地看着她无意识画的圈圈。

那是两个人的模样，一个写着南嘉木，一个写着陆未晞！两个娃娃站在同一水平上，似乎能这样站到天长地久！

他的嘴角微微向上翘起，展示了他的好心情。

"未晞?"感觉到空气的异样，南嘉木抬头，迷茫地喊了他一声。

"嗯，等多久了?"昨晚睡得晚，他今天起床晚了。

"我六点就在这里等了。"她脚麻了，一时起不来，索性就继续蹲着，仰着头问他，"陆未晞，你去哪里了?"

"对不起，我起床晚了。"听着她语气里的委屈，就像一个被别人抛弃的小狗，可怜极了。他心微微疼痛，伸手小心翼翼地扶着她的手臂，让她起身，"为什么不去躲雨? 下雨了。"

"我怕你找不到我!"缓和了好久，她的脚才好些。

这是一个显眼的位置，他只要来第一眼就能看到她。

"没事，我能找到你。"她的话，让他心酸，让他想把她拥在怀里，免她经受风雨，而实际上，他也这么做了。

"陆未晞，我怕你找不到我，所以我没去买早餐。"她靠在他怀里，闷声闷气地说着。

她很内疚，她从来没有帮陆未晞带过一次早餐。那天他惩罚她买两个月的早餐也只是说说而已，今天他起床晚了，她也没有去买。

"傻丫头，不用担心，我买了。"他柔声说着，把早餐给她。

"谢谢!"她扬起明媚的笑，接过他手里的早餐，早餐还冒着热气，很暖和。

"嗯，走吧!"他接过她的书包，修长有力的手臂拥着她的肩向前走。

这丫头等了他一个小时，也蹲了一个小时，她的双脚一定很麻!

"陆未晞！"中途休息的时候，南嘉木突然叫他。

"嗯，怎么了？"陆未晞放下手中的笔，疑惑地抬头看着她。

"她们昨天给我起了个新名字！"她嘟着嘴，抱怨。

"哦，说说看，什么新名字？"他突然来了兴致。

"小狼狗！"她十分不愿意要这个名字。

"南嘉木，你确定这是名字吗？"这名字，让他想笑，实际上他也笑出来了，"哈哈，哈哈。"这丫头，怎么这么有喜感。

"可是我拒绝，我不要这个名字，我告诉她们，我叫小狼，血统高贵的小狼。"她大眼滴溜溜地转着，挺翘的鼻子微微皱着，白皙的脸庞因为生气有淡淡的粉红，嘴角咧开，露出两颗可爱的小虎牙，可爱极了。

"小狼？"他很惊讶她自己中意的名字，宠溺地摸着她的头，就像抚摸一个小狗一样，"傻丫头，小狼和小狼狗有什么区别。"

"不许笑。"她看他忍不住要笑不笑的样子，她就来气，她就知道小狼狗这个名字不好听。

看着她愤怒的样子，他就好想笑，真的，他从来没听过这么有创意的名字，不过，他舍不得看她难受，就顺了她意，"嗯，不笑，就叫小狼。"

"这还差不多！"

陆未晞起身去厕所，边走边念，"小狼狗，小狼狗。"最后干脆笑出声来。

"陆未晞，你个王八蛋。"南嘉木愤怒了，从座位上跳起来，快速跑向他，她一定要让他脱层皮，敢笑话她。

眼看就要追上他时，他一个闪身就进入了男厕所，而我们的南嘉木同学居然冲进男厕所了。

"南嘉木，你还是不是女孩？"他真的不敢相信，她居然追到男厕所。

"我打死你！"南嘉木死也不放过他，非要陆未晞的命不可。

"好，好，姑奶奶，你先出去，我一会儿让你打个够。"陆未晞给她跪下了，这丫头还不出去，难不成她要看别的男生上厕所，他才不答应。

"这还差不多。"得到了他的承诺，她就退出去了，她才没那么变态。

第33章　罪行

回座位的过程中，她眼尖地看到离他们不远处有个熟悉的身影。她悄悄地走过去，用手在那人肩膀上拍了一下的同时，轻声喊："师兄。"

肩上突然被拍了一下，顾昔承疑惑，只是在听到来人的声音时，他顿时知道是他那调皮的"小师弟"，抬头，"师弟。"

"师兄，你也在这层楼看书，好巧哦！"她自来熟地坐在顾昔承的旁边，陆未晞还没来，她回去一个人也无聊，索性和师兄聊会儿天。

"嗯，是好巧！"其实他早看到她了，还有她旁边的那个对她又宠溺又无奈、长得极好的男子——陆未晞。

看到他们两个人亲密无间，他也不好去打扰他们，最主要的是，尽管陆未晞很优秀，作为他们的师兄，他早有耳闻，但他就是不喜欢那个太过于优秀的男子。

所以，就算看到他可爱的小师弟，他也假装没看到。

南嘉木自顾和顾昔承聊天，没在意陆未晞，他上完厕所了也不知道，还是他先开口，"还不走，打扰人家看书了。"

"啊，陆未晞？"南嘉木反应过来是陆未晞和她说话，不过，经他提醒，她才不好意思地咧嘴，"师兄，不好意思，我忘记你在看书了。"

"没事！"他温和地笑笑，一脸不要紧。

"走了。"他拥着她的肩，像宣示主权，然后才礼貌疏离地朝顾昔承道歉，

"不好意思，打扰了。"

"客气了。"顾昔承对视着他带有敌意的眼神，镇定自若，他的"小师弟"有了保护她的人！

"师兄，我们先走了，哪天再找你聊天。"她不想打扰顾昔承看书，再说，旁边陆未晞那要杀人的气息让她害怕，赶紧说完后就乖乖跟在他后头回去了。

"嗯！"他朝她笑笑，算是应承。

经过两个星期暗无天日的苦战，终于考完试了，大家都计划着回家了。

"南嘉木，明天你要回家不？"宋沐雪正在收拾东西，问躺在床上正好心情地一边听歌一边唱歌的南嘉木。

她们家是同一个城市的，能一起回家。

"不知道！"她随口回答。

"不知道？"宋沐雪停下手中的活，疑惑地问，"你还要做什么？"

"不知道！"

"南嘉木！"宋沐雪大叫，她现在很愤怒。

"嗯？"她很是无辜地问。

"你爱去不去！"宋沐雪咬牙切齿地怒骂了一句。

"雪儿，你学坏了。"林溪云也在收拾东西，她都有半年没回家了，这会儿赶紧收拾，明天好早早地起来回家。她现在恨不得长双翅膀，今晚就飞回家里去。

"对呀，雪儿，你学坏了，尤其是因为南嘉木而学坏，不值得。"李嘉佳什么时候都是最积极的那个，这不，东西都搞定了，正下载视频，明天车上看。

宋沐雪和林溪云两人看了一眼李嘉佳，再互看一眼，最后一致点头，其实，学得最坏的是李嘉佳，她这话说得最毒，也说得那个大快人心啊！

"雪儿，你不友好，连嘉佳都被你带坏了哦！"别以为南嘉木戴着耳机没有听到宋沐雪她们的话，但她也不反抗了，因为她已经习惯了。

陆未晞也在收拾东西，准备明天回家。

"未晞，电话。"刘伟在清理书桌，看到旁边陆未晞调了静音的电话正响。

"喂。"陆未晞起身，在书桌上拿起手机，接通。

"未晞，我，王阳。"

"阳哥，有什么事吗？"

王阳是他隔壁的邻居，二人打小好得跟亲兄弟似的，他也在这个学校读书，大二。

"明天你要回家吗？"

"要回，怎么了？"他奇怪王阳突然打电话问他这个问题，他们不是已经约定好了明天回家的吗？

"那个我们几个兄弟说放假了要下个学期才能相聚，所以想明天大家聚聚，你看可以不？"王阳快速地说明来意。

"好！"不急于这一天，他当然没问题，只是，在王阳说要挂电话时他突然叫住了他，"阳哥。"

"嗯，怎么了？"王阳要挂电话的手指在挂断键上生生停住。

"我明天可不可以带一个人去？"他挑眉问。

"可以的，欢迎至极。"陆未晞带人来他当然欢迎了，他们是多年的兄弟，陆未晞的朋友，就是他王阳的朋友。

"好的，谢谢阳哥，明天联系。"他想着明天的聚会，他嘴角就挂着耀眼的笑。

"嗯，再见！"王阳挂了电话。

"兄弟，你明天要带谁去呀，我吗？"刘伟暧昧地说着，脸上挂着你懂的欠扁样。

他离陆未晞最近，当然听到了他讲电话的内容。

"刘伟，你别自作多情了好不，你也不拿个镜子照一下自己，你那憨痴痴的样子，你再看陆未晞那一脸桃花满面、春风得意，能是你吗？能是你吗？能是你吗？"靳星停下收东西的手，气也不喘，说了一大串。

然而他不解气，还不够，继续，"当然是我们人见人恨，花见花败，猪见猪死，连鬼见了都要被丑死的，超级无敌宇宙第一大害，江湖中人人得而诛之，欲除之而后快的。"他实在是支撑不住，起身喝了杯水后才缓缓道出陆未晞要带的是何许人也，"南嘉木，南霸王。"

听到这一大串话，刘伟傻眼了，一脸崇拜地看他，"靳星，你的肺活量好好哦！"

"刘伟，你能不能抓住主旨大意啊，还有你没注意到我的这么多形容南嘉木的名词、动词、形容词吗？"

在打游戏的张磊听到南嘉木的名字，放在鼠标上的手指有一秒的停顿，最后，又波澜不惊地继续游戏。

陆未晞在他后方不远处，看到他这一停，游戏里死了好多兄弟，他在里面道歉的话语。

他没有说什么，也没再看他，岔开话题，"靳星，南嘉木哪里惹你了？真难为你一时间想出这么多的词来形容她。"

"对呀，靳星，南嘉木抢了你女朋友，和你有夺妻之恨呢，还是南嘉木指使人偷了你的贴身衣物啊，你这么恨她？"看靳星那样子，似乎恨不得抓了南嘉木给她个千刀万剐，五马分尸，再来个挫骨扬灰，永世不得轮回。

啧啧，这是有多大的仇恨啊！太过残忍了。

"错，她得罪的不只是我。"说起南嘉木，靳星眼里盛满着怒火，"是全人类！"南嘉木的罪行太多，他一时半会儿说不完，只能在此处稍稍列举一二体现体现她的罪大恶极。

他停下来，喝口水润喉，继续，"你们知不知道，她居然抢小孩子的糖吃。这还不算，她有一次在乞丐的碗里拿钱，被我逮了个正着。还有一次，她公然跑到男厕所去了，让正在如厕的兄弟们硬生生地憋着。"南嘉木的罪行，他今天要说给他们听，免得他们被她那无辜的样子骗了。

"还有，据小道消息，有一次她斜靠在女生澡堂门口吹口哨，流里流气的，让正在洗澡的女同胞们受不了，一致提着拖鞋扔向她。"

难得有这么多兄弟捧场听他诉苦，他不能放过如此好的机会，再接再厉，"最可恨的是她端了我的屁股一脚，到现在，我的屁股还是青紫青紫的，痛死老子了，你们说，她有多可恨。"

"南嘉木看来真的很可恶！"刘伟终于了解和他们同居半年的靳星同志是受了多大的委屈。

他以为，南嘉木对他的伤害已经够大了，原来，比起南嘉木给靳星的委屈，南嘉木对他已经很仁慈了。他的恨，是应该的，他走向他，给他一个安慰的拥抱，"兄弟，别说了，哥知道你受委屈了。"

"你是恨南嘉木端了你屁股一脚吧！"陆未晞听了很久，终于说出了最关键的一句，尤其是将屁股二字刻意说得很重。

"……"张磊听到这儿，无声地笑了笑。

那丫头，到底造了多少孽！

只是，游戏里又死了一大帮的兄弟，张磊再一次地道歉，并保证下不为例。

陆未晞听他们说了一大串南嘉木的罪行，看起来，每一桩都是"滔天大罪"，他无奈地摇头，嘴角挂着宠溺的笑，那丫头，到底得罪了多少人，闯了多少祸？

"对呀，就是因为我逮着她拿乞丐的钱，她恼羞成怒，就给我一大脚，可使劲了。"靳星觉得自己很委屈，一定要有人为他申冤做主。

"啧啧，看不出那家伙还有两下子的。"刘伟感叹！

"好了，别抱怨了，赶紧洗洗睡吧！"陆未晞还是出言安慰了一下可怜兮兮的靳星，这孩子，遇上南嘉木，算他倒霉了。

别指望他给靳星报仇雪恨了，因为那丫头，他陆未晞也头疼，拿她没办法，尤其是她装可怜时的样子。

"对呀，兄弟，发发牢骚可以，但差不多就算了。"刘伟是真的很同情靳星，可他也没办法，他打不过南嘉木，所以他如实补充了一句，"这注定是一桩冤案，谁也拿那个南霸王没办法。"

让南嘉木唯一怕的陆未晞又舍不得责骂她，所以，注定南嘉木将继续鱼肉班里，无人能管咯！

该诉苦的也诉得差不多了，该同情的也很努力地同情了，但还是无法将南嘉木绳之以法，所以，大家都自觉散了。

但该做的事还得做，陆未晞在通话记录里找到南嘉木的电话，没有停留分毫地拨了出去。

"喂，陆未晞！"南嘉木正在听歌，当然第一时间接到他的电话了。

只是她今晚不知怎么的，连着打了无数个喷嚏，耳朵一直红着，是不是有人骂她?

"嗯！"她第一时间接通他的电话，这让陆未晞心里有说不出的痛快，"明天带你去聚会，去不去?"

"去哪里聚会?"明天她打算和宋沐雪一起回家的，刚刚只不过是逗逗那家伙的，谁叫宋沐雪平时老是"毒舌"她。

"我的一个兄弟组织的，去不去，别废话。"这家伙，好心带她去玩，她还不乐意了，问东问西的，还怕他把她卖了不成?

"我去，我去……"听到电话那头陆未晞不耐烦的声音，南嘉木赶紧答应。

陆未晞叫她干的事，她都不敢拒绝。她一度怀疑，她上辈子是不是欠陆未晞几十条的人命，以至于这辈子她都不敢反抗他了。

呜呜，她要被他奴役到什么时候啊！

"嗯，去忙吧！"听着她小媳妇一样乖顺的回答，他心情大好，也不为难她了，准备挂电话了，完全忘记刚才靳星一把眼泪一把鼻涕的诉苦。

"等等。"南嘉木赶紧阻止那个一向正事说完就要挂电话的陆未晞。

"怎么了？"陆未晞没能成功地挂掉电话。

"你刚才是不是骂我了？"她断言刚才一定有人骂她了，而且，还持续了很久，除了那被她奴役帮她复习全部考试科目的陆未晞还有谁？

"不是我，是你的仇家。"陆未晞赶紧撇清关系，要不然，明天有他好受，南嘉木那丫头是有仇必报的主，半点不吃亏。

"仇家？"南嘉木疑惑，她哪里来的仇家，便大声询问，"他是谁？报上名来，我的仇家多了去了，他算老几！"

"嗯，我问问他是谁！"陆未晞听她那壮志凌云的气概，就想笑，将手机拿离耳边，悄声问靳星，"她问你是谁，报上名来。"

"你给她说是被她踹过一脚的人。"靳星当然不敢说自己是谁了，只能说事。

陆未晞一字不漏地传达，只是，南嘉木的回答又让他们吐血一次，"问他被踹哪里了，姑奶奶踹过的人太多了，记不得了。"

当然，靳星没有错过她那嚣张的问题。

"呃，算了，今天还是算了，先放她一马，哪天再找她算账。"听南嘉木在那头的叫嚣，靳星最后还是怕了，谁叫他打不过她。

第 34 章　聚会

第二天南嘉木快速地收拾好一切之后就出门了，这会儿，她心情大好，因为宋沐雪答应在这多留一天，等她一起回家。

等她下楼时，陆未晞已经在楼下等她好久了。

"陆未晞！"南嘉木突然跳起一掌拍在不知在看什么的陆未晞的肩膀上。

"嗯？来了！"陆未晞回头时，就看到南嘉木戴着一个白色有兔子耳朵的毛线帽子，穿着白色的羽绒服，下身是一条黑色的紧身裤，脚上踩着一双白色的高帮鞋。

她还特意画了一个淡妆。

这一刻，陆未晞承认，他被南嘉木惊艳到了，他从来没有看到过南嘉木如此青春又不失可爱的打扮，最重要的是，她今天化了淡妆，他知道她一向不爱这些的，今天，为了他，她特意打扮了。

他心里暖暖的！

陆未晞不知道，这是南嘉木第一次也是最后一次化淡妆，就连最后找工作时，她也不曾有过。

未来，我们不知道它是怎么安排剧情的，至少，此刻，陆未晞是快乐、感动的。

"怎么？我今天的打扮不好看吗？"看他呆呆地盯着自己看，也不说话，南嘉木心里没底地问。

她从来没打扮过，平时都是随意的，她一直穿着都很中性，以至于大家都把她当哥们。

今天这些还是在昨晚做了许多的功课，努力好久以后才得来的成果，她保证，这已经是宋沐雪她们最满意的装扮了。

昨晚她差点被宋沐雪她们折磨死了，如果这都不满意，拉倒吧，她南嘉木不干了。

"没有，还行。"陆未晞被她提醒，才回过神，有些不好意思，尴尬地说了声后朝前走了。

听他平淡的不知是不是赞赏的话，南嘉木看不出高兴或不高兴地"哦"了声后，快速地跑向前，和他并肩而行。

等南嘉木和陆未晞两人按王阳给的地址到达星乐饭店时，他们都已经到了，在包厢里，只有王阳在门口接他们。

"兄弟，不介绍一下啊！"王阳看陆未晞带来的是个女孩，有些惊讶，不过，他表现得波澜不惊，主动说话，缓和气氛。

"南嘉木。"他给王阳介绍她，而后，又对南嘉木说着，"这是王阳，你和我一样，叫他阳哥吧！"

"你好，阳哥！"南嘉木微微欠身，大大方方地给王阳打招呼。

"嗯，你好！"王阳朝她友好地笑笑。

"走吧！"陆未晞提醒两个只顾着打招呼，完全忽视他的两人。

"嗯，走吧！"王阳在前面带路，一边走一边轻笑，心里暗暗地感叹陆未晞这小子眼光不错，找到一个好女孩。

大方得体，阳光开朗，为人和善，真实，不做作。

这是王阳对南嘉木的第一印象。

"哟，美女唉！"他们一进包厢，屋里的人们看着南嘉木起哄。

"别闹了，这是未晞带来的朋友，大家欢迎。"王阳赶紧出来打圆场，因为他看到陆未晞轻轻皱眉，有些不悦了。

"欢迎大嫂！"大家起身，一致行礼。

朋友，是什么样的女性朋友能够出席这种兄弟之间的聚会？除了女朋友，别无他人。

大家都心知肚明！

"大家好，你们搞错了。"南嘉木赶紧解释。

"嗯，她是我兄弟。"陆未晞不咸不淡地解释。

"哦，看来是搞错了，不过同样欢迎至极。"王阳发现今天他脸都笑抽了，似乎，好像，大概，今天，他不应该叫陆未晞来的。

酒过三巡，酒足饭饱后大家都随意地玩起来。

"阳哥，那个女孩真的是陆未晞的兄弟吗？"林峰是今天才认识陆未晞的，他观察好久了，陆未晞对南嘉木的好已经超出了一对兄弟之间的关心。

从头到尾，他都不允许南嘉木喝酒，就算不得不喝，都是他代替她喝的。还有，有些个玩心大起的人想和南嘉木搭讪，都被他巧妙地躲过了。

他把她保护得很好！

"陆未晞是这样说的。"王阳怎么会不明白林峰此话的意思，不过，当事人都这么说，他也不好多言。

尽管他也不信。

"真的吗？"林峰听王阳这么说半信半疑，不过，他宁愿王阳说的是真的，他朝那边乖巧地坐在陆未晞身边的南嘉木看了一眼，似笑非笑地说，"那好，我打算追她。"

"陆未晞。"她轻轻扯了一下正在打牌的陆未晞的衣角，轻轻唤了一声。

"嗯，怎么了？"他回过头，看着她，柔声问。

"我，我……"她怎么能当着他兄弟的面说想说的事，她不能让他的兄弟笑话他。

看她欲言又止的样子，他放下手中的牌，"抱歉，打扰大家雅兴，我去去就来。"向大家致歉后拉着南嘉木的手往包厢外走去。

"怎么了？"在一个无人的地方，他转身，看着一路跟在他身后的她，她脸上粉红，他以为她感冒了，用手在她的额头上抚摸了一下，柔声问："不舒服吗？"

不烫！

看他有些担心，她摇摇头，简单说了个"没"字，让他放心。然后她轻轻拿开他的手，良久以后，像下定决心似的，继而小声地说："我们回去吧，我不喜欢这里。"

"嗯，怎么要回去了？"他好奇这才刚来不久，她就要回去了，在他印象中，南嘉木挺喜欢热闹的地方。

他之所以要带她来，一方面是因为他要把她介绍给王阳他们认识，另一方面是因为她喜欢热闹的地方。

"我不喜欢王阳旁边的那个人。"那个人看她的眼神让她恶心，她软软地继续说着，"他一直盯着我看，他的眼神让我恶心，我不喜欢他，这里的空气让我想吐。"

是因为这样？他的傻丫头，为了顾及他在兄弟面前的面子，一直都很乖，不言语，不吵闹，能够忍到现在才说，她已经很了不起了。

而且，她刚才欲言又止，思考良久才说，是怕他不高兴吧！

他轻声笑笑，帮她整理了一下微乱的头发，拉着她的手，温声说着："好，我们回去。"

她的委屈，让他心疼；她的贴心，让他暖心；她的依赖，让他——安心！

南嘉木讨厌一个人，是那么彻底！

以后，这样的场合，他定不会让她再来了，因为她——不喜欢！

"抱歉，她有些不舒服，我们先回去了。"返回包厢，陆末晞牵着她的手，向大家致歉。

"没事，不舒服就先回去了，下次有机会再聚。"人群中有人说着，南嘉木很感激。

王阳送他们出来时，他有些歉意，"兄弟，对不住了，我也不知道是谁叫他来的。"

给南嘉木造成困扰，王阳觉得不好意思，他看得出来，南嘉木很优秀，大家对她有意思也是情理之中的事。只是，南嘉木的眼中，自始至终都只有陆未晞一个人。

她对他客气，那都只不过是因为他是陆未晞的兄弟，要不然，她不会轻易和他说一句话。不过，从她眼中，他也只是看到她对他的尊重和感激，尊重他是因为他是陆未晞的兄弟，感激他是因为他是真心对待陆未晞的人。

不媚俗，不哗众取宠，敢爱敢恨，进退有度，最主要是会照顾陆未晞的面子，这样的女孩，只有陆未晞配拥有！

"没事，阳哥，你去吧！明天我们一起回去。"陆未晞轻轻地拍了一下王阳的肩膀，让他不要内疚。

"阳哥，下个学期我能约你吃饭吗？"南嘉木看着王阳脸上的歉意、陆未晞的真诚，她突然说了句风马牛不相及的话。

"嗯？"王阳不明白她突然说的话的意思，只是看到她脸上灿烂、明媚的笑，瞬间明白她话的用意，突然很轻松地开玩笑，"美人相约，在下荣幸至极。"

好一颗七窍玲珑心！

"好，那我们期待着与阳哥的相聚。"南嘉木看了陆未晞一眼，看他脸上是一片温和，她扬起大大的笑脸。

"好。"他朝她开怀一笑，爽快应约。

"阳哥，走了。"

"再见！"南嘉木快速地说了声再见后就被陆未晞拉着手走了。

"再见！"

王阳看着远去的两人和谐的背影，在阳光下重叠，南嘉木很乖顺地任陆未晞牵着手向前走着。

多聪明伶俐的女孩，一句"我们期待着与阳哥的相聚"巧妙地把他定位在陆未晞的朋友的身份上。

南嘉木和他，并无私交！

一句邀请，也只不过是为了缓解他的歉意和尴尬。

再次看了一眼阳光下已经分不出彼此的身影，他轻轻地笑了。

陆未晞，有些人，她只愿意在你一个人的身边！

这么好的女孩儿，但愿你不要把她弄丢了。

第 35 章　胡闹

第二天，天还没有大亮，南嘉木就被宋沐雪从床上拉起来，说是再不走就来不及了。

"南嘉木，你还没醒呀？"宋沐雪擂了一拳站在路边也能睡觉的南嘉木，她真是服她了。

在学校门口等出租车时，南嘉木眼睛半睁半闭的，还在打瞌睡。

今天回家的人特别多，这不，南嘉木她们起了一个大早，好不容易等到一辆出租车了，却被旁边刚刚冲过来的一个胖妞捷足先登了。

"师傅，去机场。"胖妞用她那足以来一个千金坠的身体把已经体重超标的南嘉木挤出几米开外。

南嘉木傻眼了，她的地盘还有人敢撒野，于是乎，她十分愤怒，走上前，她的手轻轻拍在那个肥壮的肩膀上，"嘿，兄弟，你这体重是如何做到的？小弟佩服！"

宋沐雪看着那和谁都看起来很熟的南嘉木，翻着白眼，这个南嘉木又要用她那套江湖的招数来报仇了。

"你谁呀，我们熟吗？"那胖妞可不理南嘉木，回头，怒气冲冲地问。

"呀，兄台，江湖中人，相逢何必曾相识，你的这个体格，真是登峰造极啊，无人能及。"

"你有病啊！"胖妞才不管南嘉木说什么，不耐烦地朝她大声说道。随后叫师傅等两分钟，她还有两个同学没到。

南嘉木控制不住自己了，小宇宙正在燃烧熊熊大火。人还没到就敢截她的车，低咒，"奶奶的个熊。"

"你说什么?"胖妞忙着和司机说话，没听到她具体说什么，只知道她骂人。

"没说什么，小弟只是说你奶奶叫你回家吃饭，车让你先。"南嘉木看着胖妞要揍她的凶神恶煞的样子，赶紧"解释"。

司机听南嘉木骂人，又看她那一副小人样，忍不住笑笑。

"哼，这还差不多。"胖妞听她说的话还顺耳，鼻孔朝天地哼了声，一回头看见她们，就大喊，"潇潇，这里。"

潇潇? 这名字好听! 南嘉木在心里嘀咕了一声。

"师傅，你确定你的车的轮胎气是满的哈。"南嘉木友好地朝司机灿烂地笑。

"怎么了?"司机不明白眼前这个笑得阳光的女孩突然的问题。

"噢，没事，我就是想说我这位兄台，她奶奶忙着叫她回家吃饭，我怕路上突然爆胎，耽搁时间。"

陆潇潇和她身边的张乐乐这会儿终于到达出租车旁。

"帅哥，谢谢你们了!"陆潇潇优雅地向给她们拖行李箱的陆未晞他们道谢。

"不用客气!"陆未晞平淡地说着。

这声音? 正忙着和司机沟通的南嘉木听见陆未晞那熟悉到骨子里的声音，连忙抬头，不小心，撞上车窗了。

"小心点，冒冒失失的。"陆未晞看她撞到头，他快步走过去给她揉着被撞的地方，有些无奈地教训她。

这丫头，一天到晚，没个消停时间。

"噢，陆未晞，怎么是你？"她很是惊讶，在这里遇上他，他昨天给她说今天走得很早的。

"嗯，是我！"他柔声回答，手继续为她揉着脑袋。

"唉，我说你们要不要走？别耽误我做生意。"司机不耐烦地催促。

"不好意思，师傅，我们要走的！"陆潇潇温柔地道歉，温柔地说话，温柔地看了陆未晞一眼。

总之，很温柔就是了。

南嘉木突然感觉鼻子很堵塞，不舒服地吸了吸。

"师傅，气满的哈！"南嘉木再次确认。

"放心吧，满的，不会爆胎。"他刚刚无聊时和这小姑娘聊了几句，她很有趣。所以这会儿虽然不明白她的意思，但他还是爽快地回答。

"为什么爆胎？"胖妞问，刚才就她想问了，只是陆潇潇她们突然来，打断了她。

"别问了，小花。"陆潇潇明白南嘉木的居心，脸突然有些微红，赶紧阻止她问。

"为什么？"小花胖妞不甘心，非要打破砂锅问到底。

"小胖妞，这你都不知道，当然是被你那千金坠的体格压爆胎的。"突然地，南嘉木不想再捉弄她了，也不想再装无辜了。

尤其是在看到那个叫潇潇的女生有意无意地在陆未晞的面前表现出她的优雅、高贵、礼貌，而陆未晞看着潇潇姑娘似笑非笑、一脸玩味的样子时，她就不想装了。

她本来就不温柔，她本来就是个市井无赖！

"你，你……"小胖妞气得发抖，满脸通红，气愤得说不出话来。

平时就很恨别人说她胖，南嘉木居然当着这么多人的面这样说她，这怎么不叫她恼羞成怒？

"南嘉木，不可调皮，快向人家道歉。"陆未晞是真的拿这丫头没办法了，不过，这么多人面前，他也只是温柔地训斥她。

"没事的，帅哥，我们的小花不介意。"陆潇潇赶紧出来温柔且宽宏大量地说着。

是你不介意吧，南嘉木在心里嘀咕，那娇滴滴的声音，连她南嘉木都听得骨头都酥了，又何况一直都喜欢温柔善良姑娘的陆未晞。所以，本来打算听陆未晞的话给那个小胖妞道歉，这会儿，她不干了。

"小胖妞，我说错话了，你不是胖。"她低着头，很委屈，很委屈地要道歉，陆未晞看她那知错的样子，嘴角带着笑，这丫头，终于肯听他一回话了。

南嘉木低着头，在陆未晞看不见的地方，邪恶地一笑。

她的一举一动，没有逃过站在一旁，自始至终都没有说话的王阳的眼睛。

他暗暗地笑了，这个古灵精怪的丫头！

"哼。"小胖妞又用鼻孔出气，看在潇潇的分上，她就原谅她了。

"你是……浮肿。"南嘉木一字一顿地说着。在那小胖妞已经算了之后，她的话，又成功地惹得胖妞跳脚了，挣扎着要打南嘉木。

"小花，算了。"陆潇潇赶紧拦住愤怒的小胖妞。

"来呀，来呀，来打我呀！"南嘉木看着她那肥壮的身体朝她砸来，赶紧躲在陆未晞的身后，在他腰间露出一颗黑溜溜的脑袋，向小胖妞做着鬼脸，"哼，你以为我怕你呀！"

"你，你……"

"南嘉木！你要胡作非为到什么时候？"这次，陆未晞是真的生气了，她这次真的过分了，于是，他第一次，黑着脸训斥她，"道歉。"

"唉，我说你们要走不走？"司机这次是真的发火了，他在这里耗了差不多半个小时了，眼看就要走了，又被那丫头搞砸了。

胡作非为？他说她是胡作非为！

"雪儿，我们走了。"南嘉木突然从陆未晞的背后走出来，拉着一直没有说话的宋沐雪，打开车门，上车，走了。

一系列动作，一气呵成，毫无半分眷恋！

"唉唉，我们的车。"小胖妞在后面追了一段路程，无果，只能干跺脚。

"不好意思，再见。"等了不一会儿，又来了辆车，陆未晞为南嘉木向她们道歉了之后，很绅士地让她们先。

"没关系，帅哥，不是你的错，后会有期。"陆潇潇优雅地坐进车里，淡淡笑道。

"未晞，这一次，你有些过分了。"王阳看得出来，南嘉木就是看陆未晞在此，所以才会如此"嚣张"，只因为，她以为，他会帮她的。

"不用管她，她总是肆意妄为。"陆未晞当然知道她生气了，可是，他总不能一直任由她胡闹。一直以来都是他太宠着她了，什么都由着她，她才会如此肆无忌惮。

"肆意妄为？"王阳重复了这句！

如果不是陆潇潇故意在陆未晞面前装优雅，南嘉木不会再惹事，如果他肯好声好气地维护她，南嘉木就不会这样了，她已经打算道歉了。

第 36 章 失控

南嘉木到家时南胜国和郑云都出去了，没在家，直到晚上才回来。

"爸爸，妈妈，可以吃饭了。"听到开门声，南嘉木赶紧从厨房出来，笑盈盈地叫着。

"嘉木，回来了，可想死爸爸了。"南胜国一进门就看到半年不见的宝贝女儿，赶紧走过去，左看右看，检查他的女儿有没有瘦了。

"爸爸，你放心吧，你女儿没瘦，还体重超标了。"南嘉木拍着胸脯，很是自豪地说道。

"行了，还要吃饭不？"郑云冰冷的语气顿时将空气里弥漫的温馨消失殆尽。

"女儿，咱先吃饭，一会儿陪爸爸杀两盘。"南胜国呵呵笑着，缓和气氛。

"嗯。"南嘉木点点头，坐在餐桌旁，沉默地吃着饭，再也没有说过一句话。只是，她一直不停地给南胜国和郑云碗里夹着菜。

"够了，嘉木。"南胜国看着碗里的小山坡，提醒还在不停夹菜的南嘉木。

"这么热情干吗？做的是哪门子的主人啊！"郑云看着碗里堆得满满的菜，她心里很不痛快，突然将筷子放下，凉凉地说了句。

南嘉木夹菜的筷子，就这样在空中停住。妈妈这是提醒她，她是南家捡来的无父无母的孤儿。她是南家最不受待见的客人，她不属于这里。

"行了，别阴阳怪气的，孩子才刚回来。"南胜国看着南嘉木惨白的脸，有些不悦地说着郑云。

"爸爸，我没事。"南嘉木给南胜国露出了个无所谓的笑脸。因为十六年如一日，她习惯了！

接下来，郑云真的没有再说什么，安静地吃饭。

把碗刷了，厨房收拾干净后，南嘉木走出厨房，看了一眼客厅里的大钟，九点半，这个时候，爸爸出去散步了。

她侧头，看见父母卧室的灯还亮着，她握了握拳头，深吸一口气，下定决心，最后，敲响了父母卧室的门。

"进来。"妈妈一如既往的淡漠，让南嘉木的心如坠冰窖。

她以为这么多年了，她已经习惯了，可是，她终究还是有几分奢望。

奢望着这多年如一日的声音，突然有一天，会有些情绪波动，哪怕大怒也好，那证明，她南嘉木是这个家的一员，是她的女儿。

"妈妈。"得到应允后，南嘉木轻轻地推开门，局促地走向坐在沙发上正看着一个小男孩照片的郑云。

那是南嘉木的弟弟，郑云的亲生儿子。十六年前，因为南嘉木的贪玩，被人贩子拐走的只有三岁的男孩。

"妈妈。"南嘉木见郑云没有理她，鼓足勇气再叫了一声。

南嘉木一生只怕两个人，一个是她的妈妈，一个是陆未晞。在他们身边，她从来都不敢肆意妄为，不敢反抗，不敢多言，不敢表达自己的想法，就连呼吸，都是那么——小心翼翼。

他们教会了她一个词语——察言观色！

"妈，我今天接到栏目组的电话了。"她将微乱的碎发别在耳后，轻轻地坐在郑云对面的小凳子上，端正，乖巧，还有几分的——讨好。

"那又怎样？"郑云平静地看了她一眼后又低头看着手里的照片。

照片里的男孩还没有长牙齿，咧着小嘴，笑眯眯地看着她，那是她弟弟一岁的照片。

听到妈妈反问的话，南嘉木也在心里反问自己，那又怎样？

不怎样，至少让我留在你们身边，直到他的归来！让南嘉木代替他尽这些年来，他不能尽的孝，弥补当初她所犯下的错。

她试着去握妈妈那白皙却有些粗糙的手，微笑着说："妈妈，栏目组里说根据我们提供的线索，他们已经找到了弟弟可能去的城市，就在我读书的云市，相信很快就能找到他了。"南嘉木今天接到电话时，她有多高兴，只有天知道。

她知道是她的错，尽管她不是故意的，但终究是她弄丢了弟弟，所以，这些年，她一直关注着与贩卖儿童有关的新闻。她一直和《寻找》栏目组联系，是因为她怕错过一丁点关于弟弟的消息。

"滚开。"郑云就像怕碰到极脏的东西一样避开她，无情地甩开了她的手，那力道，足以让南嘉木疼痛一生。

"妈妈，我知道你讨厌我，你希望我离开这个家，可是，能不能等弟弟回来了，你再赶我走？"她跪在郑云的前面，哭喊着，祈求着。

五岁时妈妈将她一个人放在离家十里的大山里，六岁那年差点将她从屋顶上推下去。七岁那年，用烟头烫伤她。十一岁时将她摁在池塘里，她差一点死掉。直到上高中，她住校，离家远点后，才稍稍好一点。

这一路走来，每次都死里逃生，每次都惊险万分，可是，南嘉木从来都没有掉过一滴眼泪，每次都咬着牙挺过来了，因为她知道，这一切，都是她罪有应得。

可是，这么多年，从来没有哭泣过的她，在她人生的第十九年里，遇上陆未晞之后，她掉光了没有掉过的眼泪。

烟头烫的痛，溺水了快要死的疼，都比不上陆未晞厌倦她，嫌弃她，不要她的痛。

这一年，她尝到了痛的滋味！

今天，她在陆未晞的眼里，看到了他对她那不愿意再隐藏的冰冷和厌恶！

这么久以来，原来，她南嘉木和陆未晞都是很好的演员，南嘉木演绎着坚强，而陆未晞演绎着对她的宠溺。

当梦醒了，曲终了，戏散了，最终，嘉木从来都是个无家可归的孤儿。

"等他回来？"郑云就好像突然听到什么好笑的事一样，终于正眼看着南嘉木，突然抬手，"啪"地一巴掌甩在南嘉木的脸上，然后就是歇斯底里地大吼，"我的儿子，他还回得来吗？"

脸火辣辣的疼痛，嘴角的血丝顾不得擦，她紧紧拉着郑云的手，哭着发誓，"妈妈，南嘉木这一生，一定会把弟弟找回来的，你不要赶嘉木走，我没有家了，妈妈。"

"你个丧门星，当初是我们好心好意地将你捡回来，收留你，你不仅不报答我们，还要恩将仇报。"多年来的怨恨，在今天，南嘉木告诉她，她的儿子要回来了时，彻底爆发了。

好不容易找了个发泄的口子，她表情扭曲，尖细的指甲掐在了南嘉木的手臂上，失了神志地大叫："你没有家不是我害你的，可你为什么要害我们南家？把我的儿子还我。"

"妈妈，妈妈。"南嘉木痛得大叫，眼泪决堤了，可她不敢反抗，她好痛，好痛。

陆未晞，南嘉木好痛，好痛！

可妈妈给她身体上的伤害，永远不及语言上的半分，她痛快地大笑，大哭，语无伦次，"你妈妈不知道有多脏，生了你这个野种，不敢自己养，所以才将你丢弃。你也很脏，很脏。所有的人都不喜欢你，讨厌你，没有一人愿意要你，你注定一生孤独。"她不再掐她了，而是双手不停地扯南嘉木身上的衣服，然后又不停地推她，拉她，"你快滚，快滚出我们南家，不要脏了

169

我们南家的地板。"

南嘉木从来没有看到过这样的妈妈，她双眼猩红，她还在不停地扯她的衣服，推搡她，她害怕这样的母亲，一边躲一边大叫："妈妈，妈妈，快停手，不要。"

可是，她还是没有停下来，没办法，南嘉木大喊："爸爸救我，爸爸救我。"可是，没有一个人来阻止妈妈。

她的头在挣扎中碰上了落地镜，玻璃破了碎渣子刺进了她的脸、她的额头，还有她已经裸露在空气中的皮肤上。

南嘉木累了，头晕了，声音也叫哑了，最后，她喊出了一句"陆未晞，救我"之后，就昏了。

停留在她脑海中的最后画面是，在一片血色中，爸爸突然闯进来，把已经失去理智的妈妈打晕了后，用被子裹住她，抱着满身是血、插着无数玻璃渣子的她拼命往门外跑去。

路上一片漆黑，寒风呼啸，一辆救护车在路上疾驰。

车厢里南嘉木血肉模糊，平时灵动、明媚的双眼沉沉地闭着，南胜国担忧地看着她，大手握着她冰冷的手。

车厢外，干燥阴沉的天空，不知何时飘起了入冬以来的第一片雪花。

下雪了！

第 37 章 生死

陆未晞坐了几个小时的车，非常累，吃了晚饭，简单地洗了个澡后，就早早地睡觉了。

他做了个梦，梦里南嘉木向他大声求救，那声音里透出的绝望，让陆未晞心痛，最后，他被痛醒了。

他满身是汗，奇怪自己为什么会做这么奇怪的梦。拿过床头的手机看了看时间，十一点半，那丫头还没睡吧。

他在通话记录里找到南嘉木的电话，拨了出去，今天他话说重了，那丫头肯定在生他的气。

等待的时间总是漫长的，几乎用尽了他一生的时间，电话响了很久没人接听。

她一定是生他气了，要不然怎么会不接他的电话，才十一点半，那丫头是个夜猫子，不到十二点绝不睡觉。

算了，今天她也累了，明天再打吧！

醒了就睡不着了，他起身，推开窗户，外面下起了雪。

空气中有烦躁的气息弥漫着，陆未晞忍不住抽起了烟，一夜无眠，也抽了一夜的烟。

今晚，注定是一个不平静的夜，宋沐雪接到了离开多年的陆寒风的电话。

今晚，注定是一个不平静的夜，楚源得知自己十六年来的身世。

今晚不一样，但似乎还是一样的，因为他们都各自在自己的领域安静地活着。

今晚，只有南嘉木，在生死边缘徘徊！

市医院手术室外，南胜国坐立难安，在走廊上焦躁不安，来来回回地走着，他的眼睛时刻注意着手术室那亮了一晚上的灯。

"南先生，你太太醒了，雷医生请你过去一趟。"小护士从走廊尽头朝南胜国走来。

"现在吗？"南胜国看了一眼手术室的灯，看着面前的护士，脸色苍白地说："我女儿还在手术室没有脱离危险。"

从昨天郑云被打晕送上救护车后，他就再也没看过她一眼，现在醒来了，趁手术还没结束，他就过去看看。

"请进！"听到敲门声，雷医生从病历上抬起头来。

"雷医生，你好。"

"你好，南先生，请坐。"雷医生继续说，"南先生，你的太太本来就有轻微的抑郁症，现在，她的病情加重了。"

自从南嘉木的弟弟失踪后，郑云对儿子的思念越来越重，以至于最后思念过度，患上了抑郁症。

"那，医生，我们现在能做什么？"从昨晚她的神志不清，他已经猜出了她的病情应该是加重了。以前她对南嘉木的残酷行为，那都是因为她恨，但至少她还是清醒的，昨天，她是真的失去了理智，神志不清了。

"现在唯一能做的就是住院观察，还有，就是不要让她看到南嘉木。"雷医生是郑云的主治医生，多年来一直关注着她的病情，也知道她的病因何而起。

听到雷医生说到南嘉木，南胜国的脸色瞬间苍白。他的女儿还在抢救，这次她能不能挺过来，他都不知道。

"好，雷医生，我会注意的，我马上就去办住院手续。"南胜国苍老的身影，消失在门外。

第二天一大早，陆未晞给南嘉木打电话，响了两声后，手机里传来机械的女声，提醒他对方已关机，稍后再拨。

陆未晞看着已经挂断了的电话，愣了愣，关机了，南嘉木看到是他的电话，将手机关机了。

昨天，他还天真地认为，南嘉木是生他的气，故意不接他的电话，可今天，她居然关机了，她从来不这样的，就算他们以前闹别扭，她也不会关机的。

这次，南嘉木终于彻底地不理他了。

"叔叔，嘉木还没脱离危险吗？"姚芷蕾一早就赶过来了，这会儿，看着手术室的灯还没灭，焦急地问。

昨天南嘉木告诉她，她回家来了，要她来南家玩。

今天白天她忙着和妈妈去买年货，没时间过来。所以，晚上八点才去南家找她，去她家敲门时没人在家，打她电话又关机，打电话给南胜国之后才知道南嘉木出事了。

"还没有。"南胜国看到姚芷蕾急匆匆地跑来，赶紧说道。

他已经在这里等了一天了，只看到护士进进出出的，神色凝重。还没等他问个究竟，她们又急匆匆地进了手术室。

所以，他的心，犹如在冰窖中，冰冷十分。

姚芷蕾拉着南胜国冰冷的手，安慰道："叔叔，你放心，嘉木吉人天相，一定会没事的。"

"嗯，谢谢小蕾。"南胜国十分感激姚芷蕾。

"叔叔，你回去休息会儿，你一天一夜没合眼了。"姚芷蕾看着南胜国凌乱的头发、通红的双眼和软弱无力的身体，想让他回去休息会儿。

"没事。"

"叔叔，我知道你一直没吃东西，我给你带了粥，你喝些就回去休息吧，这里有我。"姚芷蕾将手里的保温盒递给南胜国。

"小蕾，谢谢你，叔叔不饿。"南胜国哑着嗓子拒绝，嘉木还没出来，他怎么放心回去？

"叔叔，你多少吃点，你这样不吃不喝的，嘉木知道了会心疼的。"姚芷蕾打开保温盒，又从包里拿出新买的汤匙递给他，扶着南胜国虚弱的身体在椅子上坐下。

人上了年纪，又一夜未睡，身体吃不消，他沙哑地说着："小蕾，那谢谢你，我去去就来，有什么事你就打电话给我。"

"嗯，叔叔，你回去吧，放心，这里有我。"

姚芷蕾坐在走廊的椅子上，看着手术灯，陷入了过往的回忆中。

南嘉木五岁那年被郑云丢在大山里，是恰巧在外归来的爸爸遇到，带她回来的。

十一岁那年她被摁在水里，被突然从外面回来的南父撞见，他阻止了郑云。

她一次次受到伤害，一次次遇到危险，但每一次都化险为夷。这么多次，她都挺过来了，这次，南嘉木，你一定会平安无事的。

我和你都还没找到对象呢，你不是说将来要当我的伴娘，做我孩子的干妈吗？所以，你一定要挺过来。

手术室的门突然开了，一个护士急忙跑出来，焦急大喊，"南嘉木的家属、家属在哪里？"

"在。"姚芷蕾赶紧冲过去，拉着护士的手，急问，"护士怎么了？"

"你是她什么人，她家属呢？"主刀医生大汗淋淋地出来，凝重地问。

"我是她同学，她怎么了？"

"快通知她家属，病人突然颅内大出血，要下病危通知书。"

"可是她爸爸刚刚回家。"

"快打电话，让他过来签字。"医生也不废话，说完后继续回到手术室抢救。

"叔叔，医院下病危通知书了，你快来，再晚就来不及了。"姚芷蕾赶紧打电话，等那头接通后，她带着哭腔说着。

等南胜国赶来时，护士再次出来叫人。

"不会的，怎么会这样？"南胜国一脸的不信，他才刚刚回去一会儿，怎么就这样呢？他颤抖地拿着通知书，没有签字。

"先生，快签字，再晚就来不及了。"护士也很着急，病人的颅腔内突然大出血，需要家属签病危通知书。

"叔叔，你快签字啊！再晚就来不及了。"姚芷蕾哭喊着，她也难以置信，但是，现在不是犹豫的时候，再晚，就真的来不及了。

如梦初醒的南胜国，最终，颤抖地在通知书上签了关于南嘉木生死的名字。

"医生，求求你，你一定要救救我的女儿，她还很年轻。"南胜国拉着护士的衣袖，跪在地上，十分绝望地祈求着。

"我们会尽力的，你们就在外面等待吧！"护士极快地看了一眼地上跪着的苍老的南胜国，就算看惯生死，但这样的父亲，让她心疼，她坚定地说着，安慰他。

说完后又回到手术室了。

老天，你一定要保佑我的女儿，保佑她逢凶化吉，平安无事。

"叔叔，你快起来，嘉木一定会没事的。"姚芷蕾赶紧跑过去扶起跪在地上的南胜国，心疼地说着。

她也很害怕，但是，现在不是哭泣的时候，南胜国需要安慰，需要她照顾。

南嘉木有难，她是她最好的朋友，她有责任而且必须照顾好她的父亲。

姚芷蕾紧紧地捏着南胜国冰冷的双手，给他坚定的力量。

等待的时间是漫长的，短短十分钟，就像电影里的缓冲镜头，好像一个世纪那么长，那么长。

手术室的灯，突然灭了。

南胜国立刻从椅子上起来，飞快地跑过去拉着出来的主刀医生，焦急但又小心翼翼地问：“医生，我女儿怎么样了？”

经过长时间的抢救，主刀医生全身虚脱，现在只想好好休息一下，可是看到眼前这位双眼里盛满血丝和绝望的父亲，他还是打起精神，极努力地笑了笑，轻声说着，“恭喜，手术成功了。”

“成功了？成功了……”南胜国没法相信自己的耳朵，愣愣地重复着。

“对，成功了，叔叔，嘉木有救了。”姚芷蕾热泪盈眶，拉着南胜国的手大叫，“叔叔，手术成功了，手术成功了，哈哈，太好了。”

“谢谢，谢谢医生。”如梦初醒的父亲赶紧拉着医生的手，就要跪下，被医生伸出双手阻止了，“先生，这是我们的责任，应该的。”

“谢谢医生。”姚芷蕾赶紧扶着南胜国，连忙弯腰道谢。

“不用客气。”

医生话说完以后就走了，然后有护士将全身裹着纱布的南嘉木推出手术室，往加重病房推去。

手术虽然成功了，但仍需要在加重病房里时刻观察着。

南嘉木终于脱离危险了，在生死边缘徘徊了一次的她，终于挺过来了，她终于回来了。

第 38 章　因为爱情

南嘉木做了一个很长很长的梦，在梦里，她就像一个局外人，看着这些年来，她走过的时光。

她看到那个被放在麦秸地里，被年轻的南胜国抱起来，然后带回家，放在了正在牙牙学语的小男婴的旁边的孩子。她看到五岁那年，自己被郑云丢在大山里，四周黑漆漆的，她哭破了嗓子，但仍然没有人来救她，从此，她惧怕黑暗。她看到十一岁那年，她被郑云摁在水里，垂死挣扎，可惜没有人来救她，如果，南胜国再晚来一步，世上再也没有南嘉木。

南嘉木在梦中，她看到那个坚强、倔强的、热情的、伤痕累累的南嘉木，好好努力生活着，没有掉一滴眼泪。

她看到自己带着父亲的期望来到云市上大学，遇上被她拿走早餐的陆未晞。在梦中，她看到那个不可一世、爱捉弄人、胡作非为但却快乐的南嘉木。她看到一脸冷漠，却总是被她气得跳脚的陆未晞。

"南嘉木，以后，我和你没关系了，潇潇她是我的女朋友，她是我的女朋友，她是我的女朋友！"梦中的陆未晞是温柔的，可是，他的温柔不是属于她的，他把它全部用在了那个叫陆潇潇的女孩身上。他一遍一遍地告诉她，陆潇潇是他的女朋友。

"不，不，不是这样的，陆未晞别丢下我，别丢下我。"梦中，她不停地呼喊，她祈求他不要离开她，可是，陆未晞还是没理她。无论她怎么呼喊，他还是温柔地搂着陆潇潇，离她越来越远，最后，消失在她的视线中。

"陆未晞！"南嘉木大喊了一声，最后，睁开了眼睛。

"嘉木，你醒了？"她突然大叫，惊醒了一夜未睡这会儿正打盹的南胜国。

南嘉木环视了病房一周，没看到妈妈的身影，她有些失落地问："爸爸，我妈妈呢，她怎么没来？"

看到她脸上无法隐藏的失落，南胜国心如刀绞，但他仍然笑着安慰："你妈妈去外婆家了，过几天才回来。"她眼里的希冀，他怎会不明白？

就算郑云害得她在生死边缘走了一遭，南嘉木还是希望母亲在身边，那样至少证明她还是有半分爱她的。

"哦！"她淡淡地应了声后就不再说什么，安静地喝着爸爸喂的鸡汤。

这是这个假期的第二十天，陆未晞再次拨了南嘉木的电话，还是关机的。他皱了皱眉，那丫头的气还没消，她真的打算以后再也不理他了？

"未晞，出来吃晚饭了。"客厅里的陆妈妈将饭菜都端在餐桌上后喊房间里的陆未晞吃饭。

"哦，马上来！"陆未晞将手机随意地扔在床上后就出去吃饭了。

南嘉木吃完饭后就回到房间到处找手机和充电器，她从第一天回家就受伤了，距今天已经有二十天了，手机一直关机，她也不知道有没有人找她。

等手机充了会儿电，能开机时，南嘉木就将手机开机了，一开机，消息栏提醒有无数个未接电话。

陆未晞的手机静音，南嘉木打电话来时他正在吃饭，没有听到。等他回到房间，拿起手机时，才看到她打来的未接电话。

陆未晞做梦也想不到，有一天，他看到南嘉木给他打电话时，他有多欣喜若狂。他以为，他已经习惯了南嘉木在他身边，在他看得见的地方，只要他叫她，她就会答应。

却不想，有一天，南嘉木也会消失在他的视线范围内，就只是一个电话，却让他感觉像得到全世界般的满足。

当时只觉得是寻常的东西，原来，是他这辈子最大的奢求。以后，他要她，在他看得见的地方，伸手能够触到的地方，好好地存在着。

原来，所谓的幸福，就是你在，整个世界都在！

"为什么不接我的电话？"

"啊？"

"为什么不接我的电话，还在生我的气吗？那天是我不对。"陆未晞知道南嘉木那人吃软不吃硬，而且，如果自己不认输，她绝对不会自己承认错误。

"没有生气啊，本来就是我的错嘛！这几天我关机了。"

关机？她为什么关机，而且是二十天，难道出什么事了？他焦急地问，"你是不是出什么事了，为什么关机？"

"就是难得回家，当然是多陪陪我爸妈了，不想被打扰，所以关机了。"陆未晞，生死关头没有你，以后我的人生也不会再有你。

宋沐雪在沙发上躺着看电视，突然，手机响了。

"喂。"她的注意力在电视上，画面正是男女主角相拥，所以，宋沐雪没看来电提醒，就接通电话了。

"宋沐雪。"陆未晞出声。

"陆未晞？"听到陆未晞的声音，宋沐雪愣了一秒，随后坐正了身体。

"嗯，是我。"

"有什么事吗？"宋沐雪只是礼貌性地问，其实，当从来没有给她打过电话的陆未晞突然打电话来，她就猜到是为什么。

"南嘉木最近是不是发生了什么事？"他想不明白为什么南嘉木会突然对他如此冷漠疏离，那天确实是他不对，语气重了点。

"我不知道呀！"

"宋沐雪，我希望你告诉我，她发生了什么事！"陆未晞郑重其事地问。

她是南嘉木的室友兼好朋友，她怎么会不知道南嘉木发生了什么事？他绝不会轻易善罢甘休，尤其是他好不容易确定了自己对南嘉木的心。

"呵呵，陆未晞，你以为你是谁，你想要知道什么我就告诉你什么吗？"本来她对他谈不上熟，但也不至于如此冷言冷语的。

可是，现在，他高高在上地要求她告诉他关于南嘉木的一切，她就忍不住生气。他是她宋沐雪的谁，有什么资格命令她？全世界，只有一个南嘉木当他是她的天下。

那天，她看着陆未晞是怎么对南嘉木的，尤其是姚芷蕾告诉她，南嘉木差一点就醒不过来时，她就有满腔的怒火。

"宋沐雪，我知道你讨厌我，但请你告诉我，因为南嘉木对我很重要。"陆未晞的语气里，满含从来没有过的祈求。

他知道宋沐雪对他之所以如此冷言冷语，纯属是因为她为南嘉木抱不平。

宋沐雪一直都是个冷情的人，她不会轻易为难谁，但也没有真心对待过谁，除了南嘉木。所以，就算她对他冷言冷语，讥讽交加，他也不怪她，因为，她是南嘉木在乎、真心对待的人。

"对不起，我没这个义务，我不是她，事事都依着你！"

"宋沐雪，我爱她。"最终，他把自己好不容易确定的心告诉宋沐雪。

"什么？"宋沐雪像听到什么不可思议的事，惊问。

"我喜欢南嘉木，就在她不理我的这些天，我意识到了我对她宠溺，对她训斥，都只是因为我爱她，我在乎她。一直以来，我无形中把自己定义为她最亲近的人，把她当作我的所有，所以，我才会宠她，事事依她，但我又事事管着她。我害怕将来，我不在她身边时，以她爱闯祸的性子，没有我，她怎么办，所以，我才训斥她。"

听着陆未晞说着对南嘉木的情意，她沉默了，这一直都是她们所担心的，她们知道南嘉木是爱陆未晞的，现在也知道了陆未晞的心意，这本应该是件欢喜的事，可是，她为什么高兴不起来？原因是，这一天，来得太迟了。

高寒枫，陆未晞在南嘉木生死徘徊之际，明白了爱的定义，明白了他对南嘉木的情意。你呢？高寒枫，在离开我的第一个三年里，你可有找到你一直在向往、一直在追求的美好？

"你当初为什么不和她讲清楚？"宋沐雪虽然有认真地听他说，但不代表她会同情陆未晞。因为，生命中，有些人错过了就是错过了，就像她和高寒枫，一旦错过，便是一辈子。

"因为陆未晞从来没有爱过，不知道爱情是什么。他以为是轰轰烈烈，是海枯石烂，是山盟海誓，却原来，这些都不是。爱情只是一个南嘉木在陆未晞身边，娇纵、蛮横、依赖、乖巧而已。"第一次，陆未晞在除了南嘉木之外，给另一个人说起了感情的话题。

她闭着眼叹息，最终，宋沐雪还是心软了。

知道了一切的陆未晞心情久久都不能平息，他以为是南嘉木生他的气了，所以故意关机不接他的电话。他真该死，他应该想到南嘉木是出了什么事了，因为，就算她生他的气，也不至于关机这么多天。

他真该死，在南嘉木生死边缘徘徊的时候，他不在她身边陪伴她，不能给她力量。

他以为自己对南嘉木很好、很好，却从来不关心她的内心，不会去主动了解南嘉木的事。不知道她的勇敢从何而来，不知道她在他身边时，那无法抑制的胆怯和不安。

他的嘉木，一直都活得很坚强，因为从小独自经历苦难，她才会独自面对生活给的磨难。她一直生活在黑暗中，明白光明的珍贵，所以，那丫头，才会扬言要陪在他身边，给他生活的力量和勇气。

他们都很自私，明明很富足，却总觉得自己不幸，是生活为难了自己，所以，他们都吝啬付出。

只有南嘉木，她经历一次次的生死劫难，可她从不抱怨，努力地用微笑面对生活。她努力地用自己那所剩无几的勇气，去温暖别人，所谓的捉弄他人，那是她懂得笑容的可贵，她何曾用冷漠拒人于千里之外？

他不甘心，在确定他爱南嘉木，南嘉木也爱他的时候。他们之间，经历了那么多，他怎么能和南嘉木就此别过？

第 39 章 女友

过完年后没过几天就开学了，开学的第一天，南嘉木一拐一瘸地去上课。老师们都知道她的腿脚不方便，所以格外开恩，以后允许她上课迟到。可出乎意料的是南嘉木并没有迟到，反而去得比上个学期还早，还真是让人大跌眼镜。

603 的姐妹们今天都起得很晚，南嘉木出门的时候，她们都还没起呢！

"南嘉木，在这里。"楚源今天来得很早，刚刚他只是趴在桌子上打了个盹，一抬头，就看见四处张望的南嘉木，所以，他就叫住了她。

"你好啊楚同学！"南嘉木一瘸一拐地走向他，和他打招呼。

"南嘉木，你没抽风吧？"楚源十分惊讶地看着过了一个年，就变得十分有礼貌的南嘉木。

"你才抽风。"这人是找虐吧，非要对他恶声恶气才行。

"不错不错，这才是鱼肉班里的南霸王。"她终于恢复正常了，这下楚源放心了，他真怕南嘉木脑袋坏了。

等陆未晞来上课的时候，发现身边的位置是空缺的，他以为是南嘉木来晚了。只是快到上课的时候，仍然不见她的身影，他的视线，在教室里巡视了一番。原来她早到了，和楚源坐在教室里另一个不显眼的角落里。

陆未晞看着坐在楚源旁边乖巧的南嘉木，他突然自嘲地笑了。想起前几天她告诉他，他们做一辈子的好兄弟，并且说他老大不小的，该给她找个嫂子了。南嘉木，现在，我如你所愿，成功地找了个女朋友了，但愿你将来不要后悔才好呢！

晚上的时候，南嘉木去蹲厕所了，姐妹们各自忙各自的。

宋沐雪还是一如既往地看电视，李嘉佳在和高中同学聊天，而林溪云一反常态，没有看小说，而是逛起了空间。在刷空间的她，突然大喊了一声，"不好了！"

宋沐雪听了，没理她！

林溪云通常的不好了，都是和南嘉木有关。例如，不好了，南嘉木要迟到了；不好了，南嘉木掉厕所了；不好了，南嘉木的洗头膏没了，要用她的了。总之，只要和南嘉木有关的，都是不好了。

李嘉佳一直都是个善良的孩子，在和老同学聊天的同时，还是不忘捧一下林溪云的场，"怎么了？"

"陆未晞谈恋爱了。"林溪云像是发现新大陆一样惊奇。

"真的？你在哪里看到的？"这回，李嘉佳是真的不顾老同学了，想赶紧弄明白陆未晞谈恋爱的事是真是假，他的女朋友是何许人也。

"QQ空间，微博，微信。"林溪云又赶紧点开微博，微信，全都是陆未晞和他新女友的照片。

"是真的。"李嘉佳这次是真的被吓了一跳，她们上个学期说陆未晞有对象了纯属是瞎掰的，目的是为了让南嘉木死心。容不得她多想，她赶紧上学校的论坛，不看还好，一看被吓了一跳，"不得了了，陆未晞有女朋友了这篇帖子在不到一个小时的时间里，已经被转了一万多次。"

"这女的是谁？"站在陆未晞身边正笑得一脸灿烂的人让林溪云惊讶。

"好像是音乐系的。"李嘉佳认真地打量起那女生来。

"陆潇潇？"宋沐雪震惊，怎么会是她？她和陆未晞根本不认识，不，也不是不认识，见过一次面的。

"沐雪，你认识她？"林溪云和李嘉佳听宋沐雪的话，都异口同声地朝她问去。

"嗯，认识。"

宋沐雪将事情的一切经过都和她们说了，"这个陆潇潇就是故意在陆未晞的面前表现，才导致陆未晞训斥嘉木的。"

"还真是个有心机的人啊！"林溪云忍不住说。

"陆未晞这个渣男，亏我们的嘉木对他那么好，真是不值得。"李嘉佳很是同情因为被伤害而选择和陆未晞再次做什么狗屁兄弟的南嘉木。

"亏我还想着帮他来着，这次，是我对不住嘉木。"宋沐雪觉得，她做了一件天底下最蠢的事，她不应该告诉陆未晞关于南嘉木的一切的。

她以为，在南嘉木养伤这段时间，陆未晞会主动地追求南嘉木，却原来他找了个南嘉木讨厌的女人做女朋友，真可恨！这次，是她宋沐雪看错了陆未晞。

"这样的渣男应该浸猪笼，应该被游街示众，应该被严刑拷打，应该被凌迟处死。"李嘉佳把她能够想到的最恶毒的酷刑都说出来了，真难为平时温柔善良的她。

"不，这样可耻的男人，应该诅咒他永远也找不到女朋友。"林溪云可不像李嘉佳那样说些有的没的，她直接说中要害。

"他现在的女朋友这么有心机，意思就是说，他和她，长不了？"宋沐雪赶紧问。

"是的，长不了，最好是今天好，明天散伙。"这次，林溪云她们两人很默契地表明自己的想法。

"现在我们的嘉木受伤了，很可怜，我们不能让别人欺负她，我们要保护她，姐妹们，想个法子。"林溪云虽然平时不怎么待见南嘉木，可那都是无聊时的消遣，真到了关键时刻，她要护着的是自家姐妹。

"嗯，就让南嘉木远离陆未晞。"李嘉佳提议。

"不妥。"宋沐雪否决了李嘉佳的提议，然后很认真地思考，突然，她拍了一下脑袋，"有了，我们在嘉木的衣服上写着'狗与陆未晞不得靠近'，怎么样？"她睁着眼问，寻求大家的意见。

上下床的两人，伸出脑袋，互相看了一眼对方，一齐向宋沐雪跷起大拇指，然后，异口同声地说："中！"

宋沐雪不愧是603的毒舌小皇后，这招，她们甘拜下风。

大家商议一致后，决定用这个办法帮助南嘉木远离渣男。只是，忙着讨论陆未晞女友事件的她们，似乎忘了南嘉木这次蹲厕所的时间格外长。

陆未晞看着QQ空间，微博，微信，学校贴吧里不断被疯转的帖子，他竟然残酷地笑了，"南嘉木，现在天下皆知我陆未晞有女朋友了，这次，可如你愿？"

"潇潇，你真了不起，居然把陆未晞拿下了。"李乐乐朝正在敷面膜的陆潇潇伸出大拇指。

"那有什么，只要是我陆潇潇想要的人，从来就没有得不到的。"陆潇潇那得意的笑容，厚厚的、黑黑的面膜也没有挡住。

"潇潇是云市房产大佬的千金，又是我们的音乐才女，配陆未晞那个化学才子，也算是才子配佳人。"张琦是音乐系出了名的最会溜须拍马的了，所以，听她说这番话，大家都见怪不怪的。

"那当然！乐乐，你和我的赌注是一盒巧克力蛋糕，现在我赢了，你是不是要实现诺言啊！"

陆潇潇可没忘记当初她们第一眼见到陆未晞时，彼此打赌，如果她陆潇潇能够追到陆未晞，李乐乐就给她买一盒巧克力蛋糕。

"那当然，愿赌服输！"李乐乐拍胸脯保证，绝不食言。

"小花，你在干什么？"一直没有听到小花的声音，躺在床上的李乐乐突然问了问。

"乐乐，我在减肥。"小花现在运动得大汗淋漓呢，喘着粗气回答李乐乐的问题。

她才不关心陆潇潇和陆未晞的事情，她关心的是用何种方法能快速地瘦下来。自从上次她被那个叫南嘉木的女孩嘲笑太胖了后，她就下定决心要减肥。

陆潇潇听小花说要减肥，很是嗤之以鼻。就小花那身材，能瘦下来就奇怪了！再说，就算她瘦下来了，那又怎样？有她陆潇潇在的地方，哪怕是星星的光芒，也照耀不到小花的。

不仅家境贫穷，名字还土，人也丑！

这样的人，凭什么和她争日月的光辉？

第 40 章　暴风雨来临

南家的家境本来就不太好，再加上这个假期南嘉木动手术和住了二十多天的院，家里的钱也用得差不多了。所以，为了减轻家里的负担，这个学期，南嘉木在外面找兼职，经学姐李欣介绍，她给一个上初中的男孩上课。

而王阳和陆未晞两人则合伙开了一家小型的广告策划公司，王阳出资金，而陆未晞负责管理和技术。公司才刚开始起步，为了方便管理，陆未晞搬去了公司专门给他单独配置的一间小型的办公室里住下。

日子似乎又回到了它原来的样子，在满城风雨之后，大家对陆未晞有女朋友这事也不再津津乐道。只是，在陆潇潇经常来找陆未晞，大多时候和他坐在一起听着那无聊的无机化学课时，人们才私底下小心翼翼地议论一两声。

如果仔细听你会注意到平时爱慕陆未晞的几个女生会议论"陆潇潇和陆未晞坐在一起感觉怪怪的""南嘉木虽然讨厌，霸道，但不得不承认，她是最合适站在陆未晞身边的那个人""比起陆潇潇那做作的样子，我还是喜欢以前在陆未晞身边那个霸道的南嘉木，至少她粗鲁得真实，不做作。"

诸如此类的话语，多多少少会传到 603 的耳朵里去，宋沐雪会不屑于听，因为她觉得陆未晞的名字，不配和南嘉木的名字相提并论。

李嘉佳和林溪云两人则是威胁那帮长舌女生，如果再让她们听到有关南嘉木和陆未晞的议论，无论好坏，她们不会善罢甘休。

而当事人南嘉木听着这些议论，不但不生气，居然还傻不拉几地参与讨论。说是就她个人而言，她还是觉得温柔高雅，犹如公主般高贵的陆潇潇才最适合芝兰玉树、云淡风轻、温文尔雅的陆未晞。

对于603对待此事的反应，大家都见怪不怪。只是，一直都是事不关己还高高挂起的陆未晞听到南嘉木的回答时，一如既往的冷漠，仍然没有多言，只是狠狠地又抽了一晚上的烟。

不知不觉中，南嘉木已经上了两个月的班了。

陆未晞在策划公司办公室连续工作了四五个小时，腰有些疼。

陆未晞突然起身，离开座椅，走到落地窗前，深邃的眼看着天上的乌云滚滚，天际是一片墨黑，黑暗似乎要吞噬整个人间才肯罢休，暴风雨要来临了！

他看着窗外出神，要下雨了，他的丫头今天应该不去上班了吧！

她在外面做家教，她的一切，事无巨细，他了如指掌。

他的丫头，是的，他承认，他陆未晞输了，输得一败涂地。他输在她的无情、他的多情里；他输在她选择退回原来的轨道，而他却想要和她继续走下去；他输在她能潇洒痛快，他却寂寞如斯。他输了，陆未晞第一次，也是最后一次，在感情的战场上，兵败如山倒；第一次，也是最后一次，在爱情的戏里，曲已终，而他还不愿散，固执地守着那场没有结局的残戏！那个霸道的南嘉木，那个自私的南嘉木，那个可恶的南嘉木，他就这样爱了。

"嘉木，不好意思，公司临时出了点问题，今晚我不能送你回去了。"于妈妈在开会休息十五分钟的空档时间里抓紧给南嘉木打电话，她很抱歉，想了想之后，她说："要不，今晚你就在我家住下?"

她以为这么大的雨天，南嘉木肯定不去给儿子上课了，所以，她就没在意，没提前给南嘉木打电话说自己的情况。

就在她正在开会时，儿子突然打电话来问她为什么还不回去，南老师要回去了。现在，她有会要开，而且，外面风雨交加的，她一时也无法安排其他人送她回去，所以，只好留她在家过夜了。

"没事的阿姨，我看情况，如果雨下得实在太大了，我就不回去了。"南嘉木此时站在别墅的屋檐下，等雨停。

"嗯，好的，如果你要留下，就让家里的阿姨给你准备客房。"听她这么说，于妈妈放心下来，南嘉木那女孩，太倔强，说什么也不会轻易在她家过夜的。

可今天情况不同，她看了看外面的瓢泼大雨，看来这雨一时半会儿也停不下来，她留下来当然好了。

南嘉木是个好女孩儿，说实在的，她不放心她一个人回去，当初说好的由她送南嘉木回学校，她从来都是说到做到的。

"嗯，好的，阿姨再见！"

夏天的雨来得急，但也说停就停，看似要下一整晚的雨，没多久后就停了。她进屋和一直等着她的阿姨打了招呼，接过她给她备用的雨伞，就匆匆走了。

虽然很晚了，但街上仍然有很多来往的车辆，三三两两的，她还能看见一些行人。

打了个的士，二十分钟不到，她就到学校门口了，给师傅钱，说了声谢谢后，她朝不远处的大门跑去。

天空中不知何时又下起了小雨。

今晚这雨，下下停停的，让人心烦意乱。

南嘉木在包里找学生卡，半天没找着，糟糕了，她的学生卡落在小洋家了，她进不去了。

雨越下越大，这时，"轰隆，轰隆，轰隆……"打雷了，一个接一个的雷滚滚而来，似乎要冲破天际，朝她劈来。

"南嘉木，你丢了我孩子，总有一天，你会遭报应的，哈哈，哈哈，你会遭报应的，报应呀，哈哈，报应。"夏云狰狞怨毒的声音从天边传来，那么遥远，却又那么近在咫尺。

"报应?"南嘉木头痛剧烈，她受不住地蹲下来，她喃喃自语，"报应，打雷?"

"不要，不要，不要打雷，求你不要打雷。"南嘉木听着雷声，害怕地蜷缩在围墙的角落里，瑟瑟发抖，她害怕打雷。她害怕受到老天的惩罚，是她将弟弟弄丢的，可她不是故意的，不是故意的!

保安室里的保安以为她走了，独自看起电视来，他也不怕打雷，因为雷声，他将电视的声音调到最大，因此没有听到南嘉木的任何动静。

爸爸，救我，爸爸救我，无穷无尽的黑夜朝她袭来，绝望蔓延了她整个人，她在祈求，爸爸来救她，有人会来救她。

"救我，救我。"她嘶喊着，祈求着，没有人来救她，只有雷声，雨声，还有无穷无尽的黑夜。

好不容易打开手机，下意识地向他求救，等那头一接通，她就哭着大喊，"陆未晞，救我，快救我，有狼，有狼……"

"南嘉木?"陆未晞听到手机里传出来他熟悉到骨子里的声音，他疑惑她为什么突然打电话给他。还有，她哭了，下意识里，他顾不得其他，焦急地问："南嘉木，你在哪里，出了什么事?"

她的哭喊，让他焦急，她的无助，让他心疼，心痛，他的嘉木，在哪里，出了什么事，为什么这么无助，这么绝望?

"幸福路，陆未晞，我在幸福路。"南嘉木好像看到黎明的曙光，她有些激动地给陆未晞说着她看到的。

幸福路?那不是学校门口的公交车站台吗?她在学校门口。

陆未晞确定下来她在哪里后，他连忙温柔地安抚她："好，我知道了，我的乖女孩，你在那里别动，我马上就来。"他一边快速地从里间衣柜里拿出一件厚厚的大衣，一边安慰她，试图让她平静，不再慌乱害怕。

"你快点来！"

"嗯，别怕，我马上来，别怕，有我在，别怕。"陆未晞下楼的同时也不断地安抚她。

"好！"南嘉木哭着将电话挂了，他叫她乖乖地在原地等他，他来了，她就不怕了。

"嘉木！"等陆未晞火急火燎地赶来的时候，他看到的是一个孤独，无助，全身被淋湿，狼狈的女孩蜷缩在角落里，双臂抱肩，形成自我保护的姿势。

"未晞？"听到他的叫声，她抬起头，迷茫地叫了一声他的名字。

"嗯，是我，我来了！"他蹲下身来，将手里厚厚的大衣披在她的身上，然后将她拥在他宽阔的胸膛里。

她眼里的依赖让他怀念，她眼里的绝望让他心疼，她眼里的希冀让他内疚，他的女孩，是他把她弄丢了，是他没有保护好她。

是他，是他该死！"未晞，我害怕。"南嘉木依偎在他温暖的怀抱里，眼泪将他快要被雨淋湿的衣服弄湿得更加彻底。

"别怕！"他轻轻地抚着她背，温声安慰，"别怕，有我在。"

"嗯！"南嘉木找到归属，找到依靠，彻底放松下来，眼前恢复清明，嘴角渐渐咧开，"啊嚏。"冷意袭来，她忍不住在他怀里打了个喷嚏。

"该死！"他低咒一声，她全身湿透了，感冒了，他要带她尽快离开这儿，他小心翼翼地放开她，低声问道，"还能走吗？"

她听他的问话，试图站起来，"嘶。"她的伤口碰水了。

"别动，我背你。"他给她紧了紧身上的大衣，将她不远处的伞收起来放在自己上衣的口袋里，又将自己手里的伞放在她手里，然后，在她面前蹲下来，示意她上来。

"陆未晞。"

"嗯？"他稳稳地背着她，突然听她叫他，他侧头问。

"那个，伞是湿的。"她小声提醒他，她的伞湿了，他揣在口袋里，不凉吗？

"没事，反正衣服都湿了。"

"哦！"

"嗯，真乖！"他暖暖地笑了。

"陆未晞。"

"嗯？"他温声回应，里面裹着无穷无尽的宠溺。

她再次叫他的名字，他并没有生气，反而是很满足，她这种似霸道、似依赖地叫他陆未晞，有多久没有听到了。

似乎很久了！

"我们要去哪里？"她在他宽阔的背上问着，不能进学校，她不知道他要带她去哪里。

"怕吗？丫头。"他不答，反而侧首问她，"跟着我怕吗？"久久没有听到她的回答，他再次问道。

"不怕。"她将头靠在他湿湿的却很温暖的肩头，轻轻地回答。

他的背，像爸爸的一样宽阔，一样温暖，一样能够给她安全与依赖。

"傻女孩。"听到她坚定的回答，他不语，低声笑着，那笑声，溢满胸膛。

"那我们到底去哪儿？"忍不住，她还是追根问底。

"回家！"他紧了紧围住他的双臂，朗声回答。

"家？"

"对！"

"在哪里？"

"到了你就知道了。"

温馨的声音越来越远，街道两旁的路灯，将两个人的身影拉得老长，老长，直到分不出彼此，然后，彻底消失在茫茫大雨中。

第 41 章　天晴

回到办公室，陆未晞急忙去卫生间帮南嘉木放热水，他叫她去洗澡，然后，他就冒着大雨到楼下不远处的商场为她买了一套合适的运动装。

"啊嚏!"忍不住，南嘉木又打了个喷嚏。

正在给她吹头发的陆未晞停下手中的动作，骨节分明的手在她光滑的额头上停了一下，然后低语，"是有点烫。"

"陆未晞，你要去哪里?"她慌乱地拉着正欲离开的陆未晞的手，忐忑地问。

她怕他丢下她一个人。

看到她眼里的担忧、害怕，他轻轻地拍了一下她的脑袋，柔声说着："你感冒了，我去拿药。"

这样不安的、脆弱的她，让他心疼!

"嗯，那你快点。"她放开他的手，欢快地说着，只是，在看到他耐人寻味的眼光时，微红着脸解释，"我，我，我的头发还没干。"

他看着看天看地就是不敢看他的南嘉木闪躲的眼神，轻轻地笑了，然后，无奈地说了句"真是个傻丫头"后就去找药箱了。

给她收拾好头发，喂她吃了药后，陆未晞将床铺好，然后大步走到沙发前，欲将还在研究他手机的她抱回到床上，让她睡觉。

"你干什么?"他突然的举动让她手足无措。

"睡觉呀!"他无奈地说着。

她乖乖地任由他把自己轻轻地放在床上,她后知后觉地发现,她睡床上了,那他,睡在哪里?不会是要⋯⋯

"放心,傻丫头,等你睡着之后,我就去外面的沙发上睡。"他抚了抚她柔顺的头发,柔声说着。

她眼神又惊,又怕,又羞,他岂会不知?

"哦!"她细声细语不好意思地迅速钻进被窝,南嘉木,你这个色狼,你在想什么,丢死人了。

"嗯,乖,睡觉。"他也不笑话她,温柔地为她整理好被子后就将灯关了。

过了好一会儿,南嘉木在被子里憋得难受,小心翼翼地将黑溜溜的脑袋伸出来,试探性地叫了声,"陆未晞,你还在吗?"

"嗯,我在。"黑暗中,传来他柔和的声音。

"你还没睡?"

"睡觉!"他命令她。

"哦!"她又乖乖地将头缩在被子里。

"不许将头缩进被子里,你会难受。"离开沙发,走进床,他伸出手臂,宽大的手掌抬着她的小脑袋,端正地放在枕头上。

"陆未晞,你好凶哦!"南嘉木趁在黑暗中他看不见她,她小声地抱怨。

"真的吗?"他声音分贝不自觉提高,细听,会发现里面隐藏的害怕,"那我以后温柔些。"他怕她恼他凶,然后,头也不回地离他而去。

她以前就抱怨他太凶,她不敢和他说话。

"嗯,还差不多。"她满足地笑笑。

隔了没多久,南嘉木又忍不住叫他,"陆未晞。"

"不许说话,睡觉。"

"骗子,你刚才还说你会温柔的,大骗子。"南嘉木被他再次命令睡觉,终于忍不住反抗。

"对不起，我错了。"

"我睡了。"看见他好好认错，她不再和他计较，她困意袭来，忍不住打了个哈欠，这次，她真的要睡了。

他一定很累了，困了，她早点睡，他才可以睡觉。

听到她均匀的呼吸声后，他才从床沿边站起来，准备到外间沙发上睡了。

"不要，不要走，陆未晞。"他的离开，让她在睡梦中也不安，她唤他。

"好，我不走，我在这儿，别怕。"他又重新坐回床沿上。

睡到半夜的时候，南嘉木突然惊叫起来，"妈妈，别把嘉木丢下，我害怕，妈妈，妈妈。"

"不，不是，这样的，不是。"

"别离开我，别嫌弃我。"睡梦中，回忆一幕幕袭来，让南嘉木害怕，她不停地祈求。

"别怕，我在这里，陆未晞在这里。"听到她在睡梦中不安地喊叫，他心痛，急忙脱了外衣，轻轻地揭开被子一角，整个人躺进温暖的被窝，手不停地轻抚她的脊背，试图让她安静，从梦魇中走出来。

"乖，别怕，有我在，我不会离开你。"他不断地温声安慰她，陪伴她。

她在他温暖宽厚的怀中渐渐安静下来，小脑袋往他怀抱深处拱，找到一个安全舒适的位置后，沉沉地睡去。

这是他们第一次相拥而眠，这是他梦寐以求的，可是，这一夜，她温暖柔顺的身体在他怀中。他抱着他朝思暮想、心心念念的心爱的女孩儿，他没有任何的遐想，只有无限的心疼。

第二天是周六，陆未晞早早就醒了，他睁开眼看到的第一个人是缩在他怀里正睡得香甜的南嘉木。他做梦都想拥入怀中的女孩，此刻，安静地依偎在他的怀里，没有不安，没有害怕，她嘴角抑不住的浅笑，是满足，是依赖。

她长而翘的睫毛柔顺地覆盖在白净的瓜子脸上，显得乖巧而可爱。她瘦了，以前还超重的她，昨晚在他背上是如此轻盈，好像他一不小心，她就会变成一片羽毛轻轻地从他的身边飞走。她以前是圆圆的脸蛋，细腻的皮肤，而现在，她的脸瘦得成了瓜子，尖尖的下巴，让他心疼。

"早。"陆未晞不知在想什么，南嘉木在他怀里醒来他都没有发现。

"早。"她有些沙哑的声音将他拉回现实，看着她依偎在他怀里因为感冒发红的脸色，他突然认真地表白，"南嘉木，我爱你，很爱很爱。"

"陆未晞，我们是……唔。"她的话还没说完，余下的话就被男子好闻的气息包裹。

"你想说我们是好兄弟是吧！"陆未晞接下她的话，再次吻上了她干燥的嘴唇，之后在她耳边呢喃，"好兄弟能像我们这样吗？"

"你……"南嘉木第一次被人吻而且是自己爱了多时的人，顿时脸羞红得要命，小脑袋瓜子一直往他怀里钻，良久之后才抬头说道，"陆未晞，我爱你，但你现在有女朋友了，我不能和你在一起。"

尽管她很爱他，但她不能做抢别人男朋友的坏女孩。

"嘉木，对不起。我会和陆潇潇分手，我不爱她，她也不爱我。"是我把你弄丢了，才会害你经历生死，害你日益憔悴。

以后，我会好好守护你！

下午陆未晞就回学校找陆潇潇说分手。

"潇潇，是我对不起你！咱们分手吧！"他什么都可以给她，唯有爱不能给她，他的心，注定是属于那个叫南嘉木的女孩的。

陆潇潇没想到他会突然和她分手，回过神的她快速地说着，"未晞，你没有对不起我，我们不分手！"终于，她陆潇潇还是低如尘埃，祈求别人的爱。

"潇潇，对不起，我不可能爱你。"陆未晞坚定地把她的手从自己的手上拿开，坚决地说着。

"陆未晞，你怎么可以这么自私，你不爱我，那当初你干吗要我做你的女朋友？"第一次被说分手，而且她也低声下气地说不分手了，陆潇潇第一次，不顾形象地在陆未晞的面前大喊大叫。

"潇潇，我承认，我是利用了你，但你也利用了我，不是吗？说到底，我们各取所需罢了！"其实，他也不想说这些难堪的话，陆潇潇是个好女孩。

说这些只是因为他不爱她！而他，一直是一个没有多少耐心的人，讨厌别人的纠缠不休。

"陆未晞，你混蛋！"她端起桌上还有余热的咖啡泼在陆未晞的脸上。

这是他欠她的，所以就算被陆潇潇如此对待，他也不怪她。

"陆未晞，告诉我，因为什么？"她看着陆未晞，她苦涩地笑着，"我要听真话，哪怕遍体鳞伤。"

"你想听什么？"他认真地凝视她。

"我想听因为什么开始，又因为什么结束。"她努力地控制着即将跑出眼眶的泪水。

"因为南嘉木需要我有个女朋友，所以我如她所愿！"

"呵呵，原来我们的开始，只是因为她南嘉木的需要，真讽刺。"

他也不看她嘲弄的眼神，继续回答她的问题，"至于结束，那是因为我离开她太久了，让她经历生死，她受了很多的伤，我让她绝望，让她孤独，无助。我把她弄丢了很久，她让我心疼，追悔莫及。没有她，我陆未晞，竟然不知道为什么活着，不知道生命的意义。她是我生命中的阳光，信念，灵魂，所以，我要把她找回来，把那个会哭会笑，会发火，会无奈，会有七情六欲的陆未晞找回来。"说到找她回来时，他眼睛里闪耀着奇异的光芒。

他第一次，和她说这么多话，他和她谈及感情，但却和南嘉木有关。

"陆未晞，你果然狠！"她朝他绝望地笑着。

"潇潇，对不起！"他是真心向她道歉。

"不必，我陆潇潇拿得起放得下，我们……好聚好散！"她狠狠地擦着终究控制不住的眼泪，假装潇洒地说着，然后起身头也不回地走了。

就算要落泪，她陆潇潇也不会在他面前。

守得云开见月明，陆未晞和南嘉木经历了生死，终于确定了两人的关系。603 的姐妹在看到南嘉木和陆未晞紧紧牵着的手时，想说什么终究是全体闭嘴了。

感情如人饮水冷暖自知，哪怕她们觉得陆未晞并非良配，但南嘉木既然认定了，她们又能说什么呢！或许经历过这次的事，陆未晞懂得珍惜南嘉木，以后再也不让她经历风雨。

大学几年有过甜蜜有过心酸，最终磕磕碰碰地熬过了毕业季，在毕业证拿到手没多久二人就领了结婚证。结婚以后陆未晞性情大变，对她关怀不再，而她在日益不满中消耗了曾经的爱恋与激情，将生活过成了一地鸡毛。失望过，绝望过，最终，她向他提出了离婚，而他，没有挽留，最后净身出户。

第42章 祈求

大学四年的风风雨雨，感觉就像走完半生，可回忆起来却短暂得可悲可笑。

南嘉木迅速收拾好行李，拉着行李箱，在出门那刻，回头看了看已经熟悉了的屋子，这个承载了她喜怒哀乐的地方。

"别走。"就在她刚要关门那刻，陆未晞从电梯里冲出来，大汗淋漓，看得出来他是特意来留她的。

"这里不合适我。"他们本来就只是为了方便工作才住在一起的，现在项目完成了，她本来就该走了。

"南嘉木，我是真心的，我也爱你，你能不能给我个机会，重新选择我？"陆未晞紧紧捏着她瘦弱的双臂，眼神灼灼地看着她，几乎祈求她留下来，给他机会。

是的，陆未晞承认，他在祈求南嘉木重新爱他，这么多年，他一直爱她。他这么多年捧在手心里疼的宝贝，他不愿意看到她在别人的怀里巧笑嫣然，他会疯魔。

爱她？他的爱就是给她无穷的伤心，绝望？这样的爱她宁愿不要。南嘉木忍住不让眼泪夺眶而出，但心却疼得无以复加。

最终，她还是没忍住，捂住心口，泪流满面，悲凉说着："陆未晞，你告诉我，至今为止，咱们相识这么多年，除却中间空白的几年，那短短的四年里，你给我的心酸悲痛远远多过甜蜜快乐，你叫我如何重新选择你？

"你知道吗？南嘉木是个被亲生父母遗弃的孤儿，从小寄人篱下，每天都过得战战兢兢，仰人鼻息，时刻担心自己惹别人不快，然后又是无休止的厌恶，谩骂。

"可就这样满身心伤痕的我，还是义无反顾地爱你，用我看似勇敢热情却胆怯悲凉的心爱你整整四年，可你最后是如何对我的？

"你叫我如何原谅你？"

"我……"面对她的诘难，他蠕动了无数次嘴唇，却不能为自己辩解半分。

南嘉木说得好像都对，他是爱她，可也给了她无数伤害。

可就算如此，他还是想要为自己争取那一丝一毫的希望，"我不是故意冷落你的，我只是需要你给我一点时间。我想要给你安稳舒适的生活，我不想委屈你，跟着我将日子过得拮据，窘迫。"

"所以，你以为放我走了，等你飞黄腾达了你再回来找我，这样就给了我想要的一切吗？"听到他的解释，南嘉木心里揣着一团烈火，面上却平静无波。

"是，是的。"陆未晞不敢肯定回答，他捉摸不透南嘉木突然的冷静是原谅了他，还是暴风雨来临前的平静。

"呵呵，陆未晞，你凭什么以为你这样做我就会感激你？你穷困潦倒我不舍弃你，你风光无限我也不稀罕你。既然已经放手了，那就彻底放干净吧！"

南嘉木吸了吸鼻子，继续说道："我会辞职的，嘉木游戏如果公司不想给股份，那我们就撤出来。如果你们觉得嘉木游戏还有半分价值，留着也行，嘉木游戏每年拿属于自己的那一份就行，自此以后，你我各不相干。"

陆未晞身心俱裂，原来暴风雨就是她要彻底离开他，他怎么能接受这样的结局，"南嘉木，我不要这样，我要好好爱你。我发誓，以后不管遇到什么困难，不管什么原因，我都不会离开你，请你再相信我一次。"

"放手吧！我们终究是不合适的，"南嘉木定了定神，挣脱他的钳制，笑得有几分惨淡，"你要的是事业有成，风光无限，我要的是长久陪伴，家庭美满，其乐融融。我跟不上你的脚步，你的雄心壮志，你做了孟云，那我只能是林佳。"

她终于知道林佳孟云分手的原因，他们能熬过一无所有，却不能共享繁华，分开不是不爱，而是跟不上对方脚步了。

"那明天再走行吗？现在很晚了。"陆未晞握住她肩膀的手改为握住拉杆，知道留不住她，那就让他们再相处一个晚上。

"没事，我下楼打个车就可以了。"南嘉木决然地扯开他握住行李箱拉杆的手。

"阿木，求你，再留一晚。"陆未晞近乎哀求，"最后一晚，以后我再也不出现在你的生活里，不会再打扰你了。"

"大家好聚好……"

"等等，我接个电话。"陆未晞第一次在和人说话时突然打断对方接电话，但此时他却无比感谢这个电话，这样他就可以和她多待会儿，哪怕一秒钟也求之不得！

"妈。"陆未晞接通电话叫了一声，南嘉木的眼皮却不可遏制地跳了跳。

这么晚老太太打电话来，不会是出了什么事吧？

"好，我马上就来，你就站在大厅那儿别动。"陆未晞挂了电话后和南嘉木说道，"我妈来云市了，这会儿在火车站，她要我们去接她。"

"现在？"南嘉木挑眼看了他一眼，怀疑这话的真实度。

"嗯，是真的，她还要我们一起去。"她怀疑的眼神刺痛了他，知道自己此时说什么她都不信，他拿手机给她，带着几分悲凉地说道，"如果不相信，你给我妈打个电话确认一下。"

"不用了，走吧！"南嘉木知道自己的举动伤害了他的自尊，拨开拦在面前的手，有些内疚地拉着行李箱朝电梯口走去。

他在大事上很少骗她，哪怕知道有些事有些话说出来会让她绝望，他也很少说谎。他从不口是心非，所以她这是幸还是不幸？

"等等！"电梯门开了，陆未晞还留在原地。

"怎么不走了？"南嘉木疑惑，老太太一个人孤零零在车站等着，他还在这儿磨蹭，大不孝。

"先把行李箱放回屋里吧，要让我妈看见会很麻烦。"

"我就说我要出差。"南嘉木一急，就忘了当初他们离婚是瞒着老太太的，她身体不好，怕她犯病。

"南嘉木，算我求你，别让我妈看出任何破绽。"陆未晞眼睛红红的，嘴唇也有些干燥发白。

他折腾了一天，身心皆累，南嘉木也不想为难他了，"你帮我放到客厅，你妈看不到的角落吧！"

"好。"得令后的陆未晞心中的大石头暂且落下，大步走来，接过她手里的行李箱往屋里拉。

"你把行李箱放哪里了？我明天早上起来好找。"车里的气氛有些冰冷，彼此袒露过心声的二人此时却无话可说。

"明天你叫我我给你拿。"陆未晞声音淡漠，知道她已经决然要走，他还是擅作主张地将行李箱放进他卧室衣橱的最底层。

"哦！"南嘉木还能说什么？再继续下去就显得自己不依不饶。

短暂的交流后车里空气又恢复冰冷，陆未晞认真开着车，凉薄的嘴唇紧紧抿着，脸部肌肉僵硬。

南嘉木在心里叹息，曾经他虽然冰冷，但至少在她面前是自然的。现在他在她面前，不能做自己了，有几分讨好，有几分补偿。

　　人前风光显赫，人后却落寞孤寂。曾经他为了事业放弃家庭放弃她，不知道是对还是错。如果换作自己，她又该如何选择？

第 43 章　监督

陆未晞他们到火车站时，看到的是老太太在大厅绿色长椅上蜷缩的弱小身体。老人坐了十几个小时的火车，累得不行了，在等他们时忍不住就在椅子上睡了会儿。

"妈，你怎么能在这儿睡，着凉了怎么办？"陆未晞强忍着泪水，轻轻叫醒母亲。

母亲都是因为担心他的婚姻、家庭才会千里奔波来云市，又因为省钱舍不得坐飞机，不告诉他一声就坐火车。

让母亲担忧，奔波劳累，他陆未晞何其不孝。

站在一旁的南嘉木心里也是堵得厉害，老太太这样折腾，她也是有责任的。

"唔，嘉木，你们到了？"老太太被叫醒了，睁眼环顾四周最先看到的不是叫她的儿子，而是站在他身旁的南嘉木。

"啊，妈，是的，我们来接你回家，咱们回家再睡。"南嘉木蹲下身子，拉着老太太干瘪的有些冰凉的手，耐心说着。

面对如此善良的老人，最终，那句冷漠疏离的阿姨还是无法叫出口。

"好嘞，我还以为这么晚了你早睡了，都叫未晞别让你来接我了，他就是不听。"老太太开开心心地拾掇了一下有些皱巴的衣服，看了一眼抿嘴不说话的儿子，很是抱怨。

南嘉木回头深深剜了他一眼，扶着老太太起身，"不怪他，是我听说您要来了，我就跟着来的。"

新仇旧恨他们秋后再算！

"我儿媳妇就是乖巧。"老太太挽着南嘉木的手走在前面自顾说话，剩下陆未晞一个人在后头拎着行李，还不能打扰前面二位。

回到家时老太太说自己刚睡了一觉已经不困了，听说南嘉木明天休假，硬是拉着他们二人说话。

老太太太能聊，南嘉木他们白天折腾了一天，这会儿实在困得不行，最后陆未晞以明天还要上班为由先回房睡了。

"哟，不知不觉都凌晨一点过了，你看妈，几年不见你了，有说不完的话，都忘了时间了。"老太太终于看了一眼老人手机，这不看还好，一看吓了一跳。

"没关系的，我明天可以多睡会儿。"她在母亲那儿没有得到的关心疼爱在前婆婆这儿却得到满足，南嘉木没有丝毫的不满，反而是感激。

"不早了咱娘俩明天再聊，你也睡觉去。"老太太依依不舍地起身回屋睡觉，在南嘉木以为她已经关门睡觉时突然打开房门，探头问道，"嘉木，你睡客房干吗？为什么不回屋睡呢？"

她这突然出声吓了蹑手蹑脚准备进客房的南嘉木一跳，她回头扯着笑，"很晚了，我怕吵醒他。"

这老太太十分聪明，她都怀疑老太太是不是已经知道了他们离婚的事，这次来是故意来撮合他们的。

"不用担心会吵到那小子，他睡觉可沉了，雷打不动。"老太太撇撇嘴，很是嫌弃她怀胎十月生出来的儿子。

"呵呵，妈晚安。"南嘉木还能说什么做什么，只能在老太太的注视下，内心十万个不愿意地推开陆未晞的卧室门。

在老太太叫南嘉木那一刻陆未晞就醒了的，这会儿听到开门声他赶紧闭眼装睡，他暗暗等待着南嘉木躺在他身边。对失而复得的人，总有无限的珍惜和愧疚。

只是半天不见身旁有人躺下，他悄悄睁开眼，正看到南嘉木轻手轻脚地在衣橱里找什么。

糟糕，她会不会发现了自己的行李箱？陆未晞假装被吵醒了，蒙蒙眬眬地问道："谁？"

"是我。"大半夜的南嘉木怕吓着他，赶紧出声，"我在找被子，吵醒你了吗？"

"嘉木，这么晚了你在我房里干吗，你找被子干吗？"

"陆未晞，你是睡糊涂了？你妈今天来了，她不知内情，硬让我和你住一个屋，我找被子当然是打地铺了。"南嘉木回头看着拥着被子坐起来的迷糊男人，真想上去给他狠狠一脚，都怪他，她南嘉木今晚受罪了。

"不用打地铺。"

"不打地铺我睡哪儿？"南嘉木继续手里的动作，"咦，我行李箱怎么在这儿？"

陆未晞已经无力问苍天了，只能脸不红心不跳地扯谎，"老太太心里清明，我怕她发现蛛丝马迹，只能暂且把你行李箱放回我卧室了。"

"也对。我怀疑老太太怕是早知道我们俩离婚的事了，我感觉被她盯得死死的。"还是坦白从宽，省得偷偷摸摸，像做贼。

"她怎么会知道？在她面前我从来都是小心谨慎的，估计她一来就看到咱俩没以前亲密无间，以为咱俩闹矛盾了，极力地给我们创造缓和的机会。"母亲算是他手里最后一张王牌了，陆未晞不允许自己再出错。

他一定会在母亲在的这段时间好好表现，努力让南嘉木再次相信他，重新爱上他，和他破镜重圆。

"好吧！估计是我的表现让她瞧出端倪，以后我会好好表现的。"南嘉木一边铺床被，一边在心里算计着她就先忍耐几天，只要老太太觉得他俩之间没问题了，放心了自然就会回去了。

"你来睡床上吧！我睡地铺。"陆未晞见她不再抓住这事不放了，翻身下床。

"不用，我就睡这儿，你刚睡醒，突然换地方会着凉的。"南嘉木摆摆手拒绝，迅速脱了外套躺下。

"我明天起得早，我睡地铺合适点。"陆未晞不敢表达自己内心最真实的想法，南嘉木现在犹如惊弓之鸟，他贸然行动会吓跑她，只能徐徐图之。

"好吧！"她明天肯定要睡到十点，有严重起床气的她突然换地方会毁灭地球的。

"嘉木，我做了早饭，你快起来吃吧，吃完再睡。"老人觉不多，一大早已经做好了早餐。

"哦，知道了。"南嘉木听着敲门声，烦躁地将被子捂住脑袋，盘算着以后不和老人住在一起。

"嘉木，是不是很困啊？"南嘉木吃着包子哈欠连天。

"还好，就是睡得有点晚。"现在才七点半，勤劳的老太太看起来精神不错。

"那你吃完饭再回去睡会儿，中午我做了午饭，你送去公司给未晞，外面吃的不健康。"老太太喜滋滋地计划着中午做点什么既好吃又有营养的饭菜给儿子。

"不用了吧？"给陆未晞送爱心午餐，这是只有大学那会儿她脑袋被驴踢了才做的蠢事。

"怎么会不用，他一天忙得脚不沾地，需要补身体。"老太太突然凑过来，神秘兮兮地说道，"我在汤里加了点养身体的药，你们该要个孩子了。"

年轻人忙着事业是好事，但也不能忘了老祖宗的规矩，不孝有三，无后为大。

"噗。"南嘉木一个没忍住，嘴里的牛奶喷了出来。

老太太，你儿子还需要十全大补汤吗？你孙子都能打酱油了，不，是都能照顾她这个"半残废"的母亲了。

"慢点慢点，你这孩子激动什么。"老太太赶紧抽纸巾给她擦嘴，年轻人信科学，她当然不能乱来了，"放心吧，我这些汤都是遵照医生的嘱咐做的，绝对安全可靠。"

好吧，老夫人这次来的目的不是为了监督他们，而是盼着抱大胖孙子。

南嘉木泪流满面，儿子啊，你自求多福，做好被你奶奶"无微不至"照顾的准备吧！

第 44 章　爱心午餐

南嘉木中午趁同事都去食堂吃饭了，她偷偷摸摸地拎着十分可爱的饭盒进电梯。

"南副总监好。"来到二十层，空无一人的楼层突然蹿出秘书董剑。

"哈哈，董秘书好。"南嘉木做贼心虚，此时手里的饭盒犹如赃物，她拼命往身后藏。

这董秘书大中午干吗不去吃饭？还有，以前冷若冰霜的脸突然阳光灿烂起来，难道是谈女朋友了？

"南总，你是来找陆总的吗？他还在忙，可能你需要等几分钟。"董秘书今天心情特别好，不慌不忙的，破天荒地和南嘉木八卦起来，"南总，是给陆总带的爱心午餐吗？"

"我是中午做多了，倒了可惜所以就带到公司给同事吃了。"南嘉木死要面子，为了撇清和陆未晞的关系，她大方地将饭盒递给董剑，"董秘书，你一定还没吃饭吧，这个给你，不用谢我。"

给陆未晞带爱心午餐，这很丢脸的，打死她也不承认。

"谢谢南总。"董秘书察言观色成了精，当然知道这饭不是给他的，但还是乖乖接过来，"南总，你要是不着急的话就在你原来的位置上等陆总吧，我还有些事要和陆总汇报，就先失陪了。"

"快去快去，董秘书不用管我。"南嘉木一脸窘迫，巴不得找个地洞钻进去，哪有留董秘书拉家常的道理？

假装看财经杂志却书都拿倒了的南嘉木没看见冰山脸难得一见的笑，他拎着饭盒就去汇报工作。

"陆总，这是某人给你的爱心午餐。"陆总的东西给他十万个胆子也不敢私藏。

"爱心午餐？"正在埋头处理工作的陆未晞抬头看着董剑一个大男人手里拎着十分女性的粉色饭盒，疑惑地问，"是南嘉木送来的？"

估计家里的母亲大人又给他们制造一切可能秀恩爱的机会，让南嘉木来送饭了。

"是的，这会儿人在外面，要不要我请她进来？"董秘书得知南嘉木是陆总前妻，经过昨天那么高调的求婚仪式却骄傲地拒绝时，他心里对南嘉木剩下的只有满满崇拜。

陆总这个黄金单身汉，平时身边围绕太多莺莺燕燕，请喝茶，请喝咖啡，请吃早餐的，各式各样应有尽有。

"不用，就让她先回去吧！"这会儿让她进来不就明摆着她送的午餐在他这儿嘛！

那家伙要面子得很，如果没有董剑在，她或许就进来把盒饭放下就走了，可偏偏碰到董剑，她才不会承认的。

"南总，陆总现在忙着准备下午的越洋视频会议，抱歉。"

"哈哈，没事董秘书，既然陆总忙我就先走了。"终于可以不用见到他，南嘉木感觉生活美得很，迫不及待地离开办公室。

离开公司后南嘉木有些无聊，想着陆未晞一时半会儿忙不完，她就朝儿子的学校走去。好久没去学校看小家伙了，不知道他在学校乖不乖。

"妈妈，你怎么有空来见我？这是我同桌王童童。"南书影拉着个小朋友一起出大门，走近了她才知道是王阳的儿子王童童。

"南阿姨好，又见到你了，好开心。"童童很是礼貌地打招呼。

"童童真乖，我也很高兴见到你。"南嘉木内心感慨这个世界太小了，陆未晞的儿子居然和王阳的儿子是同桌。

她考虑着哪天找陆未晞和老太太坦白南书影的存在吧！纸终究是包不住火的，现在王阳的儿子知道南书影是她儿子，那离王阳知道不远了。

王阳知道了就等于陆未晞知道了，王阳那个大嘴巴，唯恐天下不乱，她没有指望他会帮她保守秘密。

"妈妈，你们认识?"南书影眼睛在二人之间打转。

"嗯，童童是妈妈朋友的儿子，你们两个小家伙以后要相亲相爱，不许打架，闹不愉快知道吗?"南书影摸着两个小脑袋嘱咐。

"我们知道的阿姨，新学期开学书影还主动和我做同桌呢，我们关系很好的。"王童童天真活泼。

"妈妈，你什么时候回家?"南书影抱着南嘉木的腰，有几分闷闷地问。

他和妈妈分开已经好久了，很是想她。

"快了儿子，妈妈很快就能回家了。"南嘉木听着儿子软糯黏人的声音心里软得一塌糊涂。不管怎么样，她一定要早点让老太太放心回家，这样她就解脱了。

小孩子要午睡，南嘉木没和他们聊多久就回去了，刚到门口，就被老太太拦住了，"午饭未晞吃了吗，还合口味不?"

"他很喜欢。"她猜测应该合口味吧，毕竟有妈妈的味道呀！

"那就好，以后我就天天做给他吃，你就负责送过去就行啦!"老太太放心了，喜笑颜开。

"……"南嘉木欲哭无泪，终于明白什么叫作搬起石头砸自己的脚，她就应该看着他吃完或者实话实说的。

她一直吓唬儿子说爱撒谎的小孩子会长长鼻子，这会儿轮到她吃哑巴亏了。

下午是王阳来接童童放学的，看着两个小人儿手拉手出了校门，王阳眼里布满了笑意。

还别说，陆未晞的儿子和他儿子挺和谐的，要是其中一个是女孩子，他们指不定能做儿女亲家了。

"爸爸。"王童童看到王阳后如一只快乐的小鸟朝他奔去，然后一头扎进他宽大温暖的怀里。

"儿子真乖，今天和小朋友玩得开不开心？"王阳把他宝贝儿子举起来，在他红扑扑的小脸蛋上吻了一下。

"王叔叔好。"南书影看着亲密无间的父子俩，很好地掩饰住眼里的羡慕。

他也好想被爸爸举高高！

"书影好。"王阳放下儿子，看出小家伙眼里的羡慕，突然握住他的腰，将南书影举得比童童还高，"小家伙，王叔叔可喜欢你了，忍不住要抱你。"

陆未晞，我免费给你儿子提供父爱的人情，以后再和你掰扯掰扯。

"哈哈，好好玩。童童，被举高高好好玩。"南书影是第一次体会到相当于父亲的拥抱，是那么的安全，舒服。还有，被举高真的感觉很好，世界似乎变得很大很大。

南书影的一言一行王阳看在眼里，他这个大老爷们也都受不了了，单亲家庭给孩子的伤害有多大，他从南书影这里体会到了。

第 45 章　失约

"书影，要不要和童童去叔叔家玩啊？叔叔给你介绍另外一个叔叔，他一定会很喜欢很喜欢书影小朋友的。"这次他就擅自做主安排二人相认了，以后有什么问题他都会负责的。

"真的吗？那个叔叔会像王叔叔一样喜欢我吗？"南书影很激动，第一次没有端着小大人的模样，恢复了天真烂漫。

"会的。咱们书影小朋友那么可爱，每个人都很喜欢你的。"王阳笑着保证。

"那行，我打个电话给顾叔叔，免得他担心我。"最近他都是和顾昔承住一起的，放学不回去，怕他担心。

"顾叔叔？哪个顾叔叔？"王阳心里有不好的预感。

"顾昔承叔叔。"南书影如实回答。

顾昔承居然来个釜底抽薪。只要搞定了南书影，南嘉木还不乖乖投降？陆未晞，你儿子即将姓顾了，你还在那里磨叽。

永远不要低估男人的八卦能力，下午才刚上班，董剑刻意丢下工作，穿越了一个办公室的距离找他。神秘兮兮地分享了一个在董剑看来十分惊人的秘密，南嘉木给陆未晞送爱心午餐。可他们的陆总倒好，硬是端着没让人进办公室。

"叔叔，你说的那个叔叔什么时候到啊？"在王阳家玩的两个小时，南书影一直心不在焉的，连一向好脾气的童童都忍不住抱怨南书影和他玩小火车一点儿也不用心。

"快了吧，现在是五点，他五点半才下班，我给他打个电话催催。"王阳恨铁不成钢，他这是为谁啊，陆未晞那厮磨磨蹭蹭的，约他来家吃饭顺便给他个惊喜他还不乐意了。

"谢谢叔叔。"南书影得到保证后，安心地和童童玩游戏。

公司这边陆未晞好容易把事情都处理好了准备下班时盛妍却打来了电话，"师，师兄，你能来我办公室一下吗？我现在肚子疼。"

"行，你等着我马上就来。"陆未晞听电话那头盛妍虚弱的声音，担心她出事，顾不得其他就往总监办公室跑去。

"盛总监，怎么了？"陆未晞一推门就看见蜷缩在沙发上的盛妍，整个人颤抖着，额头上大汗淋漓。

"师兄，你来了。"盛妍努力挤出个微笑，她一直亲热地叫他师兄，而他永远都是礼貌疏离地叫她盛总监，就算此时她脆弱到不行，他也不肯破例。

越想越委屈，越委屈肚子越疼。

"哪里不舒服？"

"师兄，我痛经了，肚子疼得不行，你能帮我烧点热水吗？"盛妍每次来月经第一天就痛经，几乎是要了她的命。

"行，你等我会儿。"陆未晞顾不得去想她痛经应该上医院或者找个女性朋友来照顾她的，只顾去办公室用热水壶烧水。

"好点了没？"喝了热水十多分钟，陆未晞看盛妍的脸不惨白得吓人了，才开口询问她情况。

"好多了，谢谢师兄。"盛妍裹着毯子，只露出个脑袋。

"要不要上医院？"南嘉木好像没有痛经过，所以他也不知道怎么照顾这类特殊病人。

"再等等吧，要是实在不行再去医院。"已经缓过来了不那么痛了，但盛妍贪恋他的照顾，想要让他留下来多陪她会儿，如果上医院的话他很快就会走了。

"行，你要是不舒服就告诉我一声。"陆未晞想到了什么，问道，"你有没有要好的女性朋友？让她来照顾你。"她一个未婚姑娘出现这种特殊情况由他一个大男人来照顾不合适。

"师兄，我是不是耽误你的事了？你要有事忙的话就先走，我没事的。"盛妍没有正面回答他的问题。

"没什么大事。"

时间静静地流淌，不知不觉陆未晞已经在盛妍的办公室待了一个小时了，趁她睡着之际，他给王阳打了个电话，"王阳，我这里有点事走不开，咱们改天再约吧！抱歉。"

王阳一听他有事追问："什么事？"什么事有和你儿子相认重要？

"盛总监生病了。"陆未晞看了一眼盛妍，实话实说，照顾生病的下属，他没觉得有什么好隐瞒的。

"陆未晞啊，你真是凭实力单身啊！"王阳恨不得骂娘，盛妍生病了不找医生找他有什么用？陆未晞是她师兄他也是啊，干吗他非要抢着去照顾人家，他难道不知道盛妍对他贼心不死吗？

"什么意思？"陆未晞因为王阳的阴阳怪气感到疑惑。

"没什么，只要你不后悔就行。"看样子陆未晞是不准备来了，他又何必咸吃萝卜淡操心呢！哎，只是可怜了一直盯着他手机看的小人儿。

他已经想好了，陆未晞要是辜负了南嘉木，他就把南书影收来当干儿子，给他加倍的宠爱。

"叔叔，那个叔叔不来了吗？"王阳一挂断电话，南书影就迫不及待地问。

"啊哈，那个叔叔临时出了点事来不了了，咱们下次再约他来行吗？"王

216

阳捧着南书影的小脸，认真保证，"叔叔保证下一次一定会约到那个叔叔的，说不定他还会给我们书影准备礼物呢！"

小孩子的世界很简单，失望了就是失望了，他妈妈一直教他不开心了就要说出来，不愿意做的事情就要拒绝，"叔叔，谢谢你，我短时间内不想再约那个叔叔了。天很晚了，我打电话让我顾叔叔来接我吧！"

"书影，对不起！这次是叔叔做得不对，我给你道歉。"面对南书影的失落，王阳第一次发现自己很混蛋，明明没有把握的事他却早早地给他承诺，到最后却没有实现，让小孩子小小的心灵受到伤害。

"不怪叔叔，李欣阿姨做的寿司很好吃，有妈妈的味道。"南书影努力控制自己的情绪，很是绅士礼貌。

"那吃了晚饭再走吧！"李欣实在是看不下去南书影的懂事了，走过来蹲在他面前，"我们的书影真乖，肯定能心想事成的。"

小小人儿其实已经懂得很多了，其实他也大概猜到了那个没有出现的叔叔有可能是自己的爸爸，所以才那么迫不及待地想要见到他吧！没有希望就没有失望，终究是他们大人对不起这么乖巧懂事的孩子。

"不了阿姨，我顾叔叔见不到我会担心的，我妈妈也会担心我这么晚不回家的，我要让她安心工作。"南书影转身拿起沙发上的小书包，"叔叔阿姨再见，童童，咱们明天见。"

"好吧！那让你王叔叔送你。"李欣强忍着泪水，背过头快速地擦脸上的眼泪。

南嘉木这几年一个人带着孩子，风里来雨里去的，孩子生病了，不开心了找她要爸爸时她是如何回答的？她又是在南书影的身上花了多少心血，是多爱他才不会将生活的辛酸苦恼撒在他身上？又是如何努力保护孩子幼小纯洁的心灵，才没有将恨的种子深植在他心里，养出这么个懂事绅士礼貌的孩子？

只是，他越懂事，他们这些做大人的才会越心疼！

"顾叔叔。"在门外没等到十分钟，顾昔承的车子就到了。

"小家伙，叔叔来接你回家了。"顾昔承下车朝王阳笑了笑，"谢谢王先生邀请书影来做客。"

"顾先生说的哪里话，书影来我家做客理所当然，顾先生客气了。"王阳虽然经常吐槽他那不靠谱的兄弟，但兄弟的孩子、媳妇儿他应当保护，不让居心叵测的人有机可乘。

"那王先生再见。"顾昔承温润如玉，在不见硝烟的战场他优雅地退场，不做口舌之争。

"陆未晞，你这对手不好对付，你自求多福吧！"短暂交锋中，任凭别人如何，他顾昔承应付自如，不失分寸，不失优雅。

第 46 章　演戏

陆未晞不放心盛妍一个人回家，送她到楼下时，盛妍开口说道："师兄，今天谢谢你，麻烦你这么久了，上去喝杯水再走吧！"

"不用客气，你是我员工，我理应照顾你的。"陆未晞礼貌拒绝。

"师兄……"

"盛总监你上去吧，很晚了。"知道盛妍要说什么，陆未晞打断她。

他一直都知道盛妍对他的心思，所以没有什么事他不会单独和她相处。他一直在拒绝她，但她就是不死心，感情是属于个人的，他也不好说什么。他也考虑过将盛妍调到分公司去，但她不乐意，并且一直兢兢业业的，他也不能强行调她走。

"谢谢师兄，那我明天能请一天假吗？"再次被委婉拒绝，盛妍心里在滴血。

"当然，我又不是周扒皮，压榨员工劳动力，盛总监把身体养好了再上班。"陆未晞等人下车了后，他就启动车子，"盛总监再见。"

望着绝尘而去的车子，盛妍捏紧拳头。他为那个一无是处、只会插科打诨的女人花了那么多的心思，可她却在众目睽睽之下拒绝了他的求婚，当众让他难堪，他都没把她怎样。而她盛妍对他深情款款，这三年以来别说男朋友了，就连暧昧的对象都没有，他依然不给她机会。

不甘心，不甘心，她盛妍是麻省理工的高才生，只有优秀如她才能配站在陆未晞的身边，给他事业上的帮助。而那个女人什么都不会做，只会给他添乱。

南嘉木和老太太一起做好晚饭，在等陆未晞回来的过程中，收到儿子发来的微信：妈妈，我心情不好。

南嘉木：怎么了儿子？

生活物质上南嘉木对南书影不太注意，但心情上每次南书影有什么风吹草动的她都紧张得不行。

南书影：今天同学邀请我去他家玩，说是要介绍一个叔叔给我认识，可后来那个叔叔没来，我希望落空了，所以好伤心。

南嘉木：没事，儿子，咱不理他。

八成是去王阳家玩了吧，而那个叔叔估计就是陆未晞了，要不然南书影也不会那么失落，看来这小子知道陆未晞就是他那无良老爹了。只是让她好奇是什么事让他错过和儿子相认的？不会是红颜知己留他谈心了吧！

不管怎样二人见面没成功，代表陆未晞还不知道南书影的存在，那么，暂时就没有人来和她争夺抚养权了。

离家大概还有十分钟的路程时陆未晞给老太太打来电话，老太太立马安排正在想办法安抚心灵受一万点伤害的小白兔的南嘉木下楼迎接。

"妈，这里是他家，还迎接什么？又不是大佬突然造访。"南嘉木赶紧收好手机，撇撇嘴，一万个不愿意。

"哎，我就是个不中用的老太婆，就连自家儿媳妇都使唤不动了。既然人家不去我就去吧！实在不行，我就回乡下去，免得在这儿碍眼。"老太太眼里的泪水都不用酝酿，说来就来。

"好好好，我去我去，您老就给我安心坐着。"看她颤颤巍巍地起身，可吓坏南嘉木，老太太本来腰、腿脚就不好，要折腾出个什么事的，她可罪过了。

在等电梯之际，南嘉木赶紧给儿子发了个消息：儿子你放心，妈妈会为你报仇的。咱们有时间再聊，妈妈要做事了。

"欢迎亲爱的回家，亲爱的辛苦啦！"陆未晞的车才到车库停好，南嘉木来了个标准的九十度弯腰。

"南嘉木，你这是？"她突然的举动吓坏了捏着钥匙的陆未晞，昨天还冷若冰霜的，今天这么热情如火，她没病吧？

"欢迎你啊！"

"正常点，我怕。"陆未晞就怕她这表里不一的，天知道下一刻等待他的是什么。

"老总，这么晚才回来，是佳人有约吗？"南嘉木一路跟在他后面，点头哈腰的。

为了给儿子报仇，她也是卖力在演出呢！

"盛妍生病了，我送她回家。"陆未晞不觉得这个有什么好隐瞒南嘉木的，再说了，现在他处于考察期，要是被南嘉木知道他骗她，有他好果子吃。

"重色轻儿子。"果然被她猜中了，南嘉木低头嘟囔。

"你说什么？"电梯提醒到达 20 层，陆未晞没听清楚她最后说什么。

"我说你重色轻前妻，渣男。"南嘉木给他一记"卫生球"，气呼呼地推开他走在前面，想到什么后又退回去挽着他的手，对着门挤出笑容，扯着嗓子喊，"我们回来了。"

翻脸比翻书还快，陆未晞已经习惯了她的喜怒无常，默默地低头看了看她搭在自己臂弯处的纤纤玉手，明明知道她是逢场作戏，他心里还是止不住地甜蜜。这只手臂专属于她，没她在的六年，已经忘记了被挽是什么感觉。

南嘉木以为他和佳人约会肯定吃了饭的，一进家门就往餐桌冲去，狼吞虎咽了起来，等了这么久，饿死她了。

"儿子，洗手吃饭。"老太太看着自家儿子被冷落，说不出的心疼。

"妈，你眼睛怎么了，不舒服吗？一直抽。"南嘉木看着老太太一直用眼角在她和陆未晞的碗里之间来回穿梭，不知道是什么意思。

"哎呀，嘉木啊，未晞忙了一天工作，你给他夹点有营养的菜呗。"

"妈，他有手有脚的……好好好，我夹我夹。"看着老太太眼眶里噙着的水珠，抗议立马变成了顺从，她堆着笑脸，"亲爱的，来多吃蔬菜，对身体好。"

陆未晞，你就给我等着吧，老娘哪天再收拾你！

"谢谢老婆。"陆未晞忽视她怨毒的眼神，喜滋滋地吃着青菜。

儿子儿媳其乐融融、相亲相爱的，老太太就心满意足了，"未晞，你也给嘉木夹点肉啊，她中午还给你送爱心午餐了，挺辛苦的。"

"亲爱的，是不是有妈妈的味道？"南嘉木简直拿老太太无法了，净给她添麻烦，那爱心午餐，给董秘书了。

"爱心午餐？"陆未晞故意装着不知逗一下南嘉木，在看到老太太探究的眼神时，立马说道，"嗯，挺好吃的，工作太累，外面吃的又不健康，要是能天天吃就幸福了。"

"儿子你放心，嘉木说以后每天中午都给你送。"老太太喜笑颜开。

"我老婆真好。"陆未晞的脚已经被南嘉木踩得变了形，嘴却占了便宜。

好不容易把晚饭吃完，南嘉木准备洗漱就回房休息了，实在是不想看到他那得意的嘴脸。不料老太太又出新招，硬是让他们下楼散步，说是对身体有好处。

就这样，一个喜滋滋、一个不情愿的两个人被扫地出门。

"陆未晞，你妈什么时候走？我太受折磨了。"一下楼南嘉木就来了个河东狮吼。

"我也不知道。"陆未晞两手一摊，表示他自己也很受折磨。

"苍天啊，我不想活了。"南嘉木用头撞树。

"我看老太太就是不放心咱俩，我们要是好好配合，表现得相亲相爱她一放心就走了。"陆未晞表面对她很同情，内心却是狂喜，巴不得老太太这辈子都别走了。

"废话。"她当然知道了，可演戏真的好难啊！她想借出差跑路了，"而且你刚刚听到她话没，明天六点半让我们起来晨练。"这是备孕的节奏，她怎么会不知道？

婚都离了还备孕个屁啊！

"那看来今晚是不能打地铺了，要是老太太搞突然袭击，知道了真相不气病了才怪。"陆未晞面色凝重。

"散步散步，不想这事，烦躁得很。"

"等等我。"第一次看见跑着散的步，陆未晞在后面一边追她，一边在心里赞赏老太太就是给力。这不，让他一下子就能和她躺一张床了。

第 47 章　狂打渣男

"未晞，嘉木，起床了，起床了。"老太太已经叫起床两个星期了，一点儿都不嫌麻烦，还乐在其中。

"唔，妈别敲了，马上起床。"将陆未晞当人肉床垫的南嘉木睡得正香，突然被叫醒了。

老太太似乎没有走的打算，都一个月了，陆未晞天天喝大补的汤，火重得很。每晚又是温香软玉在怀的，他感觉自己快控制不住了。

"要不还是给老太太实话实说吧！"这乱点鸳鸯谱，再这么下去不出事才怪。

"还是不要，我能忍得住。"陆未晞一手搂着她，一手握着书分散注意力。

南嘉木还能说什么，反正受罪的又不是她，她就欢欢喜喜地玩游戏得了。

水深火热的日子又过了半个月。南嘉木有家不能回，内心疯狂想念儿子，表面呢还要配合陆未晞演戏，应对各种花式考验他们的老太太。

周五晚上，饭桌上老太太一直盯着南嘉木的肚子看，神秘兮兮的。最近她都有注意南嘉木的生活细节，没发现有半分的异常。

"不应该啊，难道我是哪里没按方子上的来？"老太太差不多把南嘉木的肚子盯出个窟窿来了，看着陆未晞又是点头又是摇头的，最后干脆把心中的疑惑嘀咕出来了。

"妈在嘀咕什么呢？"陆未晞其实知道老太太嘀咕什么，配合她一下。

他已经受不了自家老太太给他炖的大补汤了，她没错，是二人没按她的剧本演。

南嘉木不言不语，专心致志喝汤。

"我向医生讨的补身体的方子，按理说应该有了才行，怎么会没反应呢？"

"我身体很壮啊，证明已经有反应了，你以后就别折腾了。"陆未晞暗暗想如果你能将南嘉木押到民政局去，这补汤不喝也成。

"嘉木，你干吗走了？"老太太终于发现了已经吃完准备溜回房间的南嘉木。

"嘻嘻，我吃完了，你们慢慢吃。"南嘉木回头，笑盈盈的。城门失火殃及池鱼，她此时不走更待何时。

"行，你去吧！"老太太摆摆手，南嘉木一溜烟不见了，她的目标只能是陆未晞了，"儿子，你告诉妈，你是不是身体不行，要不咱们上医院检查检查？"

"妈，你在说什么，越说越离谱。"陆未晞这次是真有些生气了。

"那都这么久了，嘉木的肚子怎么还没动静呢？"老太太就是担心二人有什么原因不肯要孩子，都结婚了那么多年了，再拖下去她到死了也见不到孙子了。

"顺其自然，我有什么办法。"陆未晞有些心虚。

"不说了很烦躁，儿子明天你要干吗？要不你和嘉木去郊游呗。"

"明天我还有事。"他倒是想啊，可明天晚上约了A市胜利科技的销售总监高寒枫谈项目上线的事呢！他要准备材料。

"你们都有忙的，就我一个孤老太太想要个孙子来陪陪我都不行，命啊！"老太太眼睛里泪光闪闪，可怜极了。

陆未晞看着满头白发的母亲，心里不是滋味。如果不是他把南嘉木弄丢了，这会儿他们一家就是其乐融融的，儿孙承欢膝下，老太太安享晚年。

"妈吗，咱们今天去逛街，然后去美容院？"南嘉木跑步回来洗漱好后突然出现在厨房门口。

昨晚陆未晞回房后说老太太在城里很孤独，请求她有时间的话多陪陪她。

"我一个土不拉儿的农村老太太逛啥街啊，不去，还美容院呢！"老太太继续做早餐，没理南嘉木。

"去嘛去嘛，我保证把你打扮成全村最漂亮的老太太。你不是腿脚、腰不好嘛，上美容院去有专业的人给你推拿，可舒服了。"南嘉木给老太太捶捶背，捏捏肩，看老太太挺享受的，她说，"我保证绝对比这个舒服。"

"好吧！"老太太也想出去走走，在家里都快闷坏了。

一老一少的两个女人上街一番狂扫荡，下午四点就往宋沐雪的美容院去，好久不见宋美人，想念她呀！

"这里这么好，会不会很贵？"老太太隔老远就看见店的装潢，吓得她都不敢进去了。

"老太太，不用心疼钱，这是我好姐妹的店，一条龙服务还是免费的。"南嘉木拍着胸脯，很是自豪。

"啥叫一条龙服务？"老太太好学。

"就是，就是服务很好啦！"还真无法给老太太解释，过了红绿灯后，南嘉木八百度的大近视终于看清店外大石柱旁，宋沐雪和一个大帅哥在谈情说爱。她这会儿过去打扰了人家很不厚道啊，所以她就暗中窥视，为宋沐雪把关。

"怎么不进去了？"她突然停下来，老太太很是疑惑。

"嘘，别出声。"南嘉木赶紧七手八脚地一阵比画，老太太终于明白她要干啥，偷听别人说话。

"高寒枫，你要干什么？"宋沐雪冰冷的声音传来，躲在柱子一旁的南嘉木都能感受一阵阵的凉意。

等等，高寒枫，这个帅哥叫高寒枫？不就是高中那会儿联合宋沐雪的闺蜜一起背叛她的那个渣男吗？前几天她还看到他与盛妍见面。

"沐雪，你听我解释，当年……"

高寒枫一脸紧张话还没说完，就见柱子后面的南嘉木突然跳出来，举着手里的袋子一阵狂打，"你这大渣男，你还有脸出现，无耻狂徒。"

"嘉木，快停下来，你干啥？"老太太正听得津津有味，南嘉木突然的举动吓坏了她，反应过来赶紧拉人啊！

"南嘉木，你疯了，快停下。"宋沐雪没想到南嘉木会突然出来二话不说就是一阵暴打，吓得她赶紧拉人。

"别拉我，今天我非要揍死这个王八羔子……好啊，原来是你，你这个大渣男。"南嘉木一边打一边骂。

男人没来得及搞清楚哪来的疯子，只顾用手护着头，好不容易感觉伤害小点了放下手，疯女人又是一阵狂揍。

"嘉木，你快停下来，不然要出人命了。"宋沐雪也恨高寒枫，但要是任由南嘉木打下去，她不得蹲号子啊！

"哼，今天算你命大。"南嘉木挣扎着还要再揍两拳，奈何两个女人拦着她，这事只能作罢！

"这位女士，请问一下我跟你无冤无仇，你为什么突然出来对我拳打脚踢的？"在店里简单处理了一下伤口，高寒枫坐在沙发上质问还处于暴躁边缘的疯女人。

"你还好意思问，你以前是如何对待雪儿的？"南嘉木摩拳擦掌的，还想再教训他，一想着前几天她不小心看到的画面，她就来气，"前几天还和一个美女约会，这会儿又来骗我雪儿。"

"请你说清楚，我和谁约会了？"高寒枫气场和陆未晞不相上下，陆未晞是冰冷，他是高冷。

"天耀科技财务总监盛妍。"南嘉木前几天中午给陆未晞送午饭，却在楼下咖啡厅看见二人了，两人有说有笑的，好不亲热。

她当时还为陆未晞感到不值呢，原来标榜喜欢他、非他不嫁的盛妍对他也不是真心实意的，私下约会帅哥。

"你有病吧，她是我表妹。"高寒枫莫名其妙被人误会脚踏两只船，还被一阵暴打，心里火着呢！要不是看在宋沐雪的面子上，他非要告她故意伤人罪。

"你表，表妹?"南嘉木傻眼了。

"不然你以为呢!"高寒枫懒得和这个白痴说下去。

"既然误会已经解开了，对不住的地方我代她向你赔罪，还有，你可以走了。"宋沐雪才不管什么表姐表妹的，她只知道她恨他。

"沐雪，我……"

"高先生好走不送。"宋沐雪冷冷地下逐客令。

"还不走啊，难道还想留下来吃晚饭?"南嘉木知道错了但她拒绝认错。

"好，那你保重。"高寒枫知道此时留下来只会让宋沐雪更加地讨厌他，他晚上约了客户，等哪天有时间再来。

"嘉木，谢谢你。"虽然这丫头做事不经过大脑，不问青红皂白就打人确实不对，但她知道南嘉木都是为了她。恢复平静后她才看着坐在南嘉木旁边的老太太，宋沐雪礼貌问道，"这是?"

"忘了介绍，这是陆未晞的母亲。"南嘉木赶紧介绍，"妈，这是我好朋友宋沐雪。"

"你们不是……"宋沐雪一脸疑惑她怎么会和前婆婆在一起，在接到她的暗示后赶紧打招呼，"阿姨好，我是嘉木的好闺蜜，陆未晞的同学。"

"小姑娘，你好你好。"老太太笑盈盈。

宋沐雪一边吩咐人准备茶水一边用眼神示意南嘉木必须给她解释清楚这是怎么回事。

第 48 章　旅游计划

晚上七点在咖啡厅，陆未晞看到好久不见的好友高寒枫脸上挂了彩，他半开玩笑地问："你这是被哪个美女给挠花了脸?"

"别提了，倒霉死了。"高寒枫在陆未晞对面坐下，小心翼翼地碰了一下伤口，"今天有个疯女人突然出来，不问青红皂白地就给我一顿暴打，要不是看在她是女人和宋沐雪的关系上，我要告她故意伤人罪。"

"和宋沐雪有关系?"陆未晞有不好的预感。

"对，说是大学室友。"

"是叫南嘉木吧?"

"你怎么知道? 嘶……"高寒枫一激动手下没轻重，疼得嗷嗷叫。

"因为我曾经也被她不管不顾地暴打了两次。"陆未晞颇有一种同病相怜的感觉。

"你和她认识?"高寒枫顿时激动了，"不会是你和宋沐雪……"

"别乱猜，和宋沐雪没关系，她是我前妻。"陆未晞看只要和宋沐雪沾边他就方寸大乱，一副要吃人的样子，赶紧解释。

"你前妻?"高寒枫听盛妍说过，"就是那个在你们学校也算风云人物的南嘉木?"

"是的。"四年前他和高寒枫因为有生意上的来往，又因为盛妍的关系逐渐成为好朋友。

"好吧，那注定我成了冤大头，这次的仇报不了了。"高寒枫自认倒霉了。

"这次回来是打算重新追回宋沐雪是吧!"

"嗯。"

"那你就要好好把握了。"陆未晞要是告诉高寒枫前几天南嘉木把董剑介绍给宋沐雪，他刚刚灭下去的火会不会再次烧起来?

"听王阳说你也打算追回前妻，兄弟，你任重而道远啊!"高寒枫为陆未晞默哀，就南嘉木那虎虎生威的，陆未晞不够玩。

又是相互打击又是相互鼓励的二人终于回归正题开始谈合作了。借在云市出差的理由，高寒枫近期内不打算离开了，因为陆未晞那个脑回路不一样的前妻给他制造了不少优秀的竞争对手。

趁老太太在按摩，南嘉木和宋沐雪待在角落里咬耳朵。

"你的意思是为了继续欺骗老太太，你们一直扮演着恩爱夫妻，居然同居了，而且还同床了是吧?"宋沐雪恨铁不成钢，最终南嘉木又掉进了陆未晞的坑。

"是的。"南嘉木眼泪汪汪的，她也没办法啊!

"南嘉木，你出息了。"宋沐雪倒不是对陆未晞有什么意见，她就是想不通二人都离婚几年了居然又重新纠缠在一起，真不知道这是孽缘还是良缘。

"我有什么办法，哪知道他妈突然来了，打我一个措手不及。"

"你自求多福吧，我是帮不了你了。"宋沐雪现在也是一个头两个大，高寒枫突然出现，这是她始料未及的。

"高寒枫，你打算怎么对付他?"高中时他给宋沐雪的伤害可以用撕心裂肺来形容也不为过。

"能怎么样，我还恨着他。"爱有多深恨就有多深。

"哎，咱们都是泥菩萨过江自身难保咯!"南嘉木感慨了一会儿突然凑过来，叽叽咕咕的，"要不咱们一起跑路吧! 等风头过了再回来。"

"去哪儿?"最近很是心烦，宋沐雪也想出去散散心。

"要不去嵩山吧，嵩山少林寺出家去。"这是南嘉木想到的最好去处。

"姐姐，要出家去尼姑庵。"宋沐雪白了她一眼，不靠谱。

"要不我叫上姚芷蕾她们，咱们自驾游去西藏。我一直喜欢旅游，这些年为了公司，为了生存，挣奶粉钱，十分忙，现在好不容易辞职了，有了空就到处走走。"南嘉木憧憬着蓝天白云，站在高原上，一伸手仿佛就能碰到天空，离梦想很近，在白雪皑皑的山顶，看千山暮雪。

"姚芷蕾就算了，人家早就和男朋友去埃及玩了，听说回来就要订婚，准备国庆节结婚了。"姚芷蕾前不久带着男朋友心情美美地来宋沐雪的店里做美容，幸福甜蜜的模样羡煞旁人。

"看来我被陆未晞那货吃得死死的，颇有一种山中才一日世上已千年的感觉，我和你们都断联了。"南嘉木最近这几个月一直应付陆未晞和他妈，都失去自由了。

"我也不指望你有多大出息了。"其实她看得出来南嘉木对陆未晞还是有感情的，二人复合就是时间的问题，只是一朝被蛇咬十年怕井绳，南嘉木再也不敢轻易把自己交付出去了。

还想再讨论讨论逃跑计划，老太太却已经出来了，经过一番专业推拿，老太太精神看起来不错。

"嘉木，咱们回去了，小雪啊，阿姨谢谢你啊，你这儿的人手法真不错，我感觉全身舒服多了。"都八点了，老太太从来没这么晚回家过，要不然她还想再按摩按摩。

"好。"南嘉木一边起身挽着老太太手臂，一边朝宋沐雪挤眉弄眼，然后摇了摇手里的手机，表示回去微信聊。

宋沐雪接收到暗示，把二人送出店门，"阿姨，你要喜欢下次还来，我们这儿随时欢迎您。"

"小雪啊，你们这里的会员贵不贵？"走了没几步，老太太又折了回来。

刚刚在房间，给她推拿的小姑娘说她骨头肌肉有些僵硬，建议她办个年卡，随时过来做推拿。

宋沐雪二人相互看了一眼，默默得出个结论，这老太太还挺潮流，还知道会员。

"不是很贵。"

"那我办一张可以吧？"老太太其实也不懂。

"我的妈妈，你办什么年卡呀，您老哪天回去了这卡不就浪费了嘛！"可别啊，以老人节约的传统美德不用完是不回去的，那她要熬到何年何月才是头啊！

"是呀老太太，咱们这一年的年卡可是要五万块的，您还是回去和您儿子商量一下再做决定好吗？"就算不为了南嘉木，宋沐雪也不能轻易答应老太太，她什么也不懂，不能忽悠老人家。

"这么贵啊，那我还是回去再想想。"老太太辛苦一辈子，哪舍得花那么多钱？

第 49 章　破坏计划

南嘉木早早洗漱完后就回房打开微信，临时拉了个讨论组，计划着伟大的西藏之旅。

李嘉佳：我去不了，我要照顾我爸，等以后有机会了再一起吧！不过我要留在讨论组里看你们如何计划的，不能踢我出去。

林溪云：我打算提前把年假请了，时间定了通知我，我好打请假报告。

宋沐雪：店里最近生意不太好，我可以玩一周。

南嘉木迅速敲字，"那行，咱们就计划来回一周时间。"她琢磨着她不在一周，老太太该打道回府了。

"在和谁聊天呢？这么起劲。"陆未晞进房间南嘉木都没发现，她盘腿坐在被子上捧着手机打字，他修养好，不偷窥。

"要你管。"被他一提醒，南嘉木赶紧藏好手机，给他一脚，"去梳妆台上看一个小时的书，没有我的命令不允许过来。"计划不能被泄露要不然功亏一篑。

"我保证不偷窥。"陆未晞其实心里很好奇，但他不敢偷看啊！

"不信你，快去。"南嘉木一脸防备，又给了他一脚。

陆未晞屈于她的"淫威"之下，乖乖去梳妆台拿起南嘉木一直看的霸道总裁爱上我的小说，整整一个小时才逼着自己看完第一章。

这边南嘉木她们继续话题，林溪云说西藏不比其他地方，有一定的危险性，她们几个女孩子不安全，提议约几个可靠的男生一起。

南嘉木：约谁好？

林溪云：董剑，就你给宋沐雪介绍的那个人，挺正人君子，很绅士礼貌。

宋沐雪：我无所谓。

董剑和她都扭不过南嘉木的好意，也见过几回，男女朋友的感觉没有，做朋友感觉倒不错。

有次她和林溪云在街上偶遇董剑，他很绅士地请二位女士喝咖啡，全程礼貌周到，林溪云对他好评。她猜想，这会儿林溪云提议约他，不会是那家伙醉翁之意不在酒，在乎美男吧！如果二人情投意合，也不失为一桩美事。

南嘉木：加我师父和顾昔承行不？

宋沐雪：可以。

林溪云：可以

南嘉木：那行，我现在去联系二位。

南嘉木在通讯录找到董剑，快速发消息：董秘书，我们计划自驾西藏之旅，邀请你参加，去不去？

那边很快来了消息，"都有谁？"

南嘉木：我，还有宋沐雪。

能确定的就她们两个，林溪云那边不一定能请到假，如果上司批假到时候再加一个她就行了。

董剑那边似乎是网不好，一直收不到消息，想了想南嘉木又附加了一条消息：林溪云说尽量向上司请假，所以有可能到时候她也去。

还是提前给董剑说明情况，要不然到时候突然多出一个人大家都很尴尬的。

"行，你们定了时间通知我，我好请假。"这次是秒回。

南嘉木：OK。

搞定了董剑，南嘉木马不停蹄地用手机登录游戏找师父。

打了个笑脸过去，等了两秒没见回消息。

正在昏昏欲睡的陆未晞看到手机邮箱提醒游戏有新消息，系统请示他是否允许自动登录。

陆未晞一个激灵赶紧打开邮箱查看详情，他专门为《侠侣》设置了消息提醒，就怕错过任何有关她的消息。

南宫倾城：在的。

南嘉木快要睡着了才收到消息，赶紧长话短说：师父，我和我朋友打算来一次自驾游西藏，你要不要加入我们?

南宫倾城：都有谁?

慕容绝色：师父，你不认识他们，到时候再给你介绍。

南宫倾城：没事，你先说，我记住名字，免得到时候分不清，提前做好功课，这样也显得我比较重视你朋友，而且还能避免尴尬。

南嘉木想想还是觉得师父说得对，他真细心，自己就是个粗枝大叶的，有新朋友加入，她都没有想到提前做好准备。

慕容绝色：有我室友兼闺蜜宋沐雪，林溪云，我。男性朋友：我好哥们儿顾昔承，董剑，当然还有师父你，嘻嘻!

陆未晞忍不住回头看了一眼正聊得开心的女人，暗自磨牙，顾昔承和董剑都去了，是想要借这次旅游培养感情吧!

哼，门都没有。

南宫倾城：那你们打算什么时候去?

南嘉木：初步定在下周五。

南宫倾城：好的，我知道了。

南宫倾城没说同意也没说不同意就这样下线了。

南嘉木退了游戏，看一个小时已经过去了，说道，"小陆子，哀家恩准你回宫伺候。"

陆未晞掐腰，捏着鼻子，提着嗓子，"小陆子抗旨不遵。"

"老佛爷"怒了，"大胆小陆子，为何抗旨不遵？"

"小陆子"伏地，委屈道："老佛爷，小的奉您懿旨看书，还没完成任务，故不敢回宫。"

"老佛爷"给千金之躯找了个舒适的位置躺下，提着嗓子，"哀家格外开恩，再允许你看一刻钟。"

"喳。""小陆子"领了旨一只手赶紧把书翻得哗啦啦响，另一只手把微信打开，用眼角找到高寒枫，快速发了一条消息：重大发现，你媳妇和我媳妇假借西藏自驾游密会情郎，明天九点于我办公室商讨破坏大计，看到速回，急。

高寒枫：收到。

第二天几个高层在陆总办公室开秘密会议，除王副总外，任何人不得打扰，首席秘书董剑也不例外。

"老陆，你就说这事怎么办？我们都听你的。"高寒枫一边喝茶一边问陆未晞。

"王阳听令。"

"得令。"王阳正襟危坐。

"你负责找几个咱们这一年合作比较愉快的客户家属，每人送一张'至尊美白'的季度体验卡，鼓动她们尽快去消费。"客户源源不断，宋沐雪分身乏术，哪里还有时间旅游哦！

"是。"王阳领命后没他什么事了就回自己办公室查询客户信息。

"高寒枫，你和云市移动销售经理不是有业务往来嘛，你可以约他谈下个季度的合作，指明带上林溪云。"分而制之，他就不信南嘉木一个人还能去。

"好。"高寒枫领命。

"至于董剑，分公司老总秘书私生活有些混乱，严重影响公司形象，派他去暂代分公司首席秘书一职，没有调令不得擅自回来。"他的人他想弄去哪儿都行。

他的心头大患是顾昔承，他得好好想想办法拖住他才行。有了，顾昔承最近不是在做贫困山区送温暖送快乐图书的公益活动嘛，F市某县某村留守儿童重返校园，学校扩建图书室已竣工，听说校长准备邀请他去参加剪彩。

就剩自己和南嘉木了，要是他突然出现她不被吓坏的话，他倒是乐意和她来一段浪漫旅行。

中午南嘉木来给他送饭，看着她得意扬扬、心情美好的样子，陆未晞暗自得意，昨晚还威风凛凛的"老佛爷"好不容易策划好的自驾游小组，被他轻轻松松地瓦解掉了。

第 50 章　前尘过往

高寒枫俨然已经不客气地把自己当成了宋沐雪的"二十四孝男朋友"，只要没什么大事他一般都是准时来宋沐雪的店里候着，至于宋沐雪对他冰冷的态度，他采取完全忽略的策略。陆未晞说你就整天在她身边出现，不要急着揽事做，也不要急着解释什么，按时打卡，总会有宋沐雪绷不住的时候，会主动和他说话的。

还真别说，陆未晞的办法还真有用，才三天，冰山美人就忍受不住他整天像幽灵一样跟着她，愤怒之下就给了他一脚。这一脚下了全力，他是疼在身上，甜在心里。

他把这事给陆未晞说了，陆未晞大加赞扬，只要她有了情绪变化就证明对高寒枫还是有感情的，让他继续"厚颜无耻"。

南嘉木没事做就躲在卧室里做西藏自驾游的攻略，离预计出发的时间还有三天，今晚就把攻略做好每人发一份，一致通过就可以开始了。

顾昔承和自己都要去西藏，首先要解决的问题就是这个星期南书影托付谁照顾。她抓耳挠腮地还真没想到合适的人选，父母去三亚还没回来，如果托李欣照顾那时间这么久陆未晞不就知道南书影的存在了？思来想去还是托付给昨天刚从埃及回来的姚芷蕾吧！

"宝贝儿，下午有空吗？咱们去喝咖啡呗。"有求于人南嘉木的态度那是很好。

"三点以前有空。"姚芷蕾从国外带了礼物，正好可以给她。

"好嘞，那咱们就约两点在'梦里星辰'咖啡厅见，不见不散哦！"

南嘉木赶紧出去看看要送的饭做好了没，现在都十一点半了，得趁着送饭的空档去咖啡厅。

老太太看着这次很是殷勤的南嘉木急着要去送饭，很是高兴，"嘉木，你是不是怕未晞饿坏了，所以提前送去啊？"以往她都是拖拖拉拉的，满脸不情愿。

"是呀，他昨晚说今天要开一早上的会，肯定饿坏了。"南嘉木脸也不红地扯谎。

老太太笑呵呵地夸赞她，"我们未晞能娶到你这么个懂事乖巧的媳妇真是他几辈子修来的福分。"老太太一边做饭一边说起过往，"未晞他爸走得早，村里，班上的同学都骂他是没爹的孩子。他小时候性子倔，又不肯低头，每次都和那些孩子打得头破血流。

老太太继续说道："家里实在是贫困得不行，他就辍学去外地打工，他一心要走，我也拦不住。可能在外面吃了苦头，初三那年他突然回来了，之后就是没日没夜地用功读书，硬是从倒数第一考到当年县城第一。"

"他学习好能考上市重点高中我当然开心了，但学费又让我犯愁，最后县重点高中给他免了学费，他就放弃了市重点高中了。自高中以后他拿各种奖学金，加上勤工俭学他就再也没花过家里一分钱了，然后就是现在自己创业挣钱了。"说到最后老太太满脸骄傲。

"妈，他终究没让你失望。"南嘉木抱着老太太瘦弱的身体，给她安慰。

前半生她为陆未晞操碎了心，后半生却享福。难怪陆未晞如此在意他的母亲，低声下气地祈求她和他配合演戏，就怕母亲受不了，有个三长两短。

大学四年，她以为她对陆未晞已经很了解了，却原来她一点儿也不了解他。他的过往，他从未向她提起过，也许是出于自卑，也许是出于对母亲的愧疚。现在她也渐渐能理解为什么陆未晞大学那么用功，各种奖励全不放过。

那个时候她还嘲笑他太功利了，也抱怨过他为了学习忽略她，结婚后埋怨他为了事业不顾家庭，冷落她，最后还和她离婚了。

直到今天她还冷嘲热讽他，不稀罕他的风光无限，却原来，因为他一直活在尘埃里，所以拼了命地想要出人头地。他那么用功读书，努力工作不单是为一个好的生活，还想着让母亲扬眉吐气，下半生不再过得颠沛流离，黯淡无光。

陆未晞比她有出息也孝顺很多，她一边怨恨亲生父母舍弃了她，打心底埋怨郑云从小对她的各种冷漠，毒打，可她一边却得过且过，没有好好奋斗。不能让父母扬眉吐气，不能给南书影树立一个好榜样，她活得很失败。

她心情有些沉重，到办公室时陆未晞一眼就看出了她的异样，"怎么了？被我妈欺负了？"

"哼，要你管，老太太对我可宝贝了才不会欺负我。"南嘉木记仇陆未晞对她没有交心。

"那是怎么了？钱被小偷扒了？没事，我一会儿给你转账，随便你买买买。"这还是王阳教他的，想要哄女人开心，就一定要满足她买买买的愿望。

平心而论陆未晞对她南嘉木挺好，她能理解他为了事业放弃她，但就是不能原谅他。她不想再和他说话，怕控制不住情绪，所以她气呼呼地离开了办公室，连饭盒也不要了。

"这小妮子是闹哪一出？难道是自己破坏了她精心策划的旅游，所以生气了？可也不应该啊，计划还没开始进行呢！哎，真是女人心，海底针哪。"办公室就剩陆未晞一边吃着美味的饭菜一边自言自语。

第51章　失恋

这个时候人们正在午休，咖啡厅只有寥寥几人，南嘉木一眼就看到了坐在窗边的姚芷蕾。那家伙正在心不在焉地搅动着杯子里的咖啡，连她来了也不知道，看起来比她还丧。

"怎么了？一副男朋友被人家抢了的颓废样子。"南嘉木在姚芷蕾对面坐下，点了杯蓝山后开玩笑。

"差不多。"姚芷蕾抬起头，挤出个比哭还难看的笑。

"我这乌鸦嘴。"南嘉木诧异，"不是都去埃及玩了吗？不是说回来就商量订婚，国庆旅行婚礼的吗？"想到了什么，她赶紧追问，"这次突然提前回来，是不是和这事有关系？"

"嗯。"姚芷蕾惨淡一下，拢了拢微乱的头发，一边继续毫无规律地搅动咖啡，一边淡淡开口，"先前因为我家是农村的问题高伟他爸妈就反对过好几次了，是他一直力排众难和家里抗争，他家就他一个孩子，父母拗不过就同意我们结婚了。

"本来欢欢喜喜在国外旅游，家里突然给他来电话了，说是他大学时谈的前女友回国了，想要和他复合。那女孩家是本地的，父母都还算有头有脸的，现在又有国外留学的经历，随便进个世界五百强的公司不成问题，高伟他父母十分乐意他们复合，所以他……"

"所以他就有些犹豫了，你们就匆匆回国了？"南嘉木接着姚芷蕾的话说。

"嗯，他这几天给我解释说其实他也不确定是不是爱我，当初和我在一起到底是不是因为报复前女朋友，但他绝对不想伤害我。毕竟当初他们分开只是因为性格不合而已，并没有劈腿，所以他还想考虑考虑，毕竟婚姻大事不是儿戏。"姚芷蕾眼眶微红。

"妈的，他简直是渣男，家里有点钱就了不起啊，做生意的又如何，是本地户口又如何，他那女朋友能进世界五百强又如何？你现在已经是物流公司的经理了，不晓得比她强多少倍呢！"南嘉木十分气愤，这都是些什么人啊，全都是势利眼。

"其实我一直都挺忐忑的，我家庭条件和他家的相差太远了，和他在一起的这半年我感觉自己心里不踏实，就像踩在云端一样，飘浮不定。面对他父母，我基本上都不敢大声说话，也不敢有自己的主意。我父母的意见他爸妈一般不会采纳，所以他们说什么时候订婚，什么时候举行婚礼都只是通知我父母，没有半分商量的样子。"姚芷蕾第一次正视她内心的彷徨与不安。

"那既然如此为什么当初还要答应呢，你爸妈是怎么想的？"南嘉木很能理解她的感受。

门不当户不对的感情总是让人小心翼翼，要是自己爱的人维护自己还好，就怕连自己心爱的人也在左右摇摆不定，那这样的恋爱这样的婚姻确实很让人憋屈。

"我爸妈当初也是有些不乐意的，但他们看我很爱他，而且他对我也挺上心的，想着我单身那么多年能找到一个对我还不错的人也不容易。只要我能幸福，他们忍忍也行，大不了以后少和他父母来往就是了。"

"这些你怎么都不和我说，一直憋在心里多苦啊！"南嘉木起身坐到姚芷蕾旁边，抱着她的肩膀闷闷说着。

"你一个人带着南书影，家里病母老父又要你照顾，公司被收购重新并入天耀科技，你又有项目要做，还得随时防着陆未晞对你死缠烂打，身心疲惫。你其实才是我们这群人里最不容易的，我怎么忍心再让你和我一样难受呢！"姚芷蕾握着她的手，南嘉木虽然瘦但手却肉乎乎的温暖极了。

"可我们是最好的姐妹啊！我当年在生死边缘徘徊，要不是有你，我可能醒不过来。我爸一边面对疯魔的妻子，一边面对生死未卜的女儿，他也可能挺不过来，所以，我们早已经不分彼此了。"想起过往的辛酸，南嘉木说着说着眼泪就掉下来了。

从小到大她被母亲虐待了多少次，几乎是险象环生，可每次都是姚芷蕾陪在她身边，不曾嫌她是麻烦，不曾因为她是被遗弃的孤儿就嘲笑她。是姚芷蕾陪她走过所有困苦，就连她最爱的陆未晞也不曾和她经历风雨。所以，知道姚芷蕾现在这么痛苦，她真的好心疼。

"呜呜，呜呜，嘉木，我真的好难受。"所有不甘、委屈、难过在没有南嘉木的时候她觉得她都能挺过来，现在突然有了宣泄的出口，姚芷蕾趴在南嘉木怀里伤心大哭。

"没事了没事了，不是有我嘛，我会保护你的。"南嘉木轻轻拍着她颤抖的背，温声安慰她。

哭得差不多了后姚芷蕾擦干眼睛，坚定地说道："我决定和他分手了。"

"你想清楚了？"南嘉木是过来人，知道要放弃一个爱的人有多不容易。

"我想清楚了，他是云市国际航空公司的飞行员，自身条件不错，工作体面，家庭背景也好，我就算靠自己的努力走到今天，哪怕以后走得再远我也和他差距一大截，我们不在同一层次上。再说，真要在一起了，以后和他父母生活，我肯定会卑躬屈膝，我父母也不会得到应有的尊重，我不能把自己置于这种卑微的境地，所以我选择分手。"

她姚芷蕾是 28 岁不是 18 岁，情情爱爱的这些不能当饭吃，婚姻讲究的是势均力敌，哭过，痛过之后还要继续好好生活，她不能任性，让父母担忧。

"你只要想清楚了就行，离开他你会遇到一个适合你、把你宠上天的绝世好男人，到时候让我们几个羡慕嫉妒。"南嘉木温柔地给她擦眼泪。

"嗯，姐姐是谁啊，是南嘉木这只打不死的臭蟑螂的同伴，我可坚强着呢，谁也别想瞧不起我，欺负我。"姚芷蕾破涕为笑。

"对对对，我就是只臭蟑螂，打也打不死。"南嘉木配合着她，只要她开心怎么都无所谓。

"你找我什么事？"

"没事啊，就是好久不见你了，想你了呗！"她都这样了，南嘉木就算脸皮再厚也不可能再麻烦姚芷蕾照顾南书影了。

"好吧，有事你就说。"姚芷蕾也不是扭扭捏捏之人，她们之间已经熟到能穿一条裤衩了，不必客气的。

"晚上要不要约她们几个去吼两嗓子？"每当心情不好时南嘉木就去唱歌，虽然跑调到大伙儿已经听不下去了，她也乐此不疲。

"没心情。"姚芷蕾拒绝。

"我记得有个比较出名的情感咨询专家说过：前任这东西啊，就像你在路上遇到一坨被风干的狗屎，一开始你以为是巧克力，时间久了，等你慢慢接近他时，你才发现还是原来的味道。他那前女友如此，他对于你来说也是如此。精彩地活着，等哪天啪啪啪打他们脸。"南嘉木一直都是个恩怨分明、睚眦必报的小人，就算分手她也要骂几句，高尚在她这儿不好使。

"这比喻太形象了，忍不住拍手叫绝。立马约她们，有几个算几个，今晚吼到天亮。"

姚芷蕾是真佩服南嘉木的开朗乐观，好像什么事在她这儿都不是事，生活给她发的一副烂牌她也能努力打好，所以这些年陆未晞那个优秀的男人还是放不下她是有一定的道理的。

"吼可以，天亮就不要了吧！"虽然分手很气愤，但也要留点元气复活啊，

244

吼到天亮，她怕这把老骨头受不住啊！这会儿不比年轻那会儿了。

"一定要，谁要提前走了绝交。"姚芷蕾恶狠狠地说着。

"行，你是老大你说了算。"南嘉木得赶紧联系其他几个姐。

第 52 章　进局子

晚上七点几个疯女人一阵叽叽喳喳后，决定不去 KTV 了，觉得那里不刺激，直接去酒吧了。

距离上次来这儿谈生意已经好几个月了，这几个月一直忙着和陆未晞斗智斗勇，南嘉木有种久违的感觉。二话不说钻到舞池里，和着重金属的音乐乱舞起来。

其他几人相互看了一下不约而同地加入南嘉木，借着喧嚣热闹的舞池，把心中的不快都宣泄出来。

"哦呜呜，哦呜呜。"舞池里男男女女尽情地扭动着身体，汗水夹着欢声笑语，奢靡堕落的气息充斥着众人。

"痛快。"一阵热舞之后几人找了个比较隐蔽安静的地方坐下来休息，南嘉木豪气地灌了两口啤酒。

"确实，好久都没这么放松过了，最近糟心事很多，烦死了。"宋沐雪店里生意这几天好得不得了，按说她应该高兴才对，可她真心想去西藏放松放松，这下估计是去不了了。再加上有个无处不在的跟屁虫，扰得她心烦意乱。

"谁说不是呢，我爸妈最近快要把我电话打爆了，一场接着一场的相亲宴，在云市就不说了，关键还得坐火车、赶飞机回老家去应付。我要是晚到或者不去他们不是一哭二闹三上吊的就是不分白天黑夜地给我打电话，工作时间频繁接私人电话，我都被上司警告好多次了。"林溪云一肚子苦水，今天终于有机会吐出来了，好不痛快。

"谁叫我们都是要奔三的年纪呢！"姚芷蕾刚分手，情绪很低落。

"是呀，最终我还是觉得嘉木比我们好，至少有了南书影，父母都不催她的。"李嘉佳是趁父亲吃了药睡下这空档出来小聚一会儿。

"可别羡慕我了，我要不是被逼得撞墙，我干吗要策划去西藏，好好在家吃零食追剧不好吗？"关键还有家不能回，宝贝儿子这段时间老抱怨她工作忙，都没空搭理他，他简直快要叫顾昔承妈了。

"是呀，谁也不容易，这他妈的人生。"一向以优雅自称的宋沐雪也不得不爆粗口了。

"哈喽，几位美女，介不介意哥几个一起喝几杯。"几人在抱怨这要逼死人的生活正起劲时，几个黄毛走过来搭讪。

"不好意思，我们这边是难得的几个姐妹聚会，不方便有客人。"李嘉佳很是好脾气地解释。

"人多热闹嘛，再说哥几个也是好久不见的，大家都是年轻人能聊到一起的。"为首的那个小混混在说话的同时伸手要摸李嘉佳的脸，被她巧妙地避开了。

"不好意思，我们不方便有客人。"林溪云耐着性子重复一遍。

"几个美女，不要这样无情拒绝嘛，大家出来玩就是……"

"你他妈听不懂人话是不，说了不加就不加，哪儿凉快滚哪儿去。"姚芷蕾心情不爽到极点，偏偏这几个碍眼的一直啰啰唆唆不肯走。

"臭娘们儿，你算老几，我大哥看得上你们才赏脸和你们做朋友，别给脸不要脸……啊啊，疼疼疼……"

他嚣张的话还没说完伸出来指着姚芷蕾的手指就被南嘉木折得变了形，"你这嘴臭怕是从出生到现在就没漱过吧！你老娘没告诉你出门见到小的叫妹妹，大的叫阿姨吗？你以为头上染几根黄毛，屁股上开两个洞就是山鸡哥了?"

"哈。"宋沐雪忍不住笑了,这南嘉木的毒舌程度太厉害了。

她不笑还好,一笑那个被叫大哥的混混就火大了,被几个女人拒绝,小弟的手指还在人家手里,呜啦啦叫疼,叫他这当大哥的颜面何存?

"放手。"大哥凶神恶煞地叫南嘉木放手,他小混哥在这一带混了那么多年,手底下十几号的兄弟,可不是几个臭女人能惹的。

"给我姐妹几个道歉我就放手。"南嘉木天不怕地不怕,就怕自己的姐妹被欺负。

"大哥,这个女人太嚣张了,教训他一下,你看小虎的手指,都折了。"另一个小弟躲在小混哥的后面狐假虎威,那女人看起来瘦瘦弱弱的手劲可大了,小虎脸都惨白了。

"看来今天是不见点血是不能收场了。"小混哥脸都绿了。

"嘉木,好汉不吃眼前亏,快放手。"宋沐雪见对方又来了两个小弟,赶紧拉着南嘉木的手叫她放手。

"有本事就来,看我们是女生好欺负不是?"南嘉木今天还真想痛痛快快打一架,到处被欺负,还有没有天理了,陆未晞她惹不起算了,这些个小黄毛,她不想忍了。

"找死,兄弟们上,给我往死里打。"小混哥退后一步,手往后一挥,几个小弟朝南嘉木冲过去。

"沐雪,怎么办?嘉木肯定打不过他们的。"虽然她练过,但都是三脚猫的功夫,平时欺负她们就行了,在这儿对付几个混混实在不行啊!

"不要着急,你去打电话报警,我们见机行事。"既然事端已经挑起来了想要收手是不可能了,宋沐雪冷静地跟李嘉佳说。只见姚芷蕾和林溪云各自顺手操起了前面的酒瓶子,宋沐雪说完后也拿起一个酒瓶子防身。

"好,今天就让你们尝尝老娘的厉害。"话落的瞬间南嘉木将手里的小混混狠狠往前推，挡住了前面的两个混混，一个扫堂腿过去，两个混混重心不稳三人滚作一团。

"废物，一个女人也搞不定。"小混哥恼了，上前一脚将三人踢开，摩拳擦掌地朝南嘉木走来。

南嘉木暗中观察，这是个强硬对手，她只能智取。

小混哥见对方是个瘦不拉几的女人，他胜券在握，也不急着对南嘉木下手，他要玩小猫捉老鼠的游戏，慢慢玩死这嚣张的女人。

姚芷蕾三人并肩在一起，刚好挡住了小混哥的视线，李嘉佳趁机悄悄离开，然后她们将酒瓶子往钢化玻璃的桌子上一拍，用碎了的酒瓶茬子对着从地上爬起来的三人。

小混哥看南嘉木左右瞅瞅，以为她是怕了在寻找逃跑的方向，他嚣张地笑着说："现在想逃，晚了。"

"是吗?"南嘉木朝他诡异地笑，突然往东南方向迅速跑去，小混哥赶紧大步追上。不料南嘉木杀了个回马枪，瞅准时机，掌握好方向和力度，一记飞毛腿踢在老大哥的裤裆处。

"唔，你这臭娘们儿玩阴的，看老子，老子不收拾你。"小混哥顿时脸色煞白，他没想到她会出其不意地袭击他的脆弱处，看几个手下都吓呆了，他吼道，"都是死人啊，还不打电话叫兄弟们来。"今天他非要把这几个娘们儿弄死在这里。

"散了散了，别妨碍公务。"几个小弟刚到，架势刚拉开时，李嘉佳叫的警察和酒吧的经理就拨开看热闹的人群进来。

"警察你们终于来了，你看看我们老大，都不能直起腰了，这个女人下手太狠了。"先前躲在小混哥后面的小混混出来颠倒黑白。

"明明就是你们先骂我们，你们恶人先告状。"李嘉佳从人群里挤进来，怒斥小混混。

"闭嘴，全部带回警局，留下几个群众回去录口供，其他人散了。"带队的中年警察严肃处理这个问题。

　　聚众斗殴严重影响当地治安，情节非常严重，酒吧经理受到处分，严令酒吧半个月不能开门营业。

第 53 章 捞人

今晚陆未晞在办公室加班，差不多九点才将事情处理得差不多了。一想着回家就能见到南嘉木那个小丫头，他加快了速度收拾。

"陆总，刚刚警察局打电话来，说南总监她们被拘留了。"刚刚接到警局电话的董剑，顾不得手上还没有完成的工作，就匆匆进办公室报告。

进警局？还被拘留，南嘉木那个丫头出了什么事？

"她们？除了她还有谁？"还是团伙作案，一个下午不见，她就跑到警察局去了。

"都是南总监的朋友，李嘉佳，宋沐雪，姚芷蕾，林溪云。"董剑在说到林溪云时脸上不可遏制地出现了担忧之色。

"呵，看来是被一窝端了。"说归说，陆未晞最后也不得不亲自去一趟警察局，看怎么将人捞出来。当然，高寒枫英雄救美的时候到了。

警察局里，从头到尾南嘉木一直理直气壮地只说一句"我没错，是他先找碴在先。"除了这句，其他的闭口不言。

例如，她一记神腿，将人踢坏了，她就没说。

刚刚参加工作的小警察在情感上也想相信她说的话，毕竟，在酒吧那种鱼龙混杂的地方，容易受到伤害的是女生。可现实告诉他，蹲在角落里那个混混才是"受害者"。

他到现在都还没从阵痛中缓过来，一脸苍白，双手还捂着下体。

另一个警察抓紧时间录目击者和宋沐雪几个的口供，经过两小时的努力，中年警察从审讯室出来。

　　"张哥。"那警察一出来，小警察就跑过去问他审讯情况。

　　"嗯，小李，这个女人说的没错，确实是这几个混混先滋事的。"他办案多年，从来没有看到过如此嚣张的女人。

　　刚刚在审讯室录口供时，听那些目击者一个个说当时的情况有多激烈，有多凶险。还有，那个女人一抬腿，就废了那个男人的时候，张警察不知怎么额头就有了一丝汗。

　　"队长，队长？"看着一脸茫然的上司，警察小李用手在明显神游太虚的张哥面前一晃，想要引起他的注意，好让他回神。

　　"咳咳，没事。"意识到什么后，张哥有片刻的尴尬，清清嗓子，"给他们做个口供，这案子就可以结了。"

　　"你，起来，赶紧……"

　　"叔叔，我们可以走了吗？"看着宋沐雪她们几个从审讯室出来，南嘉木以为自己马上就可以走了，她很激动，很兴奋。所以，还没等那对她满是嫌弃的小警察说完话，她就站起来，甜甜地叫了一声"叔叔"。

　　"你，你……"谁是你叔叔，他明明还是年轻小伙子一个，居然被一个看起来大他几岁的女人叫叔叔，他有那么显老吗？

　　"那个，警察叔叔，你怎么啦？"看到恼羞成怒的小警察，南嘉木完全不知道她哪里惹到了这个全身炸毛的小警察。

　　"你，你给我等着。"警察叔叔十分恼怒。

　　南嘉木几人去录了口供，接受了批评，还剩下宋沐雪一个人没出来，几个人在外面回想着今晚的事。

　　正想着，董剑出现了。

　　"南总监。"董剑率先开口。

"啊？董秘书，你来了。"听到有人叫她，南嘉木回头看到熟悉的身影，那个激动啊！

"嗯，南总监，陆总来了。"董剑看了一眼身后垂头丧气的林溪云她们，很是同情。

"有没有受伤？"陆未晞蹲下来，捧着她小花猫似的脸，关切地问。

"没有，就是饿得很。"南嘉木小声询问，"那个渣男怎么来了？"对高寒枫的态度，南嘉木一直都没有改善。

"我通知他来的。"陆未晞轻轻扶着她，"一起回家吧。"

第 54 章 董剑的表白

出了警局，几个女人经过一番折腾看起来都无精打采的，衣服也有些皱巴。

"我送李嘉佳和南嘉木回去，你们两个送她们几个。"陆未晞扶着南嘉木上车。

"我送姚芷蕾和林溪云吧！"董剑这个秘书这么多年可不是白干的，陆总大半夜的把高总监叫过来不就是想要给他英雄救美的机会嘛！

"走吧，我送你回去。"高寒枫要扶宋沐雪上车。

"我不要，我要和嘉木她们一起。"宋沐雪站在原地拒绝。

"听话，很晚了，陆总累了一天。"高寒枫耐心地哄她。

"可是……"

"宋沐雪你要是想和我们一起也行，我得先把李嘉佳送回医院，南嘉木送回去了再送你，你们家都是不同方向，有些折腾。"陆未晞不敢得罪宋沐雪，要不然南嘉木要搅得他不得安宁。

"好吧！"宋沐雪折腾了大半夜，身心疲惫。

"这不是回家的路啊？"把李嘉佳送回医院后南嘉木以为陆未晞会直接回小区。

"我妈已经睡了，咱们现在回去吵醒了她就不好了，她要是询问你这都去哪儿了，你要如何解释？"陆未晞开车，眼一直盯着前方。

"也对哦！"南嘉木还真没想到这个，只是这路越来越熟悉，她立马绷紧神经，"这是去我家的路？"

"嗯嗯，今晚只能去你家了。"陆未晞没有打算送她到家就走的打算。

"不要不要。"她立马拒绝。

"怎么了？"她怎么这么激动？

"不去我家。"南嘉木怕他一进屋就发现蛛丝马迹，这家伙精着呢，想了想才说道，"进过局子的人身上有晦气，我不能就这样回去了。我看还是先找个酒店，彻彻底底地洗漱一番去除身上的晦气再回去。"

这个解释比较合理，他应该不会怀疑。

"也行。"他很想说南嘉木迷信，但既然她坚持，他也不能拒绝。

"你不走了？"南嘉木洗漱完出来以为他已经走了，哪知道那家伙已经脱了外套，坐在沙发上玩手机。

"这么晚了我回去会吵醒我妈的。"陆未晞头也不抬，继续玩手机。

"那你怎么不开两个房间？"南嘉木双手护着胸，以防某人兽性大发。

陆未晞随意地抬头看了她一眼，又低头玩手机，"浪费钱。"

南嘉木瞪大了眼睛，像听到什么不可思议的事，"你还差钱？"

"能节约一点是一点。"

"佩服。"南嘉木很是气愤，真是一毛不拔的铁公鸡。不过呢，让南嘉木最气愤的是，她都这样"衣衫不整"地站在他面前了，他还不看她，难道她的魅力没有手机大吗？气死她了。

"洗完了吗？洗完了我去洗。"陆未晞终于放下手机了，站起来十分从容镇定地越过她朝卫生间走去。

"最好永远别出来了。"刚关上浴室门，陆未晞就听到南嘉木愤怒的声音。

陆未晞洗完澡出来时，南嘉木已经躺在床上呼呼大睡了。又是跳舞又是喝酒又是打架最后还进了局子，她不累才怪呢！

陆未晞轻轻上床，揭开被子一角躺进被窝里，把她紧紧抱在怀里。这丫头，整天惹是生非的，一直以为自己有三脚猫的功夫就天不怕地不怕了，谁都敢惹。要不是宋沐雪冷静，让李嘉佳趁乱报警，她这会儿就不是躺在酒店床上而是病床上了。

"唔，陆未晞我透不过气了。"南嘉木迷迷糊糊的，感觉胸口被大石头压住，她不满嘟囔的同时翻了个身。

"乖。"陆未晞固定好她身体，不让她离开自己的怀抱。这段时间这丫头已经习惯了他的怀抱，只是经过她这无意识地翻身，他好不容易平息下去的怒火又上来了。

"唔，陆未晞，别挠，痒。"南嘉木感觉胸口又痛又闷又痒的，像被小猫抓一样难受。

"乖乖睡觉，我会轻轻的。"陆未晞温柔安慰她。

"唔。"迷迷糊糊中，南嘉木自然回应了他。

这注定是一波未平一波又起的一晚，不过也是美好的一晚。

"陆未晞，我要杀了你。"第二天南嘉木起床就看见满地狼藉，控住不住大吼，这乘人之危的禽兽。

"别叫，搞得你昨晚不享受似的。"陆未晞刚好从浴室出来，心情好得不得了，收拾干净的他在南嘉木看来就是斯文败类。

"哼。"其实她昨晚也是半推半就的，看到地上用过的避孕套，她就放心了。

红尘俗世的饮食男女，男欢女爱很正常，只要别出事就行，她是这样安慰自己的。

"你再睡会儿，我要上班去了。"陆未晞很是体贴，帮她把贴身衣物给放到床上。

"滚。"南嘉木闷在被窝里赶人，她此时看陆未晞哪里都不爽。

"雪儿，你昨晚怎么样，那个渣男有没有欺负你？"陆未晞走了没多久，南嘉木发消息问几个死党的情况。

她这里已经"晚节不保"了，希望其他几个妞都平安无事才行。

"我没事，他送我回来后就回去了。"宋沐雪此时正在店里忙，看到消息抓紧时间回复，"忙，晚上聊。"

南嘉木以为姚芷蕾失恋了她那儿应该没什么情况，回去就呼呼大睡了。哪知道她昨晚还没进屋就看到门外蹲着一个"不速之客"，她所在公司企划部经理郑东。

郑东听说她失恋了就特意打电话想要约她出来撸串，哪知道一天手机都没人接听。怕她出事了就直接来她家找她，人不在，只能在屋外等了。

料最猛的是林溪云那儿，昨晚董剑最后送的是林溪云，在她家楼下停车后，林溪云客气道谢。

本来以为董剑任务完成了就该回去了，哪知道他磨蹭着不走，又是打探她们昨天的事又是关心，安慰她的，扯东扯西的在林溪云快要爆发的时候他突然表白了。

他说："林溪云，做我女朋友吧，我从第一眼看到你时我就对你有意思了。你不是宋沐雪的冷，不是李嘉佳的善，你也不是南嘉木的猛，你是静。给你一点空间，你就可以安安静静地待着。你的世界是那么的纯净，没有喧嚣，没有名利，没有权势，没有金钱，就好像全世界没有什么东西能诱惑得了你。

"你在我眼里很神秘，吸引我不断靠近你，想要了解你，保护你。我有意无意地在南嘉木那儿打探你的消息，知道你爸妈给你安排了好多相亲，我每次都好紧张，抓心挠肝的，就怕你终于遇到你心目中另一半。

"但我还是不敢鼓起勇气和你表白，因为我怕你拒绝我，怕我不是你喜欢的类型。今天你们又是打架又是进局子的，我的心七上八下，到现在还没缓

257

过来，就怕你受伤了。

"所以，林溪云，给我一个机会，让我做你男朋友，好好保护你行吗？"然后傻眼的林溪云就那样稀里糊涂地被董剑抱在怀里，然后云里雾里的她居然没有拒绝。

"做秘书的口才都那么好吗？"南嘉木看着林溪云发过来的表白词，忍不住感叹！等等，什么叫南嘉木的猛？她哪里猛了，明明很优雅的好不？

南嘉木一边洗漱一边想，哎，她真是乱点鸳鸯谱谱了，下次一定要看准了再出手。原来董剑的心动女神不是冰山美人啊，难怪他不行动也不撤退，原来是等着放大招啊！

第55章 认错人

南嘉木回到陆未晞家时已经中午十一点，这个时候老太太一般都在厨房准备吃的，所以她想趁着老太太不注意的时候偷偷溜进房间。

"嘉木。"老太太在南嘉木最后一只脚要踏进卧室的当口，气定神闲地站在南嘉木身后。

"妈，你这神出鬼没的，倒是给点提示啊！"南嘉木回头，扯了个看起来很完美的笑。

"你没做亏心事，干吗那么紧张？"老太太不是好糊弄的，一眼就看出她故作镇定。

我都把你儿子睡了还不算亏心事啊！南嘉木灵机一动挽着老太太的手臂往厨房走，企图转移话题，"今天给你宝贝儿子做什么好吃的？"

"和往常一样。"

"行，我一会儿给他送去。"南嘉木成功把老太太带偏了，在心里给自己手动点赞，她真是太机智了。

"老太太一个人去上次你们逛的商场了，你一会儿去接她吧！"饭送到陆未晞手上，他边吃边说。

"老太太去商场干吗？她一个老太太对这不熟悉，也敢独自出去啊！"

"你前脚刚出门，她后脚就给我打电话，说是要给未来的孙子准备小衣服。"

南嘉木闻言，跳上陆未晞的背，恶狠狠地问："妈的，陆未晞，你给老太太说什么了？"

"咳咳咳，快放手，我喘不过气。"脖子被勒住，陆未晞快要窒息，缓过气后说，"我什么都没说，昨晚咱们两个都没在，老太太英明神武当然知道发生什么事了。"

"果然姜还是老的辣。"南嘉木此时恨不得找个地洞钻进去，羞死了，她先前还得意扬扬自己的聪明伶俐呢！罪魁祸首就是旁边这个心情不错的家伙，南嘉木气愤，立马爬上他的背，扯他头发，咬他耳朵，给他腰来个夺命剪刀脚。

"南嘉木你疯了？快住手，我在吃饭呢，快……"

董剑准备把下午陆未晞的行程安排放他办公桌上，一推门就看见二人在沙发上滚作一团，满脸潮红的二人已经看到他，进退两难，他赶紧用文件挡住双眼。

"进来都不敲门的吗？"陆未晞轻斥董剑，眼疾手快地给南嘉木整理好嬉闹中有些乱的领口，防止她春光外泄。

"是，下一次一定注意。"董剑知道老总此时很尴尬，需要有个台阶下，任何解释都是在撞枪口。

"都怪你。"

"怪我怪我。"南嘉木不知道她此时羞红着脸怒骂他的样子有多美，要不是场合不允许，他真想……

"陆总这是下午的行程安排，您请看一下。"董剑赶紧说正事，南嘉木那头都要低到尘埃里了。

"嗯，知道了出去吧！"

"是。"两人异口同声，然后风一样逃离办公室，陆未晞想要再和南嘉木说些什么都来不及了。

"董秘书，来来来，这边，我们有个天要聊。"出了办公室门口，南嘉木逮着想要逃跑的董剑。

"南总监，我不是故意要打扰你和陆总的好事的，我是真不知道你还在。"以往南嘉木送完饭就走了，哪知道这次居然逗留了。

"等等，我是要和你说这事吗？"南嘉木好不容易恢复平静的老脸又红了。

"那是什么事？"

"你欺骗我感情啊！"说起这个，南嘉木就来气，亏得她努力给他们创造一切独处的机会，原来是她"痴情"错付。

"我又没说我喜欢宋沐雪，是你一直自以为是咯。"董秘书知道要是承认了他就死惨了，唯一能做的就是死不认账。

"好啊，居然给我要赖，算你狠。"南嘉木给了他一个左勾拳，算旧账，"我哪里猛了，哪里猛了？"

"姐姐，你不猛你不猛，你很柔弱。"董秘书其实是想说你这一记左勾拳就很猛，为了保命，他言不由衷。

董秘书算明白了，女人之间的感情，他是无法想象的，连他告白的词林溪云都给她说了。看来他也要和陆总、高寒枫组织一个联盟，有备无患。

老太太既然已经去了商场，她当然得去把她领回来了。她准备先去宋沐雪那儿晃荡一圈，把林溪云和董剑的"奸情"抖搂出来，告诉宋沐雪她"所托非人"。

"你才知道啊？"宋沐雪忙里偷闲，给她留半个小时。

"意思是你早知道了？"南嘉木睁大眼睛，感情就她一个人没看出来啊！那她还忙个什么？

"每次你给我们安排见面，董剑都要侧面打听林溪云在不。"宋沐雪像看傻子一样看着南嘉木，一向惜字如金的她这次说了很多，"还有就是每次小云见到董剑，居然一反常态，变得话多而且不自觉地柔软起来。南嘉木我看你这恋爱，都白谈了。面对这么不解风情的你，陆未晞很值得同情。"说到最后宋沐雪直接嫌弃南嘉木了。

被嫌弃，南嘉木心情很不美好，无精打采地和宋沐雪告别后直接去了锦绣商场，她需要老太太的安慰。

"书影，下午叔叔没安排，你想要去哪里玩？"一般周五下午顾昔承都没有安排，在学校门口接了南书影后他打算戴他去逛逛，这小子最近感冒了，精神状态不好。

"叔叔，我想去吃肯德基。"南书影虽然戴着口罩，但一点也不影响他的可爱。

"你都感冒了，你妈妈允许你吃这些没营养的食品吗？"一般南嘉木都不允许南书影吃这些油炸食品。

"哼，我那无良老妈，我已经和她断绝母子关系一个月了。"小包子气鼓鼓地控诉他老妈罪行，"我妈最近都不怎么和我说话，就连可怜的我感冒了她都不知道。"

"她工作忙，你也要体谅一下她啦！"顾昔承知道南嘉木一个人要养一个孩子多不容易，要不是生活所逼，她也不会轻易将南书影交给他照顾。

"哼，反正她也不知道，我就吃一次肯德基，顾叔叔，你看我是小白菜，这次就随了我呗。"南书影从小在南嘉木那儿学到的撒娇，对付顾叔叔百试不爽。

"行，那咱们就去最近的锦绣商场二楼那家。"顾昔承怎么能忍心拒绝这么可爱的小包子，要是不依他要眼泪汪汪学他老妈唱小白菜地里黄啊，三岁死了爹……

南嘉木一手提着袋子，一手挽着一脸满足的老太太坐电梯从三楼的婴幼儿专卖店下二楼，准备带老太太去喝点东西。

"妈妈，妈妈。"吃薯条正起劲的南书影突然冲出餐厅。

"这是谁家的孩子好可爱啊，怎么叫你妈妈？"南嘉木还没反应过来，盯着突然抱着她大腿的宝宝，老太太已经摸着小男孩儿的头笑得慈祥。

"呵呵。"南嘉木不知道怎么回答。

"奶奶，对不起，是我认错人了。"南书影在接到南嘉木的眼神暗示后赶紧道歉。

"书影，你怎么了？"急忙赶来的顾昔承在看到南嘉木歉意的笑时赶紧解释，"书影，你是不是太想妈妈了，所以认错人了，快道歉。"

"对不起奶奶，我认错人了。"南书影乖巧道歉。

"没关系的，小朋友真乖。"老太太看他露在外面的眼睛亮晶晶的，和陆未晞的很像，所以对他很是喜欢。

"谢谢奶奶，奶奶再见。"南书影拉着顾昔承的手三步两回头，舍不得站在原地笑盈盈的两个人。

第 56 章　搬走

　　老太太趁南嘉木洗澡的时候和陆未晞说："儿子，我们今天遇到一个小孩子，他管南嘉木叫妈，我看那小孩儿的眼睛和你挺像的。"

　　"小孩子认错了呗。"陆未晞没觉得这有什么的，他都和南嘉木离婚那么多年了，哪里来的小孩？

　　"可那孩子的眼睛跟你的很像。"老太太还是觉得这事挺奇妙的。

　　"你肯定是最近想孙子想到疯了，看谁都像我。"陆未晞不信。

　　"也许吧，可惜那小孩子戴着口罩了，要不然我就能看清了。"老太太想想也觉得自己最近神经过于紧张了。

　　"嘉木，听我妈说今天有个小孩子叫你妈了是吧！"开了小灯，陆未晞半开玩笑问正在玩手机的南嘉木。

　　"认错人了。"南嘉木闻言手不可遏制地抖了抖，游戏里死了好多兄弟，她不停道歉。

　　"我就是这样给老太太说的，可她非得说那孩子的眼睛和我很像。"

　　"我没注意哎！"南嘉木舌头打结了，为了转移陆未晞的注意力，南嘉木退出了游戏，故作嬉闹地将陆未晞压在身下，一会儿戳他脸，一会儿揪他眉毛的，"我看看哪里像了。"

　　"南嘉木，你这粗鲁的女人。"陆未晞笑骂，不过也不阻止她胡闹。

　　第二天周六南嘉木借口去陪失恋的姚芷蕾，实际是去顾昔承家看儿子了。

"宝贝，昨天妈妈不是有意不认你的，原谅妈妈呗。"她怕儿子记恨她，今天赶紧来道歉。

"昨天那个老奶奶是我奶奶吧，你之所以不认我是怕她和你争夺我对吧？"南书影坐在她怀里，小手臂搂着她胳膊，认真问。

"嗯嗯，我儿子真聪明。"南嘉木忙不迭地点头，她寻思着奶奶的杀伤力没老爹的强。

"妈妈，我其实很想和奶奶相认的，我看她也挺喜欢我的。"南书影从小就没见过自己亲爹，现在又有了奶奶，他当然希望和她相认了。

"宝贝，再给我一点时间，等我处理好一些事后，我一定把你想知道的一切都告诉你。"儿子有权利知道自己的亲生父亲是谁，她不能自私地占有他，她想着等自己羽翼再丰满些，她就可以保护南书影不受伤害。

"嘉木，西藏我可能去不了了，周一我要出席小学的扩建图书馆竣工剪彩。"顾昔承将洗好的水果端上茶儿，一边削水果一边说道。

"行，师兄有事先忙，以后找机会再去。"陆陆续续地有人提出不去西藏了，看来这次计划要泡汤了。

"嘉木，师兄建议你还是尽快处理好，书影都有好几个月没见到你了。他虽然嘴上不说，其实他最愿意跟着的是你，希望你别本末倒置了。"顾昔承当然知道她说的项目只是借口，实际是和陆未晞纠缠不休。

他也不是不愿意帮她照顾南书影，相反，他一直都是一个人，独来独往的，悲欢喜乐没人在意，有了南书影后感觉生活有滋味了不少，但他还是不希望时间隔阂了他们的母子情分。

"师兄我知道的，我会尽快处理好这些事，谢谢师兄。"南嘉木抚摸着怀里睡着了的南书影，很不是滋味。

林溪云忙里偷闲要谈个小恋爱，宋沐雪店里生意火爆，顾昔承要参加送爱心送温暖的慈善活动，所以这次西藏之行没有成功。南嘉木虽然早有心理准备，但还是有些失落。

第二天中午办公室。

"陆未晞，我正式和你提辞职，而且我要搬出你家。"南嘉木觉得顾昔承说得对，她不能本末倒置。不管做什么她都是希望南书影能快快乐乐，既然他的快乐就是和她在一起，那她就不能因为别的理由和南书影分开。

"我妈她还没有回去。"陆未晞皱眉。

"陆未晞，平心而论我也不想伤害你妈，可是你我毕竟没有关系了。如果你妈一天不走，我就一天不能离开吗？我也有我的生活、我的人生要过，我已经在这边蹉跎了几个月了，我觉得足够了。"南嘉木这次是下定了决心要走。

"嘉木，我们复婚吧！"再一次，陆未晞向她求婚。

"不可能。"南嘉木想也没想就拒绝了。

"嘉木，你知道当初我为什么和你离婚吗？"陆未晞觉得他不能再隐瞒她了，该坦白一切了，"你还记得大学那会儿你迷上《侠侣》那款游戏吗？你喜欢里面情侣的互动模式，你曾经想让我跟你在游戏里结成侠侣。可我那时忙着广告公司的事，不分白天黑夜的，没时间。其实那个时候我就想着你既然那么爱玩游戏，我就为你开发一款游戏，可惜那个时候我资金不够。

"后来广告公司关闭了，王阳提议合伙开间游戏公司，我答应了，那个时候也不知道创业能不能成功，怕你们跟着担惊受怕，我和王阳都没告诉别人，想着成功了就给你和李欣一个惊喜。只是我设计的那部分一直搁浅着，直到收购嘉木游戏，和你的《婚姻：如何绝地求生》合成一个项目，我命名为《绝色倾城》。"

"所以你想说你做的这一切都是为了我，是吗？"说不感动是假，她想玩游戏他就去开发，他为她付出了那么多金钱和心血。可他伤害她，让她绝望，从此对婚姻失去了信心，以至于这么多年从未想过婚配也是真的。

"嘉木，我是想告诉你，我从来没想过要冷落你，欺骗你，我只是想让你活得好点。"陆未晞从未想过用这些来捆绑她，让她出于愧疚或者感动重新接受他。

"陆未晞你为我做的这些我很感动，但我还是不能原谅你。我不能接受任何名义的欺骗，说我矫情也好，无理取闹也罢，我就是不能接受。"南嘉木回答得极其认真。

"南嘉木，难道我们真的不可能了吗？"他知道她对他还是很爱的，夜夜同床共枕，她从不排斥他的触碰。

"不可能的，你和我已经走成了死局，今生今世，不死不休。"她南嘉木爱了就是爱了，恨同样也热切，轰轰烈烈，悲悲壮壮。

南嘉木已经搬走一个星期了，老太太每次追问陆未晞南嘉木去哪儿了他都说出差了。其实老太太心里明白他是骗她的，出差不可能家里任何有关她的痕迹都没留下。

只有一种可能，二人闹矛盾了，而且非常严重。她很想找南嘉木问问他们之间发生了什么事，可云市那么大，老太太不知道要去哪里找她。去公司找她，那个叫董剑的说她停薪留职了。宋沐雪的店也去找过，没有人，宋沐雪说她也不知道南嘉木去哪里了。

锦绣商场也去了，连续好几天都没遇到南嘉木，打她电话，一直都是处于关机状态，南嘉木好像一夜之间消失不见了，谁也不知道她的踪影。

第57章　蛛丝马迹

　　"妈妈，你什么时候回来呀？"吃完晚饭正在刷碗的南书影听到客厅里手机提示有微信消息，他赶紧擦干手，打开一看全是南嘉木发过来的在布达拉宫外面的自拍。

　　"明天就回来啦！"南嘉木将先前计划的自驾游改为跟团旅游，痛痛快快玩了一周。

　　"那你快点回来接我回家吧，还有，外公外婆打电话说要回云市，你赶紧来接驾。"南书影小屁股坐在沙发上，嘟嚷着嘴，可怜地说道。

　　"干吗要来云市？"这边还有一尊大佛没送走呢，别来添乱啊！

　　"外公外婆说你的新项目完成了，不久就要上线了，他们来为你庆贺。"其实是他偷偷告诉他们南嘉木辞职了。

　　"哎，本来还想着再玩两天呢，二老怎么不直接回老家呢？想不通。"庆贺不成问题啊，关键她辞职了，公司也是别人家的了，她要如何交代啊。

　　第二天下午放学南书影出了学校大门没看到顾昔承，他打电话过去，顾昔承说有事耽误了，让他再等会儿。

　　晚上就能见到妈妈了，南书影心情特别好，在学校大门口的石凳子上坐着，一边等顾昔承一边唱歌，"小么小儿郎，背着那书包上学堂，不怕太阳晒，也不怕那风雨狂。"

　　"小朋友，你怎么能坐在石凳子上呢，凉，快起来。"一个老太太走到他后面，说话同时把他抱起来。

"奶奶？"一回头，南书影就看见前不久那个老太太。

"是你。"陆未晞的母亲看着瞪大眼睛的小孩子，因为他亮晶晶的眼睛一下子就认出来是误叫南嘉木妈妈的那个漂亮小孩。

没了口罩，他和陆未晞有七八分像呢，如果往他身边一站，所有人都会觉得这小孩是陆未晞的儿子。

"是我呀奶奶。"南书影高高兴兴地拉着她去旁边的长椅上坐着，"好巧啊，在这也能遇到奶奶。"

"奶奶已经在这附近转悠了好多天了，我儿媳妇，就是你上次误叫妈妈的那个阿姨不见了，我想着她应该会出现在这附近，所以就来这边转悠，看能不能遇到她，劝她回家。"老太太就一门心思寻南嘉木，连儿子的午饭也不做了。

她想一定是自家儿子惹南嘉木不高兴，她一气之下就离家出走了。老太太现在很讨厌陆未晞，所以不愿意给他做饭了。

"奶奶，那个阿姨干吗要离家出走啊？"南书影仰着头问。

"因为阿姨和叔叔吵架了，生气了离家出走了。"

老太太想着好好的一个家就那么散了，她这眼泪就止不住地流。

"奶奶，你别哭嘛！"南书影看着老太太的眼泪掉下来，心疼不已，小手不停地帮她擦眼泪。

"小朋友你叫什么名字？你真是个乖孩子。"老太太抱着他小小的身体，感觉很踏实。

"奶奶，我妈妈教我不可以给陌生人讲自己名字。"南书影看到老太太眼里的失落，想了想补充道，"但我知道奶奶是好人，我就给奶奶说，我叫陆书影哦！"

"陆书影？"老太太重复着。

"是的奶奶，我叫陆书影，大陆的陆哦！"南书影看到朝他们走来的顾昔承，赶紧说道，"奶奶你快回家吧，注意安全，我顾叔叔来接我了，我要回家了，顾叔叔。"最后三个字，小家伙故意提高了分贝。

南书影走了后老太太坐在原地想他的话，越想越好奇，不知道是不是她家姓的那个陆？

"喂，儿子，我问你个问题。"想不通她就打电话问陆未晞。

"妈，你说。"陆未晞那边正准备开个小会，看到自己母亲打来电话，他就示意其他几个人先进会议室。

"大陆的陆是不是咱们家姓的那个陆？"

"什么意思？"这老太太问的什么乱七八糟的问题，他时间紧，"妈，你要没事我就挂了，要开会呢！"

"别挂，别挂，儿子，我给你讲，前不久误叫嘉木妈妈的那个小孩子我今天又遇到了。他没戴口罩，和你有七八分像，他说他姓陆，大陆的陆，而且来接他放学的那个男人，他管他叫顾叔叔，对，就叫顾叔叔。"

老太太不识几个字，但她心细，她和小孩在一起感觉很亲切，他那样子活脱脱就是陆未晞小的时候。

还有上次小孩儿一直说认错人了，也一直给自己道歉，没叫南嘉木阿姨，而且也没给她道歉，她感觉一切都好奇怪。

"大陆，顾叔叔，七八分像？"陆未晞眯着眼睛重复几个关键词，脑海里突然闪过什么念头，他赶紧问道，"妈，你在哪儿遇到的他，你现在又在哪儿？"

"在小学门口。"老太太也不知道这个学校叫什么。

"你找个人问问叫什么小学。"全市小学很多，他不知道去哪儿找。

"你等等。"老太太匆匆拦了个小朋友，问清楚后赶紧朝手机喊，"冉冉小学，叫冉冉小学。"

"冉冉小学？"陆未晞想了几秒然后和老太太说道，"妈，你就站在原地不动，我来找你。"挂断电话后，他赶紧拨通王阳的电话，"童童新转的小学是不是叫冉冉小学？"

"是呀，怎么了？"王阳正在蹲厕所。

"快点，给你五分钟时间，楼下大门口见，去冉冉小学。"陆未晞说完后就迅速挂了电话。

"喂喂，陆未晞，你大爷的，也不说一声什么事，我这还没拉出来呢！"王阳一边抱怨一边拉裤子，慌乱中手机差点掉厕所了，然后又是对陆未晞一通怒骂。

"会议由董秘书主持，我有事先走。"陆未晞把手里的文件交给董剑，匆匆朝电梯跑去。

难怪王阳这个学期会突然给童童转学，难怪上次他会说给他介绍一个小朋友，还特意嘱咐他一定要来，王阳早就知道那个陆书影就是他儿子。

难怪南嘉木不允许他出现在她家附近，难怪南嘉木拒绝让他去她家，估计是怕他发现蛛丝马迹吧！母亲说小孩子和他很像，他还以为是她想孙子想疯了看谁都像他。顾叔叔，顾昔承不就是顾叔叔嘛！

和南嘉木离婚前在一起一直都是采取措施的，最后一次是因为南嘉木说她是安全期，家里没货了，所以就……

好啊，南嘉木，你骗的我好苦啊，我有那么大的儿子，你居然一直瞒着我，该死，该死！

"什么事啊，火急火燎的，火烧屁股啊，也不说清楚。"王阳气喘吁吁地出现在大门口，那家伙已经坐在车里了，示意他上车。

"你早知道陆书影是我儿子吧？"陆未晞憋着一肚子火，表面看起来还是很平静。

"陆书影，陆书影是谁？"王阳丈二和尚摸不着头脑，急忙忙叫他来就说这些不着边际的话呀！

"还装。"

"我装什么了，你倒是说清楚啊！"王阳很是冤枉啊！

陆未晞看他傻乎乎的，耐着性子补充，"就是上次你说在你家要给我介绍的那个孩子。"

"他叫南书影啊，怎么又叫陆书影?"王阳嘀嘀咕咕到最后，忽然明白了，一拍大腿，"陆未晞，你儿子要成精了。"

这么小就知道如何透露相关信息给相关的人，这孩子再大点，怕是要逆天了。反观他家童童，还在抓着他要骑大马呢！

第 58 章 和解

"爸妈，你们坐飞机是不是特累？一会儿到家了就可以好好休息。"南嘉木和南书影五点不到就在机场候着了，这会儿看二老有些疲惫地出来，南嘉木牵着儿子的小手赶紧迎上去。

"外公，外婆，书影好想你们。"南书影扑在二老怀里撒娇。

"书影真乖，外公外婆也想你。"郑云把他小小的身体抱在怀里，在他小脸上一阵亲吻。

"小家伙又长高了，再过几年怕是我们都抱不动了。"南胜国摸着小家伙的头，笑眯眯说着。

"宝贝儿，快下来，别让外婆累着了。"南嘉木看着其乐融融的家人，嘴角上扬，心里温暖极了，"妈，你累了一天就别抱他了，爸，妈，咱们回家。"

南嘉木一直没有买车，在机场大厅外拦了一辆出租车，她坐副驾驶，几人坐后面，郑云不嫌累，一直抱着南书影。

南嘉木从后视镜看到郑云抱着南书影一脸慈祥和满足的样子，她眼眶忍不住红了。

郑云这么喜欢南书影的一个原因是对她亏欠的补偿，那些年她思念儿子成疾，对她做出很多过分的事。现在明白过来想要补偿她，可她已经大了，只能加倍宠爱南书影，但那都是过去的事了。

虽然她曾经有过怨，有过恨，但再多的怨恨也敌不过南家收养她的恩情。再说这些年郑云也一直在补偿她，她也和她和解了，不再执着于过去的恩怨。另一个原因是郑云的儿子从小被人贩子拐卖了，她没能好好陪伴儿子成长，所以她把对儿子的亏欠和遗憾都放在南书影的身上，这是做母亲的本能。

想到郑云的儿子，南嘉木嘴角挂满了笑意，回头给二老说道："爸，妈，楚源说国庆节打算来云市，之后我们再一起回家。"

大四那年，通过一个栏目组南嘉木终于找到郑云被拐卖的儿子——楚源。那个总是和她作对，嫌弃她却又莫名其妙地想要靠近她，死皮赖脸要抄她英语听写的同班同学楚源。

当年他被卖到一个偏远山区，那户人家是猎户，他养父养母因为经济条件不好，养母又不能生育，他们只能低价在人贩子手里买下他。楚源五六岁时就被要求和养父一起上山打猎，养父爱赌博，打猎换来的钱还不够他赌，养母靠种植三亩多地养活一家人。

生活拮据，每每不顺时养父母就拿他出气，那时候他被打得全身青紫，他也逃跑过几次，但最后都是被抓了回来。小小年纪的他知道自己暂时逃不出重重大山，又不想被虐待，他就装得很乖巧，对养父母很孝顺。

猎户二人膝下无子，又看他没有再逃的心思，渐渐地对他也不再拳打脚踢了。

就这样平安过了两年，云市有个出名的企业家去他们村办希望小学。那人在村主任家住了两三日，他就每天夜里趁养父母睡了偷偷去村主任家院落外趴着。等到第三天企业家事情办妥了要回云市，村里人都来送，他就趁人不注意悄悄爬进企业家小车的后备厢，顺利离开了村庄。

等回到云市企业家发现他，以为是小孩子恶作剧故意爬进后备厢的，打算派人把他送回去。他就赶紧把事情的来龙去脉给企业家说了，然后还把自己身上已经淡了的伤痕给他看，企业家见他说得真挚又有伤做证，一念之下就收养了他。

那个企业家就是楚源的第二任养父——楚雄，楚雄还有一个亲生女儿，在上幼儿园。楚源对她好得不得了，简直是捧在手心里疼。

大四那年他终于和南胜国夫妇相认了，面对亲生父母他有过激动，也很庆幸这辈子能与父母相认，但内心更多的是对二人的陌生与疏离。二十年不见，他们之间缺少感情。

楚家也通情达理，问他愿不愿意回到亲生父母身边，他们可以成全。他笑了笑，说了一句：养育之恩和生养之恩相比，日常点点滴滴的陪伴才是最重要的。

也是那个时候，郑云才知道她的亲生儿子是真的离开了她，或许身可以回到他们身边，但心却不属于这个家。所以南胜国夫妇也不强求，尊重他的决定，说逢年过节什么的，他们欢迎他回家。

南嘉木想着楚源既然与南胜国夫妇相认了，她也算履行了当初的诺言，她也该离开了。头天晚上收拾好行李，准备第二天趁他们还没起床就走，打开门时郑云已经站在门外了。

她看着南嘉木，沉默了好久，突然走上来抱着南嘉木，淡淡问了一句，"我们养你这么多年，你想一走了之吗？"

南嘉木感受到郑云身上的凉意，知道她在外面站了好久，想要开口解释什么时，郑云又说，"楚源说得对，生养之恩和养育之恩相比，陪伴才是最重要的。嘉木，妈这些年错了，对不住你，原谅妈。"

大学毕业后南嘉木和陆未晞没多久就结婚了。而楚源则去北京工作，他脑子活络，肯努力，工作晋升很快。这些年赚的钱，一部分是为了报答养父母的恩情，妹妹出国留学的费用全是他一个人出。另一部分是留给南胜国，郑云的病情不稳定，需要长期治疗，花销挺大。

"那小子有女朋友了没？这么多年也不知道攒点钱娶媳妇。"郑云笑着问。

"小舅舅前不久才和我通话，说是今年过年就带一个舅妈回来，到时候给我带礼物，我可高兴了。"南书影在说到楚源时满脸笑意。

"你这个小贪财鬼，有礼物当然高兴了。"南胜国摸着外孙子柔软的头发说着。

"外公你不知道，舅舅他在我面前说我妈妈坏话，我就说要告状，他就用礼物来收买我了。"南书影从郑云怀里转移到南胜国怀里，上蹿下跳像个小猴子。

"他说我什么坏话了？"南嘉木紧张地问，希望楚源那小子在她儿子面前给她留点面子，要不然她以后该怎么引导儿子健康成长啊！

"她说妈妈是大胃王，一个人能吃好几个人的早餐。还说妈妈在班上可霸道了，经常欺负女生，有时候连男生也不放过。"南书影边想边说。

"还有呢？"还好没说到最糟的地方，也不枉费她当年拿英语给他抄了。

"还有就是小舅舅说宋姨她们给你起了个'小狼狗'的艺名，还有体重超标。"南书影想基本上就这些了。

"楚源，我不会放过你的。"南嘉木控制不住，她整个大学最丢脸的事全被楚源抖完了，这让她在老父母、幼儿面前情何以堪啊！

"我可没有主动告诉你们哦，是你自己要问的，舅舅可怪不着我咯！"南书影吐了吐小舌头，一副不认账的样子。

其实舅舅还告诉他，他爸爸陆未晞当年是如何如何骄傲，整个班上谁也不理，一副唯我独尊的样子。而妈妈就像个小跟屁虫，整天跟在爸爸后面。

还告诉他那时妈妈为了维护爸爸，被老师罚站。说当年顾叔叔如何和妈妈认识的，为什么叫她小师弟。说小舅舅虽然很讨厌爸爸，但毕业的时候爸爸放弃了去美国名校读研的机会，他还是忍不住佩服的，也是这样才放心让妈妈嫁给爸爸的。至于后来爸爸和妈妈为什么离婚，他远在北京，工作又忙就不知道了。

"宝贝，咱们到家了，快扶外公外婆下车。"郁闷了没多久就到家了，南嘉木下车为南书影他们打开车门。

第 59 章　真相

"嘉木。"几人正要进小区，顾昔承突然在后面叫她。

"师兄。"

"顾叔叔。"南书影像只快乐的小鸟奔到顾昔承怀里撒娇，"顾叔叔，我好想你哦!"

"小家伙嘴真甜。"顾昔承宠溺地抚摸着他的小脑袋，看到朝他看来的二位老人，顾昔承猜测是南嘉木的父母，"是叔叔阿姨吧! 二老好，我是嘉木的师兄，顾昔承。"

"你就是嘉木经常提到的小顾吧，你好你好。"南胜国回握顾昔承的手，亲切地说着，"我一直听嘉木提起你，这段时间辛苦你照顾我家书影，谢谢!"

"叔叔客气了，这是我应该做的。"顾昔承笑得柔和。

"哎呀爸，咱们回家说吧，你们今天都累了。"南嘉木看着郑云的状态有些不好，赶紧提醒正聊得起劲的两个男人。

"小顾啊，你找女朋友了没?"回屋吃了药后郑云的状态好了很多，第一次见顾昔承，她很是八卦地打听。

"阿姨，工作忙，没来得及找。"顾昔承淡淡笑着，温润如玉。

"妈，你一见面就打听师兄的私事，这很不好的。"南嘉木给几个人分别削苹果。

"没事的嘉木，不用在意。"

"好吧！"南嘉木其实是怕再聊这个问题就要扯到她身上了，这些年大家对她还是单身是很有意见的。

"小顾，既然你还没女朋友，那阿姨给你介绍一个成吧？"郑云很是满意这个绅士礼貌又事业有成的男人，她看了南嘉木一眼，试探性地问。

"好啊，我相信阿姨的眼光。"顾昔承也不拒绝，似乎很乐意找女朋友这事。

"你看咱们嘉……"

"外婆，我肚子饿了，咱们去哪儿吃饭？"南书影一直在顾昔承怀里玩他手指呢，好好的却突然说饿了。

"对对，先吃饭，爸妈你们也饿了吧，吃饭去。"南嘉木没有哪个时刻觉得儿子像现在这样可爱呢！救了她一命啊！

"叔叔阿姨是第一次来，我知道云市有家不错的餐厅，咱们过去试试。"顾昔承知道南嘉木紧张什么，他也不打算逼她，就顺势借吃饭的事转移话题。

"小顾，那叔叔阿姨就不客气了。"南胜国给郑云披了一件厚外套，云市晚上温度比较低。

这家餐厅是云市比较出名的西餐厅，现在正是下午用餐的时候，来这儿吃饭的人很多，大厅里都没有位置了，只能去包间。

"叔叔阿姨，看看喜欢吃什么，随便点。"给二老拉开椅子，等他们就坐后顾昔承将菜单送到二老手里。

"行。"南嘉木带南胜国夫妇吃过几次西餐，这会儿他们很是熟练地点餐。

天耀科技财务部今天聚餐，盛妍是总监肯定不能缺席。中途她上洗手间补妆，回包间的时候刚好遇到服务员给隔壁包间上菜。

几个服务员开门的时候她不经意间看到南嘉木，本来打算去打一声招呼的，却看到她旁边有两个老人，斜对面坐着温润如玉的男子，还有一个背对

279

大门的小孩子。

除了南嘉木都是她不认识的人，这会儿进去打招呼也不好，盛妍准备走了，突然那小孩子叫了一声"妈妈"，吓得盛妍脸色惨白。那个孩子叫南嘉木妈妈，那孩子是谁的？是南嘉木和这个男人的，还是陆未晞的？

盛妍跌跌撞撞地回到包间，代理副总监看她惊慌失措的，来到她身旁，关切地问："盛总监你怎么了？脸色不太好。"

"没事，我可能就是吃坏了肚子。"盛妍勉强笑着解释。

"那我送盛总监回去吧？"代理副总监文文说着。

"不用了，我先休息会儿，好点后我就自己叫车回去吧！大家最近忙坏了，好不容易出来放松放松，不能因为我坏了大家的兴致，就麻烦文总监替我照顾好大家，谢谢!"

"行，那盛总监要是有什么事就叫我们。"文文见盛妍不让自己送她回家，她也不好再坚持。

"你照顾好大家，我还是有点不舒服，先回去了。"半个小时过去，盛妍想了想还是走了。

"总监，你真没事吧？"部门的人都朝盛妍看来。

"我没事，大家尽情玩吃好喝好，今晚的费用由我出，一会儿男同事务必把女同事安全送回家。"盛妍交代好后提着包包走出包间。

在经过隔壁包间的时候，盛妍刻意停下来，包间里还有餐具相撞发出的轻微声音，他们还没吃完饭。

"师傅，去市医院。"盛妍拦了辆出租车，报了目的地后就闭着眼睛想事。

如果刚才那个小孩子是南嘉木和陆未晞的话，陆未晞应该还不知道孩子的存在，要不然他不会被南嘉木拒绝求婚后还没采取任何行动，他应该要夺回孩子的抚养权才对。

如果那个孩子是那个男人的话，那南嘉木要么属于未婚先孕，要么就是已经结婚了，但不管是哪个，她都不能再和陆未晞在一起，所以她才会拒绝他的求婚的。

对，一定是这样的，盛妍越想越觉得陆未晞和南嘉木不可能。他之所以会拒绝自己肯定是因为他还不知道南嘉木的真面目，以为南嘉木还爱着他，想着要和她复婚，一直拒绝自己。

"小姐，市医院到了。"司机以为盛妍睡着了，大声提醒她目的地到了。

"好，谢谢！"盛妍给了司机一百块钱，急急忙忙下了车，还没等司机给她找零就往医院大厅跑去。

"你好，请帮我查一下陆未晞母亲的病房是哪一间，谢谢！"

"好的，请稍等。"前台护士快速地查找，"女士，陆老太太的病房在住院部心脑血管科 503 室。"

盛妍坐电梯到达五层时才发现自己两手空空的，她顿时掏出手机，"你好，麻烦给我送一个看望病人的果篮来市医院，还有再加一束花。谢谢！"

等了十分钟快递小哥送来她想要的东西，在病房外面看了看确定里面没其他人盛妍就敲门了。

"请进。"老太太半躺在病床上休息。

"您好，伯母。"盛妍将果篮和花放在桌子上后自我介绍，"伯母，我是陆总的属下兼师妹，我叫盛妍。我听说您病了，就过来看看您。"

"是小盛啊，快请坐。"老太太笑呵呵地看着盛妍，"你这孩子真客气，人来了我已经很开心了，还带礼物来，害你破费。"

"伯母您快别这么说，这是我应该做的。"盛妍一边拉椅子坐下，一边问道，"伯母，就您一个人吗？"

"嗯，我儿子还没下班，吩咐我有什么事直接找护工，现在护工出去给我买吃的了。"老太太一个人待着很无聊，这会儿有人来看她，心情很好。

"我们陆总日理万机，您老现在又住院了，陆总他分身乏术。我们这些下属却游手好闲，有时候想帮点忙也帮不上，心里挺过意不去。"盛妍感慨地说着。

"你在公司是做什么的？"老太太没管盛妍的感慨，直接问了她职务。

"财务总监。"盛妍摸不着头脑，但也如实回答。

"财务是不是管钱的？"

"是的。"

"那我儿子的公司是不是很有钱？"老太太盯着盛妍，突然很神秘地问。

"这个，老太太，我是财务总监，不方便向您透露过多公司的财务情况。"盛妍虽然知道一个农村老太太不懂这些，但基本的职业道德她还是要遵守的。

"好吧，估计你也不知道公司有没有钱。"老太太很是失望，然后小声地自言自语。

盛妍没听清老太太嘀咕什么，但还是听出一两个关键词：离婚，抚养权。

第 60 章　抚养权

　　陆未晞忙完了公司的事赶到医院时正巧盛妍要回去了，她已经在病房陪了老太太两个小时了。

　　"未晞啊，你帮我送送小盛吧，耽误了她那么长时间，你一定要找个时间请她吃饭。"

　　"伯母不用客气，我有空了就来看您，您好好休息，我就先回去了。"盛妍说道。

　　"好。"人老了聊久了精神有些不好，老太太在二人出了病房后就躺下了。

　　"盛总监，谢谢你过来陪我妈，她一个人在病房也挺无聊的。"陆未晞将人送到医院大厅外，看她没开车过来，准备给盛妍打车。

　　"师兄，你从来不叫我师妹或者我名字。"盛妍有些委屈地说着。

　　"左右都是称呼，没什么区别的。"陆未晞倒没有注意她说的这些。

　　"师兄，我喜欢你，一直都很喜欢的。"盛妍得知真相后，更加不能放弃陆未晞了。

　　"盛总监，今天谢谢你，很晚了，你快回去吧！"陆未晞一直态度明确，不给她多想的机会。

　　"师兄，你为什么一直拒绝我？难道我还比不上那个一无是处的南嘉木吗？她有什么好的，一直让你心心念念的，她都已经有喜欢的人了，你干吗还一直不愿意接受我？"盛妍不甘心，她这么优秀，凭什么南嘉木就能轻易地

283

得到陆未晞的爱，而且她还是个水性杨花的女人，她一点儿也不值得。

"盛总监，我希望你冷静一点，如果你非要一直纠结于这些没有意义的事，刚好 B 市分公司缺一个负责人，以你的能力，我相信你在那里一定会做出好成绩的。"

这一次陆未晞是真的生气了，盛妍可以坚持自己的想法，他也知道南嘉木在别人眼中学历、工作经历确实没她优秀，她贪吃，爱耍小聪明，但他不允许任何人瞧不起她，在他面前说她任何不是。

"师兄，你这是为了她要赶我走吗？你不记得了，我是你特意跑到华尔街邀请的？"盛妍泪水不停往下掉，她有大好前程，为了他放弃了，到头来他为了一个一无是处的女人赶她走，凭什么？

"我并没有赶你走的意思，但如果你一直纠缠于这些无聊的事，我在质疑我当初放下举步维艰的公司跑到美国一个月到底值不值得。"他也不想把事情摊在桌面上说，可盛妍一直在逼他，他如果再不正面处理这事，终究会害了三人。

"好，我知道你什么意思了，以后我再也不和你说这事了。"他话都说到这份上了，盛妍知道她再穷追猛打，陆未晞什么事都做得出来，那么他们之间仅存的一点情分都没有了，到时候她才是真的输了。

以退为进，这是目前最好的办法。经过短短两个小时的相处，她可以看出老太太并不讨厌她。她只要搞定了老太太，陆未晞就一定会照老太太意思办的，毕竟他那么在乎他妈妈。

"未晞，怎么去了那么久？"陆未晞刚回到病房，还没坐下，老太太坐起来问。

"打车费了点时间。"

"我看盛妍这孩子不错，就是不知道她有对象了没。"老太太试探性地问。

"妈，我已经明确告诉你了，这辈子非嘉木不娶。"陆未晞皱眉说着，第一次他对他母亲有不耐烦。

"你倒是非人家不娶，可嘉木非你不嫁了吗？"一说起这个，老太太就来气，这次病倒就是被这个不孝子气的。

已经离婚了居然不告诉她，还一直瞒着她，编各种理由来骗她。而且他居然不知道自己有这么大个儿子，让他们陆家的子孙流落在外面那么多年，简直要气死她了。

"嘉木现在只是还气我当初冷落了她，我再努力努力，我一定会让她回心转意的。"陆未晞相信南嘉木对他还有感情，只要他努力点，一定会找回妻子儿子的。

"你就做你的春秋大梦吧，你看嘉木的样子是要原谅你吗？暂且不说当年你做的那些混账事她能不能原谅你，就你把她公司整没了，她能原谅你才怪。还有，你如果真的对她还有感情，也不至于这么多年一点儿关心她的意思都没有，要不然你也不会有个儿子都不知道。"老太太是过来人，这事她看得门儿清，南嘉木岂是容易原谅之人。

"我，我这些年忙事业，没有时间顾虑这些。"陆未晞感觉自己的解释好苍白无力。

"忙事业忙事业，家庭重要还是事业重要？现在你事业有成了却妻离子散，这下你的事业不会来安慰你了吧！"老太太恨铁不成钢，这个儿子从小就是主意太大，什么事都不和她商量才铸成大错。

"我……"陆未晞无言以对。

老太太想了想，继续说道："还有，我看你那儿子也是聪明伶俐，有主意得很，他能轻易原谅你这些年对他不管不问吗？你还是认清现实吧！"

母亲所说的一直都是他顾虑也一直不敢面对的，他一直自欺欺人，觉得只要努力了，南嘉木肯定会原谅他的。其实他心里比谁都了解南嘉木，她爱恨分明，摔倒一次再也不愿意重蹈覆辙，所以就算对他有如山如海的爱也不愿意重新回到他身边的。

看到儿子垂头丧气的，老太太虽然恼他但也心疼了，好好的家就这样散了他也不好过，语气缓和了些，"你现在首要任务是求得南嘉木原谅，她要是不原谅你，你也要把孩子的抚养权要过来，我不能让咱们老陆家孙子不能认祖归宗。"

听到母亲的话，陆未晞忍不住大喊，"妈，我要是和嘉木争抚养权，我这辈子就别想和她复婚了。"

儿子是她的命，曾经日子过得艰难无比她也没来找他，现在日子渐渐好了，南嘉木更不可能把抚养权给他了。再说就算给他，他也不敢要，他怕看到儿子怨恨的眼神。

自从知道了他的存在，陆未晞不断和童童打听南书影的情况。他也偷偷去学校几次，躲在暗处看着儿子和南嘉木手拉手一起挤公交。看着顾昔承把他举在肩头，开车带他兜风，带他去游乐园，去吃好吃的。

每当这个时候他心里就不断滴血，顾昔承把他儿子当亲生儿子对待，敏感早熟、渴望父爱的南书影只能在别人身上寻求短暂的父爱。

"那你要我咋办啊，我命就是苦，好好的孙子就没了。"老太太号啕大哭，陆未晞心痛，但他无能为力，老太太哭到最后狠心说道，"我知道对不起嘉木，妈也知道她这些年养书影不容易，但我孙子你必须给我带回来。"

"妈，这次我不能听你的。"陆未晞第一次忤逆又当爹又当妈、为他辛苦操劳一辈子的老太太。

孩子固然重要，可南嘉木对他来说更重要。以他现在的地位和财力，只要打官司南嘉木未必能赢，可这样一来寒了嘉木的心，也伤害了南书影小小的心灵。

"天呀，我这是造啥孽啊，老天要这样折磨我，丈夫走得早，儿子媳妇离婚，孙子跟着别人姓，命苦啊！"老太太没办法了只剩下号啕大哭了。

陆未晞抿着唇站在老太太床边，被愤怒又伤心欲绝的老太太捶打也不走开，眼里弥漫着痛苦之色。

第 61 章 父子相认

老太太身体没什么大问题，就是因为激动血压上升厉害所以晕倒了，医生建议在医院多观察几天，等身体好点了就可以出院了。

"伯母，今天感觉怎么样？"这已经是盛妍下班后按时来医院的第五天了。

"感觉已经好了，医生说明天就可以出院了。"老太太笑呵呵的，终于可以出院了，还好这几天都有盛妍来陪她，要不然她可不知道如何打发时间。

"那我明天尽量早点来接伯母出院。"盛妍俨然已经不把自己当外人了。

"好啊，明天你和未晞一起来。"老太太虽然很喜欢南嘉木，但此时知道陆未晞和南嘉木已经不可能了，她也不可能让自家儿子一辈子打光棍，所以她在尽量撮合盛妍和陆未晞。

南嘉木最近烦心事一大堆，李嘉佳父亲住院她也没来看几次，去学校接了南书影后直接到医院来了。

"李伯，最近感觉怎样，身体好多了吧！"南书影将水果放在桌子上后，叫南书影叫人，"书影，快叫外公。"

"外公好，我是南书影。"小家伙很是礼貌乖巧。

"呵呵，多可爱乖巧的孩子。"李伯第一次被人这么叫，挺高兴的。

"嘉木，你把这孩子教得不错，真懂事。"李母洗好水果进病房时就听到老伴笑呵呵的声音，很是高兴。

"外婆好。"

"好好，书影好。"李母挑个最大的苹果给他，"乖孩子，吃苹果。"

"谢谢外婆。"病房里不好玩，南书影拿着苹果准备出去玩会儿，"妈妈，我到楼下花园去玩玩，你要走时叫我。"

"别走远了。"南嘉木嘱咐他。

"知道了。"南书影摁了电梯后一直盯着显示屏上的红色数字发呆，好不容易到了四层，电梯门刚开他就迫不及待地跳进去，不小心撞到了一个女人。

"阿姨对不起，我不是故意的。"南书影赶紧道歉。

"没关系……是你。"盛妍顾不得旁边站着心不在焉的陆未晞，瞪大眼睛，惊呼出声。

"怎么了？"陆未晞听盛妍惊呼，他赶紧回神，一低头就看见缩小版的自己，不可思议，接踵而来的就是担忧，他赶紧蹲下来，"你妈妈生病了吗？"

"你认识我妈妈？"小家伙呆呆地问。

"你照照镜子就知道我认不认识你妈妈了。"陆未晞知道这小家伙是故意的，他既然能给母亲留下那么多的线索肯定知道自己是谁了。

"叔叔，我从来不照镜子的，所以我也不认识你哎！"他这无良老爹这么多年不管他原来是在忙着谈恋爱啊，小家伙眼珠子一转，笑眯眯地问，"阿姨，你是这个叔叔的女朋友吗？他好奇怪哦！还有你认识我吗？"

"哈哈，小朋友真可爱。"盛妍本来因为他是南嘉木的儿子而有些讨厌他，这会儿听他问是不是陆未晞的女朋友心情大好，也不计较他急急忙忙撞上自己，还在她新买的鞋子上踩了一脚。

"你妈妈呢？"陆未晞皱眉，他都是自来熟的吗？和谁都能聊得来。

"叔叔，我妈妈教我不要和陌生人说话。"刚好电梯到达一层，门刚打开他就一溜烟跑了。

"盛总监我还有事就不送你了，今天谢谢你。"陆未晞说完后就快速去追小淘气鬼了。

看着陆未晞话也不愿意和她多说忙着追儿子，盛妍眼里盛满了嫉妒和不甘，白皙的手指握成拳，青筋毕露。

"小家伙，我看你往哪儿跑。"陆未晞在一个大树下追到躲着他又故意露出线索的小屁孩。

"嘻嘻，你这个大笨蛋，这么久才找到我，一点儿也不好玩。"南书影被他抱在怀里，咯咯直笑。

"臭小子，我是你老爸，你竟然敢说我是大笨蛋。"陆未晞决定要教训一下被南嘉木"教坏"的儿子，在他屁股上轻轻拍了两下后又挠他胳肢窝。

"哈哈，臭爸爸，臭爸爸。"南书影一边笑一边叫。

"臭小子。"

"臭爸爸。"

"臭小子。"

"臭爸爸。"小家伙笑得根本停不下来，挣脱他的怀抱朝远处跑去，"臭叔叔，我才不要你当我爸爸呢，我妈妈说我爸爸坟头上的草已经黄了好几波了。"

"南嘉木，你到底是怎么教我儿子的！"陆未晞忍不住大喊，看着已经跑进医院大厅的儿子，他无语问苍天。

"书影，你在楼下玩什么了？满头大汗的。"南书影刚到病房，南嘉木就抓住他问。

"没什么，就是在楼下遇到一个叔叔，和他玩了会儿猫捉老鼠的游戏。"南书影眨巴着眼睛，任由南嘉木给他擦汗。

"不是告诉你不要和陌生人玩吗？怎么不听话。"南嘉木的弟弟从小被人贩子拐卖，她害怕儿子太过单纯，被别人轻易骗走了。

"妈妈放心吧，我肯定不会轻易上当的。"南书影知道妈妈的经历，他知道她担心什么的。

"嗯嗯，知道就好。"南书影和刚到没几分钟的李嘉佳说道，"我还有点事先走了，明天我约沐雪一起来接李伯出院。"

"好的，回去注意安全。"李嘉佳送他们出去。

在等电梯的时候，南书影突然说："妈妈，前不久跟你在一起的那个奶奶生病了，在楼上住院呢！"

"你怎么知道？"南嘉木惊讶，她已经搬出陆未晞家了，根本不知道老太太的情况，这孩子又是如何知道的？

"我刚刚在楼下看到一个护士姐姐推着奶奶，她坐在轮椅上。"想了想他又补充道，"奶奶也看到我了，还给我好吃的。"

"什么？"南嘉木惊呼，他没戴口罩，熟悉陆未晞的人都知道怎么回事。

"走吧，我带你去看奶奶。"知道瞒不过了，南嘉木打算和他们坦白了。

在楼下大厅问好了老太太在哪间病房后南嘉木就直接带着南书影去了。

"老太太。"

"嘉木？"听到熟悉的声音，老太太翻过身就看到站在门边的南嘉木，她手里牵着南书影，"嘉木，你来了，快过来。"

"书影，叫奶奶，这是你亲生奶奶，你爸爸的妈妈。"以往遇到老太太南嘉木都教他叫奶奶或外婆，怕他分不清，这次特意解释了。

"奶奶，奶奶。"得到妈妈的允许，南书影不再像个小大人，扑在老太太怀里又哭又笑的。

"哎，哎，我的乖孙子。"老太太老泪纵横，终于听到孙子叫她一声奶奶了。

"老太太，对不起，我隐瞒了你们书影的存在，还有，我和陆未晞已经离婚了。"既然事情都到这步了，南嘉木干脆交代清楚点。

"我知道，我知道，我那个不孝子，都是他对不住你。"老太太紧紧把南书影抱在怀里，一边哭一边说，"他把一切都告诉我了，所以我才被他气到医院来的。"

"这事已经过去了，谁对谁错也不重要了。现在书影也知道了有你这个奶奶，以后我会经常带他来看你的。"南嘉木无论如何也不会放弃抚养权，但她不禁止他们一家人来往。

"奶奶，以后书影会经常去看奶奶的，我想吃糖。"南书影小脑袋在老太太怀里拱了拱，撒娇讨吃的。

"好好好，奶奶给书影准备一大车的糖，让书影吃也吃不完。"老太太嘴角含着笑，连皱纹都开出了花。

看着其乐融融的祖孙俩，南嘉木第一次觉得自己很自私，剥夺了一个老人享受天伦之乐的权利。她也过度保护了南书影，怕他小小的心灵经受不住她和陆未晞离婚的事实。却原来，她儿子，小小年纪要比她勇敢很多。

第 62 章　我有爸爸

"听说你已经让陆未晞父子相认了？"自上次酒吧事件后姚芷蕾有一段时间没见到南嘉木了。

"嗯嗯，早晚都会有这一天的，再说我也不能私自夺了陆未晞作为父亲的权利，书影其实也想要个父亲。"南嘉木盘腿坐在姚芷蕾家的沙发上吃着零食。

"那你不怕他们和你争抚养权了？"姚芷蕾一直觉得南嘉木没有必要隐瞒南书影的身世，只是南嘉木太敏感了，老是担心陆未晞和她争南书影。

"怕有什么用，该来的还是要来。我现在有一定的经济基础，就算上了法庭也不一定输。"南嘉木平静地说。

"本来就是这样的，你已经不是过去一无所有、活得小心翼翼的南嘉木了，你能面对这些的，不用怕。再说了，书影他也不会离开你的，你放心吧！"姚芷蕾看着现在自信不已的好闺蜜，真心替她感到开心。

她已经摆脱了身世给她带来的痛苦，现在她不用仰人鼻息，战战兢兢地活着，她可以在阳光下大胆拥抱温暖，可以呼吸自由的空气，可以对所有人说我不愿意，我不开心，我不答应，而不用故作坚强。

"谢谢亲爱的，这些年还好有你，还好有书影。"南嘉木放下零食，抱着姚芷蕾的肩膀，感性地说着。

"傻丫头，谢我什么，你是女子本弱，为母则强。"有了南书影，南嘉木才能一步一步走出过去的噩梦。

"嘻嘻。"南嘉木将头枕在她大腿上，又拿起旁边的零食，放了一块在嘴里，"说说你最近的情况吧，那个渣男还来纠缠你吗？"

"他找过我几次。"姚芷蕾很是平静地说，"他说他女朋友虽然回到他身边了，但还是很贪玩，经常和一些狐朋狗友在一起玩得很疯，而且对他很不放心，老是查看他的手机。本来他的工作就是手机长时间关机那种，女朋友给他打电话很多时候打不通，下班回来她就各种作，搞得他神经衰弱，快要崩溃了。"

"所以你就说了句，关我屁事对吧！"南嘉木在她腿上晃悠悠的，舒适自在。

"知我者，嘉木也。"姚芷蕾嘴角含着笑。

"我跟你一起穿开裆裤长大，你身上哪里有几两肉我都知道。"

"滚，就不能说点好听的。"姚芷蕾轻轻拍了一下她的头，有几分感慨，"不过想想他也是挺可怜的，要和什么人谈恋爱，就算分手了对方想复合，只要他爸妈愿意，他就得照办。"

"他活该，三十岁了还不断奶，典型的妈宝男，这种男人最讨厌。"南嘉木觉得姚芷蕾能及时止损很是明智，这样的妈宝嫁给他以后有得受。

"不管他了，反正现在他和我已经没关系了。"

"哟，这么快就走出失恋的阴影了？当初在酒吧脾气可冲着呢！"南嘉木笑着打趣她。

"哈哈，此一时彼一时嘛！那会儿年轻气盛，容易冲动。"姚芷蕾打哈哈，企图将这事蒙混过关。

"怕不是咯，我听宋沐雪说那个叫郑东的经理可是对你很是照顾啊！"

"宋沐雪那个大嘴巴，以前还以为她清冷得不食人间烟火呢！"姚芷蕾笑骂。

"别遮掩了，谈恋爱又不是什么见不得人的事，既然那人那么好，年轻有为，跟你职位相当，你就从了呗！"南嘉木没见过郑东，但听宋沐雪描述还可以，和姚芷蕾很般配。

"可他家是东北那边的，我不想远嫁，离我爸妈太远。"姚芷蕾知道他们确定关系才没几天，说这些为时过早，但她不得不考虑，毕竟爸妈年纪大了，需要人在身边照顾。

"他现在事业在这边肯定不回东北，到时候把几个老人往这边一弄，没事他们还能凑一桌麻将呢！"在南嘉木看来远嫁不是事，人靠不靠谱，真不真心才是事。

"你说得也对。"姚芷蕾想了想还是挺赞同她的说法。

南嘉木已经在家闲了很久，大家都忙事业，她一个无业游民到处晃荡也招人烦，所以她打算重新杀回职场。

"陆总，我申请结束停薪留职，我要回来工作。"周一早上南嘉木收拾妥当自信满满地敲响了陆未晞办公室的门。

"你不在的这段时间代理总监做得很好，我不想换了她。"陆未晞很是冷静地说着。

"那陆总打算怎么办?"南嘉木问。

"你就先担任副总监一职吧，前段时间副总监因为涉及一些经济纠纷目前已离职，你刚好替补他的位置。"

"好，那我明天就来上班。"正事说完了，南嘉木也没有留下的理由，踏出办公室门的时候想到什么她回头说道，"我今天下午要带我爸妈去医院体检，没有时间，你去接书影放学吧，晚上忙完了我再去接他。"

"行，我会准时去接他的，你放心去忙吧。"陆未晞闻言，笑容满面。

"儿子。"下午三点半，陆未晞就出现在学校门口。

"爸爸。"南书影放开童童的手朝陆未晞跑来，一头扎进他的怀里。

"陆叔叔。"王童童乖巧地叫人。

"童童真乖，你爸爸有些事还需要处理，所以叔叔来接你和书影放学。"他一手牵一个孩子朝车子走去，"时间还早，你们要吃什么，告诉我，我带你们去吃。"

"我要吃炸鸡。"童童已经胖得不行了，可他还是想吃炸鸡。

"吃炸鸡会让你更胖的。"南书影一边嫌弃他，一边说道，"爸爸，我要吃薯条。"

"……"这孩子，炸鸡和薯条也没什么区别啊！

"南书影，这是你爸爸吗？你爸爸长得真帅。"还没有到车旁，一个小女同学就跑过来和南书影说话。

"嗯嗯，这是我爸爸。"南书影很是骄傲。

"周星星不是说你没有爸爸只有妈妈吗？"小朋友说完后偏着脑袋看了一眼因为她的话脸色就不太好的叔叔。

"谁说我没有爸爸了，我爸爸是超级无敌大英雄，他有一个很大很大的公司。"南书影说的同时用手比了比，怕他不信，南书影还拉童童做证，"童童，你告诉她，我说的对不对？"

"嗯，书影没骗你，我爸爸也在那个大公司里上班。"童童连忙点头。

"可周星星就是说你没爸爸，经常来接你放学的那个叔叔不是你爸爸。"小丫头很较劲，一直和南书影吵。

"周星星是个大骗子，他骗你的，他爸爸是个赌鬼，他骗你说我没爸爸是不想让你跟我玩，他是大坏蛋，太讨厌了，我们不理他。"南书影好好的脾气也被这丫头折磨得所剩无几了。

"可是……"

"小朋友，我就是南书影的爸爸，我叫陆未晞。"听到南书影因为别人说他没爸爸就气得跳脚，陆未晞第一次觉得他在他的生命里缺失太久了，既内疼又心酸。

"哼，都给你说了你还不信，我们要去吃炸鸡薯条了，不理你了。"南书影气呼呼地拉着陆未晞和童童的手走了。

第 63 章 自来熟

上车以后南书影一直不说话，陆未晞知道敏感的他还介意刚刚那个小朋友的话，陆未晞试图转移他的注意力，随意地说道："你妈妈今天要带你外公外婆去医院体检，所以一会儿咱们吃完炸鸡薯条就回爸爸家。"

"我外公外婆前几天才体检过呀！"南书影终于抬头说话了。

"是吗？"陆未晞心里五味杂陈，南嘉木是在刻意给他们父子独处的机会。

"你顾叔叔这段时间经常来家吗？"过了好一会儿陆未晞问。

"基本上两三天来一回，外公外婆可喜欢他了，经常给他做好吃的。有时候家里明明还有菜，他们硬是要让我妈妈陪我顾叔叔一起去买，还说离我家最远的那个超市卖的菜最新鲜，一定要去那里买。"南书影拿着车上的小公仔一边玩一边说。

"那你妈妈去了吗？"陆未晞感觉自己心跳有些加速。

"有时候去有时候不去。"

"那她什么情况下会去？"

南书影想了想，"比如我外婆说她心情不好时，或者她想吃那家超市的牛肉时我妈妈就去。"

陆未晞心里清楚这是二老刻意为南嘉木二人制造的单独相处的机会，而南嘉木顾忌郑云的病情只有服从的份。

他现在虽然还很确定南嘉木是爱他的，但时间长了他不能保证那二人不会日久生情，所以他得抓紧时间行动，有事没事往她父母面前晃悠。

中午南嘉木没有回家吃饭，在食堂吃了饭后就回办公室加班。工作好久没做已经生疏了，三天不做手生啊！果然，不能与社会太脱节了。

"南副总监，你好认真。"总监刚和盛妍吃完饭，打算回办公室休息会儿，这会儿，她不承想南嘉木还在工作。

面对她酸不溜丢的话南嘉木也没在意，挤出一个完美无瑕的笑容，"是呀，总监不也没走嘛！"

"项目部工作不比其他清闲部门，这里的同事都是些名牌大学毕业的，我作为他们总监想要领导他们也是很有压力的，没办法，不想被踢出局，只有不断努力了。"总监很是有优越感。

"确实，连总监都这么认真，那我也要更加努力才行，所以我就不陪总监聊天了，我得努力工作了。"南嘉木心里想着不就是个总监嘛，有什么可神气的，话说她当年还是老总呢，有学历了不起啊，就会瞧不起她。

南嘉木在办公室打字打得噼里啪啦的，总监很是心烦，干脆直接跑到盛妍的办公室去了。

"南嘉木不知道抽什么疯，大中午的不休息在加班，烦死了。"

"她已经有一段时间没工作，再说她又没你们毕业的学校好，肯定要多努力，你就理解一下她嘛，毕竟她也不容易。"盛妍喝了口咖啡，笑得优雅得体。

"我还是觉得盛总监你厉害，是陆总亲自去美国请你回来的，华尔街那个地方给我十辈子我都不敢想。"总监眼里充满崇拜与向往。

"那都是过去的事了，没什么的。"

"盛总监就是低调，有内涵。"想到什么总监开始抱怨，"副总监出了事，南嘉木又突然回来了，后勤部没来得及为她准备新的办公室，只能先在我办公室办公，可这样真的搞得我不能安心工作！"

"要不我去和陆总说说，给她安排新的办公室。"盛妍很是理解总监。

"那好啊，陆总肯定听盛总监的。"总监朝她投去暧昧的笑。

"别瞎说。"盛妍娇羞不已。

陆未晞考虑着南嘉木不习惯和人共处一室办公，就将他隔壁闲置的办公室整理出来给南嘉木当临时办公室。

"盛总监，我就说你说话陆总肯定听你的，这没两天，南嘉木那讨厌鬼就搬走了。"趁上厕所的空档，总监溜到财务部找盛妍说这事。

"是吗？你开心就好。"盛妍根本还没来得及和陆未晞说，这会儿顺水推舟，她就承了这个人情，反正也没有人敢去问陆未晞怎么回事。

只是盛妍怎么也没想到陆未晞给南嘉木安排的办公室就在他隔壁，这不是近水楼台先得月嘛！

"师姐，你最近工作顺利不？"中午餐厅吃饭，盛妍打好饭菜端去和南嘉木一桌。

"还好吧！"南嘉木实在是不想理这个口是心非的小学妹，感觉她满满的都是套路。

"师姐，你是不是很讨厌我？"盛妍当然知道她为什么会对她如此冷淡了，因为她们是情敌。

是呀，既然有自知之明那你还不识趣点，"没有啊，哪有哦，盛总监这么个美人胚子，我当然喜欢都来不及了，哪里还能讨厌呢！"

演戏南嘉木还是手到擒来的，左右不过是皮笑肉不笑嘛！

"师姐，我是真心想跟你做朋友，我比你早来公司几年，你工作上有什么困难我也可以帮你的。"

"我没什么困难啊……陆总。"乖乖，在这儿等她呢，这演技也太烂了吧，以为这样陆未晞就可以对她另眼相待了？

"盛总监也在啊！"陆未晞从南嘉木背后出来自然而然地坐在她旁边。

"师兄。"盛妍向陆未晞笑笑，十分地乖巧。

鸡皮疙瘩掉了一地，此时不走更待何时，南嘉木端着才刚刚开动的餐盘，"陆总，这里有点挤，我去那边。"

"师姐好像很讨厌我。"陆未晞还没反应过来南嘉木突然的举动，盛妍就很委屈地说着，小脸皱巴巴的，别提有多可怜了。

"盛总监想多了，她对谁都这样，真性情。"陆未晞本来还可以的心情一下子低落了，埋头吃饭。

下班时陆未晞特意在大厅门口等着南嘉木，见她出来赶紧迎上去，"我给书影买了玩具，我陪你回去拿给他。"

"你给我吧，你再和我待下去，你的佳人会吃了我。"南嘉木惹不起躲得起，不想蹚他和盛妍的浑水。

"南嘉木你无不无聊。"陆未晞有些生气，不顾她的挣扎拉着她坐进车里，"我已经好多天没见到书影了，我去看看他。"

"别以为去我爸妈面前晃荡你就可以博得二老的青睐。"他打什么鬼主意她岂会不知？

"这不需要你操心，你管好自己就行。"他启动引擎，车子像离弦的箭，一下子射出去，吓得南嘉木赶紧拉好扶手。

南嘉木二人到家时很不巧顾昔承已经在了，他陪南胜国在厨房里忙晚饭。

"爸爸。"南书影开的门，看见陆未晞就跳进他怀里。

"乖儿子。"陆未晞亲了他一口，把他放下来，"看爸爸给你带了什么礼物来了。"

"变形金刚。"小家伙很是开心，"谢谢爸爸。"

"小白眼狼，我辛苦养了你那么多年也不见你对我这么热情。"南嘉木假装抱怨，心里忍不住叹息父子天性，他们没相认多久，处得却很是和谐。

"阿姨。"陆未晞将礼物放在茶几上，和坐在沙发上没什么好脸色的郑云打招呼。

"嗯，坐吧！"虽然不愿意，但他毕竟是孩子的爹，他们无权阻止他来看书影。

"谢谢阿姨。"陆未晞脸皮厚，也不管人家对他态度如何，很有眼力见儿地去厨房，有些霸道地把正在择菜的顾昔承挤到一旁，很是自来熟，"叔叔，有需要我帮忙的地方吗？"

"不用不用，你是客人，去客厅坐会儿。"南胜国态度没郑云强烈，还算礼貌周到。

"不用不用，我都来了好几次了，已经不是客人了。"

顾昔承默默择菜，他这个师弟，脸皮厚得可以糊城墙了。

第64章　不是我的菜

饭桌上郑云不断地给顾昔承夹菜，他碗里都堆成了小山。反观陆未晞的碗里，孤零零的就一片青菜叶子，而且还是南书影吃饱了要离开餐桌时看他可怜给他夹的。

"嘉木，我想吃肉。"陆未晞用筷子撑着下巴，望着盘子里的红烧肉，可怜巴巴的。

"要吃你不会自己夹啊，你自己有手有脚的。"南嘉木往嘴里丢了块红烧肉，白了他一眼。

"嘉木，多吃点青菜，对身体好。"顾昔承夹了几筷子青菜在她碗里，"你光吃肉对身体不好，营养不均衡。"

"谢谢师兄。"

"嘉木，多吃肉，才能长胖点。"陆未晞不甘示弱，他非要和顾昔承作对。

"陆未晞，我碗里装不下了。"南嘉木看着三分之二的红烧肉全部在她碗里了，有打人的冲动。

"好了，好了，都别相互夹菜了，好好吃饭。"南胜国有些同情不受待见的陆未晞。

说实话陆未晞对南嘉木不错，要不是当初他忙着事业忽略了南嘉木，现在他也事业有成，有妻有子家庭和睦。

而顾昔承温文尔雅，绅士礼貌，修养和学识、家世背景样样都是好的，

302

他们也真心希望他能成为他们的女婿。他虽然对南嘉木这么多年不变心，但他们知道嘉木和他不般配。郑云因为有补偿南嘉木的心理，也一直给他们创造在一起的机会，但南胜国清醒地知道，南嘉木就算不选择陆未晞也不会选择顾昔承。

国庆节时楚源回云市，南书影在自己房间玩小舅舅送他的玩具，南嘉木坐在楚源旁边刷着无聊的电视剧。

"姐，你真不考虑一下咱们人见人爱花见花开的顾师兄？"

"你还是叫我南嘉木吧，不习惯。"南嘉木白了一眼故意提着嗓子叫她姐的楚源，很是嫌弃他。

"考虑一下咱们顾师兄呗！"

"那你怎么不考虑一下李嘉佳？"南嘉木回呛他。

大学时候她们就心知肚明李嘉佳对楚源有意思，只是他长得太绝美，又吊儿郎当的，李嘉佳不敢表白。

"她不是我的菜。"楚源半开玩笑。

"那顾师兄也不是我的菜。"

"话不能这样说啊，你看顾师兄帮咱照顾书影，这段时间又是带爸妈吃喝玩乐，我看都比我这个儿子还殷勤孝顺呢！"楚源瞅了瞅厨房里帮南胜国做饭的顾昔承，压低声音道，"我看他也不把自己当外人，对你攻势很猛哦！"

"我寻思着哪天把李嘉佳带回家来，让咱爸妈瞅瞅，说不定你俩就真成了呢！"南嘉木威胁他。

"别别，我有喜欢的人。"楚源在说到喜欢的人时，耳根子不可遏制地红了。

"你不说这事我还忘了，你不是说国庆要带女朋友来的吗，人呢？"南嘉木眯着眼睛问。

"人家外国又不放……"

"等等，你喜欢的人不会是你那个在国外读书的妹妹吧?"南嘉木迅速抓住关键词。

"不，不是。她是我妹妹，我怎么会对她有非分之想?"楚源有几分心虚。

"肯定是她。"南嘉木看他欲盖弥彰的样子肯定了自己的想法，然后很是鄙视他，"喜欢就喜欢呗，有什么大不了的，你们又不是亲兄妹。"

"真不是。"

"还否认，小心我不帮你。"南嘉木故意要走开，意料之中被楚源拉住了胳膊。

"好姐姐，我就知道你最好了。"楚源露出个讨好的笑。

"哼，这还差不多。"南嘉木在心里讪笑，楚源果然做贼心虚，一下子就被她诈出来了。

楚源把事情来龙去脉给南嘉木说了，南嘉木简单总结了一下，"你那个妹妹也许喜欢你，但现在你俩是不合适在一起的，当然你也不能去表白，被拒绝的可能性很大，而且你只有一次机会。"

"为什么?"楚源很是紧张。

"咦，你一向不是标榜自己是情场浪子，万花丛中过，片叶不沾身吗? 谈了无数女朋友，还不知道女生心思?"南嘉木很是怀疑楚源到底有没有谈过恋爱。

"以前那些没想过要结婚。"楚源快被磨磨叽叽的南嘉木给急坏了，"你倒是说为什么呀!"

"很简单啊，你妹妹还没大学毕业，对外面世界很向往，而对婚姻家庭没有深刻认识，未来有无数的可能性。再加上你爸妈他们从小把她保护得太好，她对人心险恶还不了解，总要吃一番苦头，上几回当才明白感情是怎么回事。再说，你一直是她哥哥，你有的顾虑她也有，她是个女孩，或许比你的顾虑还多，所以你俩现在还不合适在一起。"南嘉木自问这么多年对感情还是比较

304

看得清的。

"那我要怎么办？"问题是说了，可他还是不知道如何做。

"等着呗。"感情这事是当局者迷旁观者清。

"那要等到什么时候？"

"俗话说哪个人青春还不遇到几个渣男啊，所以你就只能等她撞了南墙，满身伤痕回来了。"南嘉木说得很是轻巧，完全没有替楚源担心半分。

"那万一她遇到她喜欢的人呢？不就没我什么事了？"这是楚源担心的。

"那你就只能认命，好好和你未来妹夫相处了。"他这问题问得好白痴，既然这样只能认命了，还能怎样？

"我发现你说去说来根本没说到点子上，你纯属就只想八卦一下而已。"楚源看她忍不住的笑意，突然明白他被南嘉木要了。

"哈哈，笨死了，比我还笨，就这样还想追你妹妹呢！"

另一边陆未晞等饭点到了准备去南嘉木家蹭饭的，顺便再破坏顾昔承和南嘉木的"约会"，可惜人还没出门就被老太太叫住了。

"你要去哪里？小盛都到门口了。"老太太今天张罗了一大桌子菜，邀请盛妍来家里做客，说是答谢在她住院期间盛妍忙里偷闲来医院陪她。

"她来了你和她一起吃吧，我有事要出去会儿。"陆未晞很不喜欢老太太的自作主张。

"还去南嘉木家吧！人家都不给你好脸色，你还脸皮厚地往那里蹭，你不嫌丢人我还嫌呢！"老太太看她这儿子是魔怔了，好好的盛妍不要非要和南嘉木死磕。

"这是我的事，你就不用操心了。"陆未晞刚换好鞋子，门铃就被摁响了。

"师兄，你要出门吗？"门是老太太开的，盛妍看着陆未晞穿戴整齐，而且都走到门口了，知道他肯定不是来迎接自己的。

"嗯，我还有事要出去，盛总监就和我妈在家吃饭，失陪了。"陆未晞越过她，出门了。

"小盛……"

"伯母，我有些话要和师兄说，我一会儿再来。"盛妍赶紧去追已经要进电梯的陆未晞。

"师兄，你等我。"快要出小区门了，盛妍还没追上陆未晞。

"盛总监，我已经明确告诉你了，今生我非南嘉木不娶，你干吗还围着我转?"陆未晞一直对她都是彬彬有礼，礼貌而疏离，从来没这样疾言厉色过。

"师兄，你误会我了，我根本不知道怎么回事，是伯母说你邀请我来家里做客，我不知道会耽误你的事，对不起。"盛妍很委屈，他怎么可以这样对自己?

"如果我妈以我的名义做了任何让盛总监难堪的事，我代她向你道歉。同时我希望以后咱们除了工作上的事就没必要私下来往了。"他最近很烦，一个顾昔承已经够头疼了，盛妍还没完没了的，他火气控制不住了。

第 65 章　被宠坏的孩子

盛妍从小到大就没受过这种气，家里人都把她当宝贝一样捧在手心里，别说骂她了，就连大声说话都舍不得。

她从小学习优异，父母宠她，什么都依着她，只要她想要的东西没有得不到的，陆未晞也是如此，"师兄，我不会放弃的，我一定会等到你回心转意看到我的好的。"说完盛妍就捂着嘴哭着跑了。

南嘉木最近看见陆未晞都是绕道走的，因为老太太找过她几次，一直在给她诉苦她当年是如何如何不容易，陆未晞又是怎么怎么才走到今天这步的。

总之绕来绕去就是希望如果她不同意和他复婚的话那她就躲他远点，好让合适的人和陆未晞相处。

南嘉木一点儿也不怪老太太。她也不会觉得老太太的行为让她寒心，毕竟曾经老太太也是把她当亲生闺女一样对待。她能理解一个母亲对儿子的期望。老太太一直以来受到的教育就是让自己的孩子成家立业，现在老太太能不和她抢南书影的抚养权南嘉木已经很感谢她了。

"南嘉木。"南嘉木来月经了，好不容易熬到下午下班，才走到大厅就被人叫住了。

很好，终于不用再扮演娇滴滴的白莲花了，正面交锋她还是比较擅长。

"小师妹，怎么了，找我有事?"南嘉木回头，皮笑肉不笑地看着朝她走近的盛妍。

"你有什么资格当我师姐？"盛妍抱着手臂，居高临下地看她，颇有几分盛气凌人。

"妹妹，你以前可是左一个师姐又一个师姐地叫我，没必要撕破脸了就不认我了吧！"南嘉木不是省油的灯，她就是要膈应她，恶心她。

表里不一，到处装柔弱扮可怜，以前是陆潇潇，现在是她，她最讨厌这样的人了。

"我才不会跟你在这人来人往的地方纠缠呢，有胆量就跟我去旁边的咖啡厅。"现在正是下班时间，要是刚好被陆未晞看到她失了优雅的样子，她会让他失望的。

"切，我干吗要听你的啊？"怕失了颜面，想找个没人的地方，她南嘉木才不成全她呢，"有什么话就在这说，不说我回家咯。"

"你怕了？"盛妍讥笑，"你是怕我了才不敢跟我走的吧！我还以为曾经还算云市大学风云人物的南嘉木天不怕地不怕呢，原来也是个怂包。"

"小妹妹激将法对我没用的。"南嘉木莞尔一笑，"再说了我怕你又不丢人，不怕你也不见得勇敢到哪里去，纯属浪费时间嘛！"

"南嘉木，你站住。"盛妍见南嘉木的反应不是自己预想的那样，反而没事一样转身就走，大步上去抓住她手臂不让她走。

"妈的，今天看来不和你掰扯掰扯你还没完没了是吧！"南嘉木怒了，将袖子撸起来。

"只会用暴力解决问题，果然四肢发达头脑简单。"看她那架势盛妍有些心虚，但不想在南嘉木面前输了气势，她故作镇定。

"你以为我要揍你啊，我又不是有病干吗和一个疯子过不去？"南嘉木只是觉得太热了，没有别的意思，"走吧，要去哪里？"

剑拔弩张的两人来到隔壁咖啡厅卡间，盛妍不和南嘉木废话，直接开口，"离开陆未晞，你配不上他。"

南嘉木看她趾高气扬的，有些好笑，最后她也真笑了，"盛妍，虽然你读的书不少，名校毕业，我承认你工作也挺出色，但你这段位也太低级了吧！"

"什么，我家世学历都是顶尖，你还说我段位低？"盛妍不可置信，她活成别人羡慕的对象，别人还有资格说她，唯独南嘉木没有。

"你家世有多好，无非就是爸妈是上市公司高管，你哥是海归博士在市医院心外科当科室主任罢了，这有多牛？值得你天天在我面前嚷嚷。"南嘉木不带正眼看她。

"这难道还不算吗？至少比你好千倍万倍。"盛妍哼了一声。

"你知道陆未晞的前女友吗？"南嘉木突然说了句风马牛不相及的话。

"我管她是谁？"盛妍满心不在乎，高傲得如同一只孔雀。

"陆未晞的前女友陆潇潇，她是全国房产大亨的千金，云市大学音乐系的高才生。你知道的，云市大学音乐系还是很有名气的，她这家世这学历该甩你几十几百条街了吧！"

"你提她干吗？"盛妍没刚才那么目中无人了。

"就她，陆未晞都不带可惜的，如果他不爱你，你以为他会因为你的家世才貌而委屈自己？陆未晞有的是傲气，他要什么不会自己争取，还需要借助你的力量往上爬？你可别玷污他的智商人品了。"这点她还是比较懂陆未晞那个人的。

"我……"

"我说你段位低你还别不服气。"盛妍正要说话被南嘉木毫不留情地打断，"就陆潇潇也知道强扭的瓜不甜，就算哭也不会在别人面前，更不屑于死乞白赖地追着人不放，痛痛快快放手，从此不纠缠，老死不相往来。"

"她是她我是我。"盛妍不会承认她确实比不过陆潇潇，"这跟你有什么关系？"

好吧，和这情商的人谈话真的好虐待人啊，她脑细胞都不知道死了多少个了，她还是直接说吧，"首先，陆未晞之所以和陆潇潇谈恋爱完全是为了气我。其次，请你搞清楚状况。我现在和陆未晞没有任何关系，你要和他怎么样与我无关，请别来打扰我的生活。最后，我现在只要点头，陆未晞就会回到我身边，请问还有你什么事？别没完没了地缠着我，又是秀优越感，又是宣布主权的，我没空，懒得回应你。"对方是女同事，南嘉木尽量不想冲动揍她，没等盛妍回神就拎着包，小跑出餐厅，肚子疼啊！

　　盛妍坐着没动，南嘉木的话她似乎懂又似乎不懂。从小到大爸妈教她的就是自己想要的东西一定要争取，她也一直以为她应该得到大家的喜爱。就像小时候喜欢别的小朋友的玩具，只要她一哭，爸妈一定会满足她的。长大了别的女孩子有的衣服、包包、化妆品她也一定要有而且比对方要好千倍万倍。

　　去美国读书别的同学做兼职，勤工俭学，去中餐厅打工，她不屑一顾。有时候得到同学打工的地址，她还特意约了同学去吃饭，用爸妈给的钱大方买单。她看到兼职的同学得到她赏的小费，看到身旁朋友对她崇拜又喜欢的眼神，那个时候她就会觉得自己是那么的高贵，别人都跟在她身后，看她脸色行事。

　　今天南嘉木却告诉她，她想要的不会都得到，人不会任由她摆布。她不是公主，就算是公主这世上也有人不喜欢公主的。她所有的优越感在别人看来很可笑，她一直坐井观天，不知道天外有天，人外有人。

　　所以南嘉木在用一种看傻子、同情她情商的眼神告诉她，她盛妍，是一个被宠坏的孩子，没什么了不起。

第66章　地震

顾昔承今年主要精力放在偏远山区教育医疗上，已经为很多贫困山区捐赠了多所希望小学和爱心图书馆。

"某台报道，西南地区某县发生地震，呼吁大家众志成城，关注灾区人民，给灾区人民带去温暖和帮助。"

顾昔承刚洗完澡，听到这则新闻立马进房间换衣服收拾行李，"喂，嘉木，西南地区某县发生地震，我得过去看一下。"

"师兄，我陪你一起去。"刚要睡下的南嘉木立马换衣服。

"好，那我现在去你家楼下等你。"顾昔承拿起了茶几上的车钥匙，匆匆下楼。

南嘉木和顾昔承到达灾区时已经是凌晨五点，他们没有直接去村庄，而是到县医院。

"我们这边要现场搜救，给安置灾民的临时帐篷三个小时一次消毒，等等，医护人员和医疗物资急缺。"院长办公室院长给顾昔承和南嘉木说具体情况。

因为这次地震波及很多村庄，水、饼干这些物资也是急缺。顾昔承回到临时居住的帐篷后一直在打电话，南嘉木看他挺着急，但帮不上忙，心里挺难受。

"师兄，怎么样了？"两个小时后，顾昔承终于打完电话了。

"我安排顾家在云市做医疗器械的分公司先紧急送一批消毒水、医用纱布这些轻物资来，因为道路不通，可能要十个小时后才到。"顾昔承两眼通红，语气烦躁。

南嘉木第一次看到一向云淡风轻、做事有条不紊的顾师兄像一只被困的狮子，压抑着内心的狂躁。

"师兄，你别急，我相信上天会厚待这些灾民的。"南嘉木紧紧握住他不断颤抖的手，给他安慰。

"嘉木，我以前觉得自己无所不能，不论哪里需要，我都能及时地出现为他们带来希望。留守儿童返校继续学习，我资助营养餐，设立专项奖学金，捐赠图书馆，可现在面对死亡，我却无能为力。"顾昔承抱着头，不断地扯他头发。

今天他们去了灾情不太严重的村庄，被毁的家园里，老人孩子全身是伤，坐在一片废墟中，孤立无援的样子，真的刺痛了他们。

"师兄，你已经做得很好了，不需要自责，天灾无情，人间有爱，大家众志成城，一定会给灾区人民带来希望和帮助的。"

"嗯，嘉木，谢谢有你陪我。"顾昔承将脸埋在她干燥的双手里，慢慢放下焦躁不安的心。

顾昔承从昨晚到现在没休息片刻，开了七八个小时的车，劳力伤神，南嘉木怕他熬不住就劝他去睡会儿。

傍晚了，灾区的天空还是雾蒙蒙的，南嘉木坐在离帐篷不远处的一个小山坡上，双手抱臂，在面对天灾时，人才显得渺小。

南嘉木心情很沉重，她想起了儿子，"喂，儿子，你们吃饭了吗？"

"妈妈，你还好吗？我和外公外婆都很担心你和顾叔叔的安危。"南书影一般九点半就睡觉了，早上醒来外公告诉他妈妈去了灾区。

"儿子放心，我和顾叔叔都很好，你要安慰外公外婆，别让他们担心我们知不知道？"南嘉木隔着手机都能够感受到小家伙的担心，内心一片柔和和踏实。

"嗯嗯，我知道的，妈妈你和叔叔一定要注意安全，早点回来。"

"好，儿子，那我挂了，你在家一定要听外公外婆的话。"南嘉木擦了擦不知不觉中掉下来的眼泪。

陆未晞第二天一早来到公司，没进自己办公室就去南嘉木办公室，没看到人，他打她电话无法接通。

陆未晞随便问了个项目部的员工，被告知南嘉木昨晚就请假了。陆未晞也没多想，想着那家伙肯定是偷懒了不想来公司了，他召开紧急会议，商议给西南地区灾区捐赠物资事宜。

直到第三天下午下班，南嘉木还是没到公司。陆未晞终于不淡定了，再次拨打南嘉木的电话，这次是关机了，他直接开车去南嘉木家。

"爸爸，你怎么来了？"南书影他们正准备吃晚饭。

"你妈妈呢？"陆未晞没进屋，站在门口问。

"我妈妈和顾叔叔去灾区了。"

"什么时候去的？"陆未晞眼皮不由得一跳。

"前几天晚上。"南书影从鞋柜里拿出爸爸在他家穿的拖鞋，"爸爸，你进屋，咱们要吃饭了，边吃边说。"

"叔叔，阿姨。"陆未晞换上鞋子给二老打招呼。

"嗯嗯，坐下吃饭吧！"南书影给陆未晞拿了碗筷，南胜国还算客气。

"谢谢叔叔阿姨。"

郑云的脸色没有以前那么臭了，可能是看他脸皮比较厚，她已经彻底放弃抵制陆未晞来家里了。

"书影，你给你妈妈打电话，我打她手机关机了。"匆匆吃了几口陆未晞就吃不下了。

"好的爸爸。"南书影也吃好了，赶紧跑去自己房间拿手机给南嘉木打电话。

"爸爸，还是关机。"南书影这次有点急了。

在灾区什么情况都有可能发生，山体滑坡，泥石流，疫情感染，无论哪种情况都很危险。

"你也不要着急，也许是你妈妈手机没电了，忙，来不及充电。"怕吓着南书影，陆未晞故作镇定安慰他。

"嗯嗯，我妈妈那么善良，肯定不会出事的。"南书影握紧小拳头。

"叔叔阿姨，你们也不要着急，我一会儿就去灾区看看，有什么情况我会随时联系你们的。"陆未晞不放心南嘉木，不亲眼看到她安然无恙他寝食难安。

"嘉木可能就是手机没电了，那个地方那么危险你还是先别去，咱们等会儿再打一次。"郑云终于说话了。

"阿姨谢谢你，我一定会没事的，我一定会把嘉木毫发无伤地带回来的。"陆未晞以为郑云对他很讨厌，没想到她是面冷心热，对他还是关心的，他心里暖暖的，很感动。

"那你注意安全，随时保持联系。"南胜国见他坚持要去也拦不住，只能提醒他小心点。

"书影，你能回爸爸家陪奶奶吗？我怕她担心，奶奶问起我时你就说我出差了，让你过去陪她说说话。"这一去也不知道哪天能回来，他最放心不下的就是一个人在家的母亲。

"好的爸爸，我一会儿收拾好书包就去。"南书影很乖巧，不会让爸爸有后顾之忧。

"行，叔叔阿姨我就先走了。"

"路上注意安全。"二老送他出门。

车上陆未晞每隔十分钟就给南嘉木打一次电话，但无一例外都接不通。

为了方便物资运输到灾区，道路抢修，一路还算顺畅，陆未晞到达灾区时是第二天早上八点。

"你好，请问一下你知道南嘉木在哪儿吗？"陆未晞一路问过来，都没有人知道南嘉木是谁。

"小伙子你要找人就去县里临时指挥中心吧，那儿对外来的志愿者都有记录的。"一个老人看他无头苍蝇一样乱问，他颤颤巍巍地从帐篷里出来走向他。

"好的，谢谢老人家。"陆未晞将手里一瓶未喝过的矿泉水给了老人，之后沿着老人指的方向去了临时指挥中心。

第 67 章　担忧

"你说的南嘉木是不是和顾先生一起来的那个女孩？"临时指挥中心负责人是个中年男人，记性有些不好，再加上这几天来来往往人多，事杂，思考了半分钟才记起。

"对。他们现在人在何处？"终于找到她，陆未晞激动地问。

"二人一早就出门了，顾先生和第二批运送物资的车辆去了最严重的沈庄，而南小姐则去了离这儿最近的陈村。"

"陈村离这儿有多远？"

"大概有二十里。"

"车子能过去吗？"二十里地走路要花不少时间。

"车子只能走一段路程，离陈村附近三里地的桥被震坏了，还没来得及修，只能走过去。"他们送去陈村的物资都是消防官兵背过去的。

"我知道了，谢谢。"陆未晞从不远处的车里拿出打印好的文件递给负责人，"这是天耀科技捐赠物资的清单，物资会尽快运来，到时候麻烦黄主任安排对接一下。"

"我代表灾区人民感谢陆先生，感谢天耀科技。"负责人用力握着陆未晞的手，大家都在心系灾区人民，相信这场灾难会很快过去的。

陆未晞到达陈村时已经早上十一点了，村里到处都是帐篷，空气中弥漫着消毒水的味道。志愿者都是戴着口罩，大家忙作一团，他一时半会儿没找到南嘉木。

陆未晞掏出手机准备再试着给南嘉木打电话，一看手机显示没信号。难怪南嘉木的手机一直打不通，原来是没信号。

"南嘉木。"经人指路，陆未晞终于在陈村村外一条小溪边找到正在洗纱布的南嘉木。

听到熟悉的声音，南嘉木以为自己幻听了，有几分好笑自己忙晕了居然听到陆未晞叫她，那家伙现在正在云市呢，怎么会来这儿？

"南嘉木。"

南嘉木确定这次没有幻听，确实有人叫她，起身回头，她就看到陆未晞站在河堤上。

"你怎么来了？"南嘉木压制不住内心的喜悦，这是她这几天来最开心的时候，居然在这里看到陆未晞。

"怎么你能来我就不能来了？"看她大汗淋漓的，陆未晞温柔地给她擦干汗，顺便把她微乱的头发别在耳后，心疼道，"几天不见黑了瘦了。"

"你什么时候来的？"看他风尘仆仆、憔悴的面孔，她心里还是有些心疼。

"昨晚就来了，开了十几个小时车，到现在没合过一次眼，累死我了。"陆未晞见她关心自己，他故意说得可怜巴巴的。

"走，去那边坐着休息会儿。"南嘉木拉着他找了块比较干净的地方，两人一起坐下。

"你怎么来了？我爸妈、书影他们还好吧？"南嘉木想打电话回去报平安的，但灾区信号时有时无。

"你爸妈比较担心你，我这几天给你打了无数个电话，先前还好只是无法接通，后来直接是关机了。"陆未晞怕她不信，把通话记录给她看。

看着密密麻麻的已拨电话，南嘉木着实被吓了一跳，"怎么这么多？我居然一个都没接到。"

"就是一直联系不上你我就来找你了。"陆未晞收起手机，靠在她肩膀上闭眼休息，"我去到其他村，村民告诉我要去县临时指挥中心才能找到你，然后历经千辛万苦终于在这里找到你。"

"放心吧，我没事。"南嘉木轻轻拍着他背，给他安慰。

"南嘉木，打你电话都不通，我担心你有什么危险，我怕我不在你身边你会害怕，所以我来找你了。"陆未晞努力地控制颤抖的身体，疲惫不堪的声音有些沙哑。

南嘉木知道他是想到了大一寒假回家她差点死在手术室了，那时他也是打了很多电话都不通，所以害怕了。

南嘉木心里酸涩，柔声说着，"放心，我没事。"

陆未晞靠着她的肩膀睡了一个小时，醒来后陆未晞自告奋勇地要帮她干活，然后她就坐在旁边看陆未晞笨拙地洗那些带有血渍的纱布。

"搞定。"陆未晞很满意，端着盆往她身边一放，"我累了，你帮我捶捶肩。"

"你是大爷啊，自己捶吧！"南嘉木才不理他的幼稚，端着盆就往村里走，她还要将这些纱布晾起来，给灾民换新纱布呢！才没有时间陪他玩。

"哼，狠心的女人。"陆未晞没能如愿以偿，大步上前将她手里的盆夺过来，气呼呼地走在前面。

出来混迟早要还的，谁让他大学时候可劲儿欺负压榨她呢！那时候她把他的话当圣旨，随时黏着他，唯他命是从，云市大学谁都知道化学系高才生陆未晞长了条尾巴叫南嘉木。

明明自己讨厌葱花，他吃饭每次都要加，看她一点一点认真地给他挑出来，那个时候他就无比满足。现在呢，别说给他挑葱花了，只要是她亲手给的，哪怕是砒霜他也甘愿吃了。

陆未晞是第一次照顾病人，换洗纱布都是南嘉木教的，可人家毕竟脑袋好使，看了一遍就轻车熟路地忙活起来了。

省得明天还要跑回来，南嘉木和陆未晞二人干脆就在陈村住下了。由于帐篷数量有限，他们只能两人住一顶了。

"嘉木，回去咱们复婚吧！"陆未晞将南嘉木抱在怀里，脸埋在她的后颈处，闷声说着。

南嘉木听见了但不知道如何回答。

没来这之前，尽管她很爱他，但仍然没有和他复婚的打算。她南嘉木就是在一起就爱得热烈，一旦离开了就永不回头，说她较真也好，矫情也罢，她就想跟随自己心意走，随性而活。

可现在呢，看着身边随时都有人死去，每天都在上演生离死别。在天灾面前，生命很脆弱，恩恩怨怨又算得了什么，活着是多么难能可贵。所以，她还是想余生和自己喜欢的人白头偕老，游山玩水。

"嘉木，你听到我说话了吗？"陆未晞知道她没睡着，可他不敢逼她。

"听到了。"南嘉木终究还是出声了，"让我想想，回去再给你答案行吗？"

"好，不过你不能反悔，回去就给我答案。"像得到梦寐以求的玩具一样兴高采烈，他抱着她的手臂更加紧了，勒得南嘉木差点喘不过气。

南嘉木能答应想一想已经是天大的让步了，陆未晞不敢奢求再近一点。皇天不负有心人，他相信南嘉木会答应和他复婚的。

第二天下午好不容易有一格信号了，陆未晞赶紧给南书影打电话告诉他他们都很好，让家里人别担心。

"我儿子真乖，这两天一直陪着老太太，要不然她一直没我消息还不崩溃啊！"陆未晞捧着她脸涂了她满脸口水，"嘉木生的儿子就是随我，一表人才还孝顺无比。"

"孝顺还行，一表人才就算了，才几岁的孩子哪里看得出一表人才了？"

一帮小孩子面前，他公然亲她，南嘉木感觉很丢人，啐了他一句后就跑了。

"叔叔，姐姐害羞了。"小孩子们天性活泼，家园被毁他们也难过，但毕竟没有大人的情感来得深沉。

得到陆未晞二人的照顾，短短两三天他们就和二人建立了深厚的感情，看他被晾在原地，笑话他。

"为什么我是叔叔她是姐姐？"陆未晞捏着其中一个小男孩的脸问道。

"因为叔叔就是叔叔。"小男孩咧嘴一笑。

"好吧！"

第 68 章　冷漠

灾区没什么事了，南嘉木他们晚上就回云市了。南嘉木回家洗漱了一番躺在床上给陆未晞打电话，一直没人接。

"嘿，小样，还不接我电话了。"南嘉木看着黑屏的手机，她不信邪了，再打。

"对不起，你所拨打的电话已关机，请稍后再拨。"礼貌却毫无温度的女声让南嘉木生气。

"居然敢不接我电话，还关机，陆未晞，你死定了。"南嘉木狠狠地戳着手机，咬牙切齿。

她这好不容易下定决心重新和他在一起了，他倒矜持上了。

第二天南嘉木去上班，特意先去陆未晞办公室，只是扑了空，秘书说他开会去了。

南嘉木看了眼手机，才八点，什么会议这么早？

中途趁上厕所又去找了他一次，还是扑了空。中午南嘉木想那家伙总该要吃午饭，结果董剑告诉她陆未晞早就吃完饭了，在忙工作呢！

南嘉木再忍，老总忙，她不敢打扰了，打了饭默默地嚼着。她正感觉被抛弃、"生无可恋"时盛妍出现了，还一脸春风得意。

"师姐。"她毫不客气地坐在南嘉木对面，娇羞地笑。

"盛师妹是有什么事吗？"如果没记错，她们前几天还在吵呢，那时她恨不得掐死她，今天怎么这么友好？

"师姐，我要结婚了。"盛妍优雅地将碎发别到耳后，"师姐，到时候你一定要来。我想得到你的祝福。"

"行啊，师妹结婚我这当师姐的怎么也会到的。"南嘉木笑得比阳光还灿烂。她怎么会不知道盛妍这是要打她脸，新郎肯定是比陆未晞还牛的大人物，要不然以她俩的关系，怎么还特意邀请她参加婚礼呢？

一下午南嘉木都心不在焉的，仿佛回到了大学，一会儿不见陆未晞她就浑身难受。

"是不是这几年我太压抑自己对那混蛋的感情了，以至于我现在比热恋时期还要想见到他呢？"南嘉木嘀咕出声。

"总监，你想谁啊？"助理小何凑过来。

"没谁，赶紧干活。"南嘉木丢脸丢到太平洋了。

好不容易熬到下班，南嘉木这次学乖了，直接在陆未晞办公室门口守株待兔。

"南总监，陆总已经下班了。"董剑见南嘉木已经在门口守了半小时，默默同情陆总。这姐，简直是不达目的不罢休啊，都穷追猛打了一天了，还不消停。

"是吗？那我就先走了。"南嘉木很是失落地走向电梯，在董剑不经意间她闪到一个小角落里。

董剑终于打发走了难缠的南嘉木，推开办公室的门，"陆总，南总监已经走了。"

站在落地窗前的陆未晞回头看了他一眼没说话，一直盯着楼下的车水马龙。

"陆总？"

"我知道了，你下班吧！"陆未晞没有回头，声音很淡漠。

公司的人都走得差不多了陆未晞才从办公室出来，刚走到电梯门口，就被突然蹿出来的南嘉木逮着。

"陆未晞，你躲了我一天了。"

"没有，你想多了。"陆未晞没看她，电梯门开了大步流星地走进去。

"你有。"南嘉木赶紧跟进去。

"你对我有什么不满你可以直接说，一直不阴不阳，冷如冰霜的什么意思？"南嘉木感觉自己挺贱的，以前陆未晞缠着她时她嫌烦，现在人家不理她了，她反而浑身难受。

"你真想多了，你要没什么事的话就先走吧。"电梯到了一层，陆未晞提醒南嘉木出去，他要到地下车库。

"陆未晞，你还真是别扭，有事说事，装在心里什么话都不说，还是不是爷们儿？"南嘉木没有出去，直接摁了关门键。

"好，这是你让我说的，希望我接下来的话你不要气愤才好。"陆未晞也不想以后也像这样躲着她，今天一天都够难受了。

"你说吧，我肯定不气愤。"南嘉木拍着胸脯保证。

"我希望你以后别再来打扰我的生活，我想要重新开始新生活，像今天这样对我穷追不舍的我很烦，所以以后麻烦你离我远点可以不？"

"你说什么？"南嘉木怀疑自己听错了，努力保持镇定，"你要我离你远点？"

"是。"

"你知不知道你在说什么？是谁前不久还死皮赖脸地缠着我要我给他一个机会，让我们重新来过的？"南嘉木红着眼眶问。

"前段时间是我鬼迷心窍，不知道你已经对我没有感情了，所以厚颜无耻地缠着你，给你造成困扰的地方还请见谅。"电梯到了地下车库，陆未晞打开了车门就要坐进去。

"陆未晞，你别扭不，你不就是对我不满嘛，我爱的人也是你，你乱吃什么醋，我给你道歉，对不起。"原来是介意她的感情啊，这家伙，都这么多年了，难道不知道她南嘉木只爱他一个人吗？

"以后你对什么人怎么样和我没关系，因为下个月我就要结婚了，以后你我尽量不要有除了工作以外的联系。"陆未晞平静地说着，只是紧紧握住方向盘的手泄露了他内心的真实感情。

"和谁？"

"盛妍。"

"原来如此，原来如此。陆未晞，算你狠。"难怪盛妍会邀请她参加婚礼，原来不仅是要向她耀武扬威，还有让她颜面扫地，痛苦不堪。

看着南嘉木头也不回地走了，陆未晞自嘲笑了，"看，南嘉木，这就是你说的爱我，我就只对你冷漠了短短几个小时，你就受不了。现在知道我要和别人结婚了，你连争取一下都没有，这就是你说的爱我？南嘉木你的爱来得浅薄又可悲可笑。"

"王阳，出来喝一杯吧！"掏出手机给王阳打了个电话后，陆未晞在车里坐了好久才启动离合器。

"怎么了，心情不好？"王阳来到酒吧的时候陆未晞已经喝了不少。

"不是找我喝酒吗？来呀，喝闷酒伤身。"王阳和调酒师要了两杯烈酒，自顾和陆未晞放在桌子上的酒杯碰了一下，一口气干了。

"这么喝不要命了。"陆未晞脸色泛红，有几分醉意。

"你都不怕死我怕什么。"王阳继续干了剩下一杯。

"说吧，什么事让你如今颓废成这样？"陆未晞是那种理智又内敛的人，只有心情烦闷了才会喝酒。从小到大，他每次喝酒都是自己承受不住了，才用酒精来麻痹自己。

而每次他心情不好了基本上都是和南嘉木有关。

"我要结婚了。"半天陆未晞才幽幽说道。

"好事呀兄弟，你终于守得云开见月明了，终于如愿以偿了干吗还闷闷不乐，一副苦大仇深的样子？"王阳眼睛都亮了，拍了拍他肩膀。

这小子不会是乐傻了吧？

"新娘是盛妍。"

"什么？"王阳的眼睛顿时瞪得比牛眼睛还大，"你怎么回事？感情闹了半天，折腾了这么多年，还不是南嘉木啊！"

"她不爱我，咳咳咳。"陆未晞喝得太急被呛了。

"你就消停会儿吧，就南嘉木性子好由着你闹，要是我老婆，早就把我扫地出门了。你还说人家不爱你，她要不爱你，你装病她能好好照顾你，大半夜陪你去医院？她要不爱你，你以为区区一个破项目她能随了你意和你住一起那么久？她要不爱你，能陪你在你妈面前演戏，天天给你送午饭？就南嘉木那不吃亏的性子，她要不愿意做的事，谁还能奈何她？"王阳真是太气愤了，一口气说那么多话不带喘气的。

第69章 耍酒疯

陆未晞最后在酒吧喝得不省人事。怕他这烂醉的样子吓坏了老太太，王阳有再多的不解，他也不能改变盛妍是陆未晞未婚妻的事实，所以她来接他是理所当然的。

"站好，我打电话让盛妍过来接你。"王阳也喝了不少，脚步虚浮地将一米八几的陆未晞拖出酒吧已经大汗淋漓了，偏偏这家伙不配合，一会儿往东一会儿往西的。

"不要盛妍，不要盛妍。"陆未晞舌头都捋不直了。

"不要盛妍要谁，难不成要南嘉木？"王阳二话不说赶紧拿陆未晞的手机给南嘉木打电话，他手机已经没电自动关机了。

"喂。"

"不要。"刚拨通，手机就被陆未晞打掉在地上。

"喂，陆未晞，你怎么不说话？"这边南嘉木躺在床上玩手机游戏，陆未晞突然打电话给她却不说话，她皱眉。

"来，喝一个，盛妍……"陆未晞挣脱王阳的搀扶，身体歪歪斜斜的，手指着王阳，胡言乱语，"盛妍，我不要南嘉木……"

听着那边陆未晞断断续续的声音，南嘉木捏着手机的手指泛白，眼眶不自觉红了。原来他是和盛妍在一起，他说不要南嘉木。

陆未晞，既然你不要我，那我南嘉木祝你和盛妍白头偕老。

手机屏幕在陆未晞脚下黑屏了，他直接坐在地上，喃喃自语，"我不要盛妍，我不要南嘉木看到我的狼狈。"

耍酒疯的人惹不起，实在没办法，王阳只好将他带回家了。

"老婆，给他弄点醒酒汤，今晚他喝了不少。"王阳将陆未晞放在沙发上，气还没喘匀。

"行，你先坐会儿，我去给你们弄。"李欣二话不说就进了厨房。

"这是怎么回事？"王阳喝了醒酒汤休息了好一会儿才清醒了不少，李欣指着躺在沙发上呼呼大睡的陆未晞问王阳。

"要结婚了心情不好。"王阳捏着有些痛的太阳穴说道。

"是乐傻了吧，都要结婚了还喝成这样？"

"不是南嘉木是盛妍。"王阳将事情的来龙去脉给李欣大概说了一遍。

"有误会解释清楚就行了嘛，偏偏这家伙不听南嘉木的解释，今天已经躲了她一天了。"王阳很头疼。

"哎，这感情如人饮水，冷暖自知，既然他决定要和盛妍结婚，咱们只有祝福了。"李欣叹息，看着王阳一直捏着太阳穴，她心疼，"这事你管不了，快去睡吧！"

第二天是周末，南嘉木心情不好，直接去找宋沐雪了。

"你最近和高寒枫怎么样了？"南嘉木一边吃着水果，一边和宋沐雪闲聊。

"还是那样呗，不温不火。"宋沐雪给南嘉木剥橘子。

"你真不打算再给他一个机会？"看得出二人还是相互爱着，就是因为过不去心里那道坎，宋沐雪一直都死守着内心最后一道防线。

"就先这样吧，我还没想好。"宋沐雪性子比较淡。

"这样也好。"南嘉木知道她的顾虑，高寒枫在高中时背叛她，确实给宋沐雪不小打击。

"别说我了，听说林溪云过年就要和董剑回他老家了，怎么会这么快？"

气氛有点沉闷，宋沐雪赶紧换话题。

"董剑年纪不小了，他爸妈也是希望二人赶紧定下来。前不久二老还特意来了一趟云市，林溪云带他们出去转了几次，二老对林溪云的评价不错。"

"小云是我们几个中谈得最顺利的一个了。"宋沐雪感慨，"她是我们几个中性子最闷的一个，我们以前还以为和她谈恋爱会很闷，想不到董剑就喜欢她的安静。"

"这世间的缘分就是那么奇妙，有些人认识短短一年不到却最终有情人终成眷属，而有些人兜兜转转，蹉跎了十年却还是不能如愿以偿地走在一起。"南嘉木想着林溪云和自己的事，有感而发，不免落寞和苍凉。

"你真想好了要放手，不再挽留了？"宋沐雪也遗憾南嘉木二人最终没能走到一起。造化弄人，凡人也只有感叹的份了。

"就这样吧，这些年也累了。"南嘉木靠在宋沐雪的腿上，"我希望你们都好好的。"

"傻瓜，我们大家都会好好的。"宋沐雪抚摸着她柔顺的头发，有些心疼南嘉木。

她不禁自问，是不是越坚强受的苦越多？南嘉木这一路走来有多辛苦，可最终她还是没有收获自己那一份幸福。

"儿子，你真想好了要和盛妍结婚吗？"老太太虽然一直希望二人能够在一起，可真要结婚了，她反而心里不是滋味。

"嗯，你不也一直希望我们结婚吗，这有什么问题？"陆未晞安静地扒着碗里的饭。

"傻儿子，我是希望你幸福，而不是希望你和盛妍结婚。"老太太往他碗里夹了块肉，"你要不再想想，你要是真爱盛妍，妈绝不拦你，可你不是……我怕你一气之下做了决定，将来想要后悔就来不及了，再说，你这样会害了人家一个好好的姑娘。"

"妈，我已经想好了。"

"行吧，只要你做的决定谁也无法改变，希望一切都顺顺利利的。"

日子不紧不慢地过着，南嘉木的工作还是朝九晚五的，只是隔壁陆未晞的办公室已经好多天都是关门的。他要筹备婚礼，已经请假了。

盛妍是准新娘，本来也可以请婚假的，可她是财务总监，有好多工作她也不好放开手，基本上两三天来公司一回。

"师姐，一会儿我请你喝咖啡。"盛妍特意来了一趟项目部。

"不好意思，我还有工作，可能要加班，改天吧！"

南嘉木不认为现在她和盛妍还有什么好说的，如果要话家常，她们关系还没到这个程度。如果盛妍是来向她炫耀的，那更没有必要了，她南嘉木拿得起放得下，不会和陆未晞死磕。

"师姐，我没有恶意，我就是想好好和你道歉，一直以来都是我做得不对，希望你可以原谅我。"

"盛总监，现在是上班时间，盛总监要是没什么事的话还请自便，不好意思，我要工作了。"南嘉木阻止她继续再扮演柔弱。

"五点，我在楼下咖啡厅等你，不见不散。"盛妍也不管南嘉木是否答应，直接丢下这么一句话就走了。

"老大，这盛总监也太欺人太甚了吧，你还没答应她她就自作主张了。"盛妍刚走，一直假装埋头工作的小何凑了过来。

前段时间项目部总监被查出盗取商业机密给对手公司，被陆未晞给开除了，南嘉木就顺理成章地坐到总监的位置。

"没事。"知道小何是关心她，南嘉木朝她笑笑，示意她不用气愤。

"就算要和陆总结婚了，她也没必要三番五次地在你面前耀武扬威吧！有什么了不起的。"小何刚出大学门口，年轻气盛，看不惯的东西她不会憋在心里，直接说出来。

南嘉木看她张牙舞爪的，有几分好笑和感慨。曾经她也像小何一样活得肆意妄为，有什么不开心的直接表现出来，只要是她不愿意做的事谁也不能强迫她。可这几年的经历告诉她，生活有的是办法逼你妥协，她现在可曾还有半分在校园时的鲜活亮丽？她已经将生活过成一潭死水。

　　只是她无心对谁说教，不好为人师，她只是淡笑，让小何不用为她打抱不平。

第70章 大结局（上）

最终南嘉木还是去赴约了，她不是怕谁，也不是不敢，她只是不想盛妍三番五次地来打扰她的生活。

"师姐，我的婚礼你一定要来。"盛妍还是坚持邀请南嘉木来参加她的婚礼。

"盛妍，我很想问你，你为什么一直揪着我不放？就算曾经我和陆未晞真有什么，那也是过去式了，不会对你现在当然对你们将来也不会有什么影响。"南嘉木实在是疲惫了，不想和她兜圈子了。

"师姐，你误会我了，我并没有要和你炫耀什么，我这次是真的真诚邀请你来参加我的婚礼。我知道师姐是那种拿得起放得下的人，既然决定放手了，以后肯定不会再继续和师兄有什么瓜葛。前不久你的话对我影响很大，你的话让我意识到这些年，我一直任性妄为，活脱脱是一个被父母宠坏了的孩子，所以，师姐，我很感谢你能够帮助我成长。"盛妍在南嘉木这儿第一次知道世界上不是所有人都依着她，也不是所有东西她都可以拥有的。

"你言重了。"

"师姐，我要是早点遇到你，或许结局就不一样了。"盛妍突然说了这么一句毫不相关的话。

"也许是缘分吧！"南嘉木淡笑。

"师姐，如果没有师兄，你会和我成为好朋友吗？"盛妍希冀地看着南嘉木。

　　"和陆未晞有什么关系吗？没他我们或许不认识，就算认识了也不一定很交心，一切都要看缘分。"南嘉木也不是那种暴脾气，只要盛妍不惹她，她也可以和她温和说话的。

　　"师姐，婚后我可能要辞职了。"盛妍突然说道。

　　"辞职，干吗要辞职，打算做家庭主妇？"干得好好的干吗辞职，南嘉木有些好奇。

　　"不做家庭主妇，至于辞职，原因有很多，辞职以后做什么现在还没计划好。"盛妍眼里的释然和遗憾很明显，但南嘉木不知道为何如此。

　　"好吧，好好加油，相信你去哪儿都很出色。"

　　"谢谢师姐。"盛妍笑着说。

　　这次算是她和盛妍认识以来第一次心平气和地交流，临走时盛妍又再三邀请她去参加婚礼。

　　深夜十一点，南嘉木心里事多睡不着，她已经好久没登录《侠侣》了，不知道最近师父怎么样，她有些想他。

　　慕容绝色：师父。

　　南宫倾城：嗯，最近事有点多，没怎么上游戏。

　　慕容绝色：我也是。

　　慕容绝色：师父，我前夫要结婚了，心里堵得慌。

　　南宫倾城：放不下他？

　　好久，南宫倾城才回消息。

　　慕容绝色：也不是，就是觉得和他纠缠了这么多年，他突然之间就有了去处，而我还是孤身一人，有些伤感和孤独。

　　南宫倾城：或许是你们两个人的缘分尽了吧，各有各的归属，我相信他也是希望你幸福的。

慕容绝色：我知道的，谢谢师父。

慕容绝色：师父，我想见你。

南宫倾城：为什么突然想见我？

慕容绝色：咱们一直在游戏里认识那么多年，可现实中我还不知道你是什么样子的。也许我在现实中遇到过你，但我却不知道你是谁。

南宫倾城：不必在意这些，如果我们有缘分，自然会相见的。

慕容绝色：师父，你有喜欢的人了吗？

南嘉木想，如果连师父都有喜欢的人了，那就真的只剩下她一个人了。

南宫倾城：有了，我们过不久就要结婚了，所以，以后我有可能都不上游戏了。

慕容绝色：师父，陪我再打一次游戏吧，以后，我们相忘于江湖。

南宫倾城：好。

这次南嘉木没有让南宫倾城和她打《侠侣》，而是登录了天耀科技新上市的游戏《绝色倾城》，这一次他们选定的角色倾城，绝色不再是师徒，而是夫妻。

从第一关两人不打不相识到离亭结义，到最后成为情侣，二人十分有默契，配合得天衣无缝。从第一关到第十关，他们都很顺利，直到第十一关二人结为了夫妻以后，思想上有了分歧，行动上自然有了出入。倾城成亲后忙于江湖事业，对绝色疏于关心，而绝色放弃了江湖地位回归家庭，终于，夫妻离心的二人分道扬镳。

几年以后，江湖上流传一个很大的帮派，帮主是倾城。而另外一个小帮派的帮主却是退出江湖许久、销声匿迹的绝色。机缘巧合下倾城帮主救了绝色帮主，之后两个帮派的帮主开始纠缠不休。直到有一次绝色帮一直惩恶扬善的二当家，绝色为了救二当家身受重伤，倾城意识到生死面前他最在意的还是绝色，决定退出江湖，和绝色归隐山林。自此以后，江湖再也没有了名动天下的倾城，流传坊间的却是二人恩爱无比的佳话。

游戏结束，南宫倾城说了一句"江湖再见"后注销了《绝色倾城》的账号。

而南嘉木呆呆地盯着电脑，心里泛酸，眼泪不自觉地流了下来，滴在键盘上，滴滴答答的。

她的师父，不，准确地说陆未晞彻底离开她了，《绝色倾城》这是陆未晞特意为她开发的游戏，而绝色和倾城是她和师父的网名，所以，她知道师父就是陆未晞。如今，陆未晞有了归属，师父也该消失了。

第 71 章 大结局（下）

时间过得很快，陆未晞的婚礼转眼就到了。这天是周三，南书影学校布置了一项亲子活动任务，本来要求父母双方都要在，可陆未晞要结婚，所以就南嘉木一个人去。

"妈妈，爸爸结婚咱们不去吗？"南书影一边给南嘉木递工具，一边问道。

"宝贝去吗？要是想去的话下午放学你可以去你爸爸家祝福他新婚快乐。"南嘉木一边钉书架，一边温柔地和南书影说着。

"我想看到爸爸穿新郎服的样子，但我不想看到盛阿姨穿婚纱。"南书影嘟着嘴。

"放心吧，盛阿姨以后会很喜欢你的，我们书影这么可爱。"南嘉木笑笑。

希尔顿大酒店婚礼现场布置得十分浪漫温馨，百合花和粉色的舞台装饰都是精心布置的。陆未晞请了一个月的婚假，婚礼现场的好多细节他都是和酒店工作人员讨论了好几次，曲子选择的是《终于等到你》。

现场虽然不奢华但足够精致，符合一个女人对婚礼的幻想，可以看出陆未晞为这一次婚礼花了不少精力。

盛妍这边的娘家人一个也没来，陆未晞这边都是亲朋好友，最多的就是公司的同事，商业上的合作伙伴倒没见到几个。场面虽然不大，但来的都是熟人居多，倒也热闹。

"陆未晞和南嘉木就这样完了？"姚芷蕾她们几个陆未晞也邀请了，几个人坐在主席台下第一排，看着台上陆未晞焦急的样子，宋沐雪问。

"也许一切都该结束了，他俩最终还是错过了。"董剑虽然和南嘉木接触时间不长，但他真心拿南嘉木当哥们儿，就这样和陆未晞结束了，他为她感到惋惜。

"十年，就这样结束了，还挺让人伤感的。一段感情蹉跎十年，也许只有嘉木才能做到。"姚芷蕾深知爱而不得的痛苦，有缘无分是世间最惨的。

"你们说南嘉木有可能来抢婚吗？"林溪云突然冒出了一句。

"不可能，她骄傲，她不会自取其辱。"宋沐雪最清楚南嘉木的性子，敢爱敢恨，但绝不拖泥带水。

"好吧，那看来真是缘分结束了。"因为盛妍已经走向主席台，一步一步走近陆未晞，最终在他身边站定，一切就要尘埃落定了。

"盛妍小姐，你愿意……"

司仪说了什么陆未晞没听到，他只知道南嘉木没有来，就算盛妍三番五次邀请她，她也没来。

该死！

"陆未晞先生，你愿意……"

"等等。"台下王阳突然站起来打断了司仪的话，在众人疑惑的眼光中，他立马跳上主席台，递给陆未晞电话。

"爸爸，爸爸，你快来，妈妈出血了，好多血，她晕过去了，已经送去医院了。"南书影哭喊着，孤独无助。

"儿子，发生什么事了，你现在在哪儿？"陆未晞听南嘉木受了伤出了好多血，还晕过去了，心都提到嗓子眼儿了。

"我在救护车上，我们要去市医院。"南书影抽泣着。

"儿子别怕，爸爸这就来，我去医院找你们。"王阳将手机递给王阳，他看着盛妍，二人相视一笑，陆未晞眼里心里都是感激，"谢谢你，盛师妹。"

"去吧！这里有我。"盛妍淡笑。

"谢谢！"陆未晞快速跳下主席台，用尽生命的力量朝大厅门口跑去。

他的幸福需要自己去追寻，而他，终究是不能等到那个曾经霸道无比，现在却裹步不前的白痴来抢他回家，然后私自珍藏。

陆未晞匆匆赶到医院的时候，只见南书影小小的身体坐在长椅上瑟瑟发抖。

"儿子。"陆未晞心痛极了，赶紧跑过去抱着他。

"爸爸，爸爸，你终于来了，妈妈她流了好多血，在里面呢！"南书影就算再早熟，他毕竟是个孩子，哪里见过生死，早已经吓得不行。

"儿子别怕，你妈妈一定会没事的。爸爸在这儿呢，别怕！"陆未晞抱着他小小的身体，不断安慰他。

"医生，我老婆怎么样了，她有没有……"陆未晞见护士进进出出的，医用盘子里全是带血的纱布。他担心南嘉木有什么事，不顾外面护士的阻拦冲了进来，然后他要问的话就这样被眼前的景象给堵回去了。

南嘉木好端端地坐在病床上，但不怎么配合医生给她处理伤口，全程闭着眼睛。护士之所以进进出出是因为旁边还有其他病人，像是发生车祸，伤得不轻。

他这样火急火燎地冲进来，医生护士都停下所有动作看向他。南嘉木听到他的声音，感觉不可思议，也睁开眼睛朝他看来。

"你怎么来了？"南嘉木问。

"我听儿子说你出了很多血，还晕倒了，我以为你出事了，我怕我以后再也见不到你。"陆未晞慢慢走过去，握住她的手，仿佛用了一生的力气。

"先生你别担心，你老婆没什么事，就是手指头被小锤子砸了一下，破皮出血了。现在伤口已经包扎好了，可以回家了。"

"那她干吗晕倒？"这点伤不至于晕倒。

"晕血。"医生言简意赅。

陆未晞一时之间不知道说什么。

"医生，我不是他老婆。"南嘉木出言打破了短暂的安静。

"谁说不是，现在就是。"陆未晞将口袋里的婚戒拿出来，不顾她的反抗，直接套在她的无名指上，宣布自己的主权。

"陆未晞，你，你不是要结婚了吗?"南嘉木瞪大眼睛。

"我是要结婚了，但新娘自始至终都只是你。只是你这个没良心的家伙不去抢亲，我只有上这儿来捉人了。"陆未晞吻了她手指，见她还迷迷糊糊的又温柔地吻了一下她额头。

"可是，你，盛妍……"难怪盛妍非得让她出席婚礼，因为没新娘，婚礼不能举行。

"先生，你老婆已经没事了，我们病床紧缺，谈恋爱请去外面，别耽误我们工作。"医生开口下逐客令。

"谢谢。"陆未晞直接给了南嘉木一个公主抱，眼睛都哭肿了的南书影还没明白怎么回事，陆未晞已经用眼神示意他跟上。

"爸爸，我们去哪里呀?"

"同问。"南嘉木在他怀里抬头。

"宝贝，我们去酒店。"陆未晞走得稳健，回答得却随心所欲。

"去酒店干吗呀!"南嘉木再问。

"去结婚。"

"我拒绝。"

"晚了，拒绝无效。"夕阳西下，三人的影子贴合在一起，竟分不出彼此。

陆未晞突然很满足，怀里抱的、身边跟着的就是他的全世界。

从青涩年华到如今饱经风霜，从满腔抱负到高处不胜寒，从家庭到事业，他终于明白，南嘉木才是他一辈子不能割舍的人。

钱钟书先生说，婚姻是一座围城，城外的人想进去，城里的人想出来。年轻时候我们不甘于平庸，妄想一飞冲天，从此人前光鲜，人后落寞。

　　只是，待繁华退去，一切尘埃落定后，他陆未晞才明白，择一城终老，遇一人白首才是生命的归宿。